死体の汁を啜《すす》れ

白井智之

実業之日本社

死体の汁を啜れ

目次

装丁　印南貴行（MARUC）
装画　凪

死体の汁を啜れ

前日譚

青森山太郎《あおもりやまたろう》は死ぬことにした。

彼が丸木戸《まるきど》賞を受賞し、華々しく小説家デビューを飾ったのは五年前のことである。

丸木戸賞こと牟黒《むくろ》市丸木戸史郎《しろう》ミステリー文学賞は、兎晴《うさばらし》書房と牟黒市が共同で主催し、三文作家の丸木戸史郎が選考委員を務めるミステリー小説の新人賞だ。四流、五流の作家を数多く世に送り出し、ミステリー文学界の焼け野原と呼ばれている。

青森は幼い頃からミステリー小説が好きだった。中でも首を斬られたり腕をもがれたり皮を剝がれたりといった猟奇的な死体の出てくるものが好物だった。二十五歳のとき、バイトの面接を受けた帰りに丸木戸賞の募集告知を見かけ、ミステリー小説の執筆を思い立ったのは必然だった。寝食を忘れて書き上げた『二階から目潰し』で見事に丸木戸賞を受賞し、発売された単行本は二十万部のヒットを記録した。丸木戸賞始まって以来の珍事だった。次いで発表した『馬の耳に可燃物』『窮鼠《きゅうそ》寝転がる』『罪を煮込んで人を煮込まず』も好評で、人気ベテラン俳優の井ノ中蛙《いのなかかわず》が主演した劇場版も人気を博した。

だが好事魔多し。新人作家の行く手には深い穴がぽっかりと口を開けていた。

デビューから四年が過ぎた夏の日の夜。青森は同業者の袋小路《ふくろこうじ》宇立《うだつ》と肉を焼きながらミステリー談義に花を咲かせていた。

「――というトリックを思い付いたんだが、どう思う」

鋏《はさみ》で切ったカルビを手際良く金網に並べて、袋小路が言う。金髪をオールバックに固めたVシネマの端役《はやく》のような風貌だが、青森と同時に丸木戸賞を受賞したミステリー作家だ。容姿や年齢は公開していないが、数年前からFM牟黒の深夜番組にレギュラー出演している。中途半端な覆面作家である。デビュー作の『人間の授業』は異次元を旅する学校を舞台に嫉妬や憎悪の渦巻く人間模様を描いた寓話的な作品で、一部の読者から熱狂的な支持を得たが、その後の刊行作はいずれも初版止まりだった。

「こ、これは前代未聞のトリックですよ」

網に並んだカルビを眺めて、青森は場違いな雄叫《おたけ》びを上げた。

「本格マニアのきみが言うなら間違いなさそうだ。でもバラバラ死体は猟奇的すぎておれの作風に合わない。青森くん、きみの小説で使ってみたらどうだ」

「ほ、本当ですか」

このとき、青森は新作長編の構想に四苦八苦しているところだった。

「でもこれ、袋小路さんが考えたトリックですよね」

「二人で肉を食っていて思い付いたんだから、二人のトリックだ」

そうして書き下ろしたのが青森の五冊目の長編『腸とJK』だった。

この作品は苛烈《かれつ》な非難を浴びることとなった。鉄道ミステリーの重鎮、大内明照《おおうちあきてる》の『リゾートみのり いたずらな殺意』とトリックが酷似しているというのである。おそるおそる目を通してみると、はたして『腸とJK』とまったく同じ、バラバラ死体を使ったトリックが使われていた。

ネット掲示板やSNSには「盗作」「パクリ」「ゴミ」「ケツ拭き」「鍋敷き」「蠅《はえ》たたき」といった罵詈雑言《ばりぞうごん》が並び、版元の兎晴書房には「早く謝罪しろ」「編集者の目は節穴か」「前からやると思ってた」「普通につまんなかった」といった苦情がひっきりなしに寄せられた。青森は謝罪に追い込まれ、『腸とJK』は回収、絶版となった。

とはいえ青森はベストセラー作家である。兎晴書房の編集者はすぐに次回作の執筆を依頼した。青森は一年後に『シャブは熱いうちに打て』を上梓《じょうし》し、騒動からの復帰を果たした。ネットでは盗作を蒸し返す投稿も見られたが、怪我《けが》の功名もあってか売れ行きは好調で、評判も上々だった。

だが狂い出した歯車は止まらなかった。次作の構想を練っていた冬の日の夜。青森のスマホに一本の電話がかかってきた。

「青森くん。助けてくれ」

袋小路の声だった。聞けば白洲《しらす》組の組員の女に手を出し、事務所に監禁されているという。牟黒市は大した歓楽街もないのにやくざが多い。白洲組は南牟黒区を縄張りとするやくざだった。

「明日までに慰謝料二千万を用意しないと、内臓を全部売られちまうんだ。千五百万は目途が付いたけど、あと五百万足りない。頼む。貸してくれないか」

息も絶え絶えに言う。Ｖシネマの端役そのものだった。

「そんな大金ありません」

「借りればいいじゃないか。きみは稼いでるんだから、街金で五百万くらい借りれるはずだ」

青森は快諾した。それで袋小路の内臓が守れるなら安いものだ。

翌日、青森は三つの消費者金融を巡って五百万円を借り入れると、札束をリュックに詰め込んで白洲組事務所へ向かった。

「兄ちゃん、どこ見てんだよ」

駅前の大通りを歩いていると、パチンコ屋の前で柄の悪い連中に囲まれた。少年野球のチームみたいにバットを揃《そろ》えている。青森は路地裏へ連れて行かれ、リュックを奪われた。

「そ、それだけは勘弁してください」

土下座をした青森の側頭部を、モップみたいな髪の男が金属バットでぶん殴った。

気づいたときには夜が更けていた。耳の穴から血が出ている。袋小路の携帯を鳴らしたが、応答はなかった。

翌日、牟黒病院を受診すると、軽い脳震盪《のうしんとう》と診断された。長い悪夢を見ているような気分のまま、鎮痛薬をもらって自宅のマンションへ戻った。

原稿の締め切りが迫っている。続きを書こうとノートパソコンを開いて、慄然《りつぜん》とした。文章が読めないのだ。一つひとつの文字に見覚えはあるのに、それが何を意味しているのか分からない。目が疲れているのかと思ったが、何日経《た》っても状態は変わらなかった。

青森は筆を折った。文章が読めなければ小説は書けない。現金なもので、兎晴書房の編集者とはすぐに連絡が途絶えた。

マンションには毎夜、借金取りがやってきた。斡旋《あっせん》された浄水器を売るバイトを始めたが、紹介料や手数料を引くと実入りはわずかで、返済は一向に追い付かなかった。別の消費者金融で借りた金を返済に充てるうちに、借金は雪だるま式に膨らんでいった。

そして訪れた、ある春の日の朝。カップ麺を啜《すす》りながら情報番組〈牡馬《おすうま》のボーンミール〉を観《み》ていると、見覚えのある男が現れた。

「第69回日本推理作家協会賞の長編及び連作短編集部門に、袋小路宇立さんの『夜の遺言』が選ばれました」

青森は目を疑った。

内臓を全部売られたはずの男が、なぜテレビに出ているのか？

袋小路はサファリハットとサングラスで顔の半分を隠し、ブランドもののテーラードジャケットをまとって、にこやかにインタビューに答えていた。肌を浅黒く焼き、口髭《くちひげ》を生やして、腕に数珠なんぞを嵌《は》めている。

青森はようやく自分が騙《だま》されたことに気づいた。

青森の小説ばかりベストセラーになるのが面白くなかったのだろう。袋小路はわざと『リゾートみのり いたずらな殺意』のトリックを教え、新作を書くよう唆《そそのか》し、青森の評判を落とそうとしたのだ。

袋小路の策略は成功したが、青森の知名度はむしろ上がってしまった。新作の評判も悪くない。そこで袋小路は次の手を打った。白洲組の組員と手を組み、監禁されたと嘘《うそ》を吐《つ》いて、青森から金を奪ったのだ。

テレビでは小説など一行も読んだことのなさそうなお笑い芸人が袋小路の小説を褒めちぎっている。

青森は笑った。自分の間抜けさがおかしくて堪《たま》らなかった。

五年前、面接の帰りに丸木戸賞の告知を見たときから、小説だけに心血を注いできた。でももう行き止まりだ。生きている意味がない。青森は死ぬことに決めた。

せっかくだし、『二階から目潰し』の犯人よろしく、断崖《だんがい》から身を投げることにしよう。

青森はカップ麺の汁を飲み干すと、自宅の前でタクシーを捕まえ、牟黒岬へ向かった。

豚の顔をした死体

先月13日に南牟黒5丁目で発生した銃器発砲事件に関連して、白洲組組長の白洲鯱丸氏（52）が事件の2日前に殺されていたことが、複数の組員への取材から分かった。白洲氏は頭部の皮を剝がされた上、首を絞められて殺害されていたという。

暴力団に詳しいミステリー作家の袋小路宇立氏（33）は、「13日の発砲事件は組長殺害の報復だったのではないか」と話した。

牟黒日報二〇一六年五月一日付朝刊より

1

秋葉駿河《あきばしゅんが》はたくさんの人間を水に沈めてきたが、自分が落っこちたのは生まれて初めてだった。

秋葉はやくざだ。南牟黒区を拠点とする白洲組の組長、白洲鯱丸《しゃちまる》と盃《さかずき》を交わしている。組長からは厚い信頼を得ており、この日もペットの面倒を見るため、組長の自宅を訪れていた。

白洲に借りた鍵で門扉を開ける。築地塀《ついじべい》に囲まれた庭の隅で、金太郎《きんたろう》が土を掘っていた。住人が見栄《みえ》っ張りなだけあり庭はよく手入れされている。松の葉の隙から陽光が射《さ》し、池の水面が輝いた。縁側で茶の一杯でも飲みたい気分だ。雅《みやび》な心地で庭を眺めていた、そのとき。

玄関先に置かれた自動給餌器《きゅうじき》がピピッと鳴った。タンクから配合飼料《しりょう》が吐き出され、銀皿に砂色の山を作る。正午と午後五時の二度、飼料が出るようにタイマーが設定されていた。

金太郎は穴から顔を上げると、溢《あふ》れる飼料を見据え、猛スピードで銀皿へ突進した。まさに猪《ちょ》突猛進《とつもうしん》である。慌てて飛び退いた秋葉はそのまま姿勢を崩し、たたらを踏んで池に落っこちた。

「うげえっ」

濁った水を掻《か》き分け、水面に顔を出す。腹から水を吐き、張り付いた髪を掻き上げた。

金太郎はでかい鼻を銀皿に突っ込んで、一心不乱に飼料をかっ食らっていた。旨《うま》そうに飯を食うのは金太郎の長所だ。秋葉は地面へ這《は》い上がり、鎧《よろい》のように重くなったシャツを脱ぎ捨てた。

金太郎は豚である。

組長の白洲が豚を飼い始めたとき、組員からは多くの反発の声が上がった。やくざが豚とは何事だ。二十四時間テレビか。せめて番犬にしてくれ、というのだ。

秋葉の場合、組長の精神状態が少々気になったものの、豚の面倒を見ることに不満はなかった。何かがやりたくてやくざになったのではない。できる仕事がやくざだっただけだ。命じられれば牛でも豚でも世話をするつもりだった。

それから一年。かつては不満を口にしていた兄弟たちも、今では小屋の掃除当番を奪い合うまでになっていた。金太郎がとても可愛《かわい》かったからだ。

昼飯をたいらげると、金太郎は尻尾をふりふり便所へ向かった。食事場で糞《くそ》をしたりはしない。

馬鹿でのろまなイメージとは裏腹に、豚は賢いのだ。

秋葉は物干し竿《ざお》にシャツを掛けると、自動給餌器のタンクを補充し、塀や小屋の汚れをシャワーで流した。ついでに金太郎の身体《からだ》も洗ってやる。

午後三時。一息ついたところで、ポケットのスマホが震えた。

『話がある。事務所に戻れ。』

白洲からメールが届いていた。面倒なことがあると、白洲はすぐに従順な秋葉を呼び出そうとする。

秋葉はほんのり湿ったシャツを着て白洲邸を出た。

門扉が閉まる寸前、金太郎が寂しそうに鼻を鳴らすのが聞こえた。


「赤麻組《あかそ》がわたしの首を狙っている」

本部会議室のお誕生日席で、白洲はまずそうにパイプをふかしていた。

黒々としたオールバックに切れ長の目。鷲鼻《わしばな》に尖《とが》った顎。いかにも筋者らしい風貌だが、いかんせん身体が小さいので迫力がない。芸能事務所のごり押しでやくざ映画に出演した三流タレントという感じだ。この日は白シャツにネクタイをゆるく締めて、学園もののアダルトビデオに出てくる生徒役のおっさんみたいな格好をしていた。

「赤麻から脅迫文でも届きましたか」

白洲は黙って首を振る。

「占い師が何か言ったんですね」

わざとらしく咳《せ》き込んだ。図星らしい。

この男は数年前から、神月歩波《こうづきほなみ》と名乗る若い占い師に心酔し、わけの分からない猿や狸《たぬき》の置き物に膨大な金をつぎ込んでいた。自宅で豚を飼うよう勧めたのも彼女である。どこまで信じるか友人と賭けているのではないかと秋葉は疑っていた。

「わたしが襲われるのを水晶で見たって言うんだ。歩波先生の占いは必ず当たる。襲ってくるとしたら赤麻の連中くらいだろう」

相手の不安を煽《あお》るのはこの手の輩《やから》の常套《じょうとう》手段だ。

「赤麻がおやじに喧嘩《けんか》を吹っかける理由がありませんよ」

「鼻太郎《はなたろう》を贈ったのが癇《かん》に障《さわ》ったのかもしれない」

先月末、赤麻組の若頭が二年の刑期を終えた際、白洲は出所祝いに豚の鼻太郎を贈った。近ごろの白洲は豚をパンダのように考えている節があった。

「あれが挑発だと誤解された可能性もある」

「違うんですか」

「動物は面倒を見ないと運気が下がるらしい。金太郎には我が子のように愛情を注いできたが、鼻太郎には何もしてやれなかった。今ごろ赤麻組で酷《ひど》い目に遭っているかもしれない」

「普通は食うでしょうね」

「明日、赤麻組へ行って様子を見てこい。これは命令だ」

白洲に押し切られ、秋葉は会議室を後にした。

牟黒市は東北の港町だ。人口は七万五千人。これといって特徴のない日本のどこにでもある小都市だが、不思議なことに人がよく殺される。

昨年の殺人発生件数は四十七件。人口比にすると南アフリカのケープタウンに相当する件数である。麻薬カルテルが街を牛耳っているわけでも、過激派武装勢力との内紛が起きているわけでもないのに、どういうわけかひっきりなしに人が殺されるのである。寒冷な気候で偏屈な人間が多いせいだとか、近親交配で大脳皮質が縮んだせいだとか、アメリカ軍が特殊ガスを撒《ま》いたせいだとか馬鹿げた噂《うわさ》は枚挙に暇がないが、本当のところはよく分からない。

そんな牟黒市において、もっとも能天気に暮らしているのがやくざたちである。

この街には二種類のやくざがいる。北牟黒区を縄張りとする赤麻組と、南牟黒区を縄張りとする白洲組だ。表向きは友好的な関係を築いていると言われるが、裏はさらにずぶずぶである。牟黒川によってシマが区切られているので、縄張り争いの心配もない。気を揉《も》んでいるのは白洲組長くらいのもので、組員たちはすっかり気を抜いていた。

とはいえやくざがごめんくださいとドアをノックするのは格好が悪い。四月十一日——白洲に赤麻組を探るよう命じられた翌日、秋葉は赤麻組の妹尾蟬吉《せのおせみきち》に連絡を取った。

妹尾はFM牟黒の深夜番組〈井ノ中蛙の任侠《にんきょう》ラジオ〉のヘビーリスナーで、肩に公式キャラクターの蛙くんのイラストを彫るほど番組に惚《ほ》れ込んでいる。胸に〈下平々《しもへいへい》の死神ラジオ〉のしゃれこうべのロゴを彫った秋葉とは、街中で出くわすとラジオ批評に花を咲かせる仲だった。

「うちのおやじが鼻太郎のことを気にしてるんだ。少し様子を見せてくれねえかな」

妹尾に電話をかけた十分後、そのまま事務所へ来るようにと連絡があった。

ドアの前で携帯を鳴らすと、すぐに妹尾が出迎えた。やくざらしからぬ撫《な》で肩の痩身で、つるつるした肌が子どもっぽい。なかなかの美青年だが、年季の入ったやくざ者には嫌われるタイプだ。やくざ映画が好きでやくざになったという変わり者で、特に井ノ中蛙主演の『酔いどれやくざ』シリーズを崇拝していた。

「ちょっと失礼。こうするのがルールでね」

妹尾は税関職員みたいに秋葉のジャケットを検《あらた》めると、刃物や電子機器を抜き取った。ナイフにスマホ、それに二年分の〈死神ラジオ〉を録《と》り溜《た》めたレコーダーをビニール袋に入れ、懐にしまう。身軽になった秋葉を、三階のラウンジへ案内した。

そこは壁をぶち抜いた大部屋だった。手前の半分がソファとローテーブルを並べたラウンジスペースで、奥の半分は巨大な箱庭のように人工芝が敷き詰めてある。角に犬小屋を一回り大きくしたような小屋があり、豚の顔が覗《のぞ》いていた。消臭芳香剤の匂いが充満していて、ついトイレを連想してしまう。

「部屋の中で飼ってんのか」

「鼻太郎は恥ずかしがり屋だからね」

「芳香剤が多すぎないか？」

「世話しながら尻尾に見とれてたら、うんことおしっこを床にぶちまけちゃって」

なかなか苦労しているようだ。当の豚はうつ伏せの姿勢で目を閉じていた。首にはメガホンみたいな半透明のカバーが巻いてある。

「お洒落《しゃれ》さんだな」

「エリザベスカラーだよ。犬ころがたまに付けてるだろ。右腕に瘡蓋《かさぶた》があって、舐《な》めないように巻いてあるんだ」

言われてみると金太郎より血色が悪い。秋葉が豚小屋に近寄ろうとすると、妹尾がむんずと肩を摑《つか》んだ。

「やっと寝たとこなんだ」

「見るだけだよ。豚の世話ならおれは先輩だぜ」

「怪我《けが》でストレスが溜まってるんだ。知らない人間に見物されたらどんな気分か考えてみろ」

さてはこいつ、鼻太郎に惚れてやがるな。

「分かったよ。おやじには元気だったと伝えておく」

妹尾の気遣いを知ってか知らでか、心地良さそうにピンクの鼻が揺れた。

そこへ男が二人やってきた。アロハシャツにサンダルのふくよかなおっさんが組長の赤麻百禅《ひゃくぜん》。スリーピースを着込んだ気障《きざ》な兄ちゃんが刑務所帰りの若頭、伊達鹿男《だてしかお》だ。

「白洲組の秋葉くんだね。良いところに来た」

赤麻が意味深なことを言って、胸ポケットに手を入れた。

とっさに四方を見回す。扉には伊達、窓には妹尾。逃げ道はない。嵌められたのか？

「毎月恒例のイベントがあるんだけど、参加者が足りなくて。一緒にどうかな」

赤麻は使い古したトランプをテーブルに置いた。

豚外交は成果を上げているようだった。


赤麻組長はめっぽう強かった。初めは妹尾と伊達が機嫌を取るために手加減しているのかと思ったが、ババ抜きも七並べも豚のしっぽも歯が立たなかった。

妹尾はゲームの合間を縫って、豚小屋の様子を観察したり、カラーのずれを直したりしていた。

小屋の住人は元気のない様子で、一度も外へ出ようとしなかった。

「鼻太郎はいっぱい世話をしてもらえて羨ましいなあ」

伊達がカードを配る間、赤麻は暇そうにバームクーヘンを齧《かじ》っていた。

「おやじさんは医者の世話にならなくて済むように、食事に気を付けてください。ちゃんとカロリー抑えてますか？」

妹尾が小言を言うと、

「いや。組長なんだから、太ってるくらいが丁度良いんだよ」

赤麻は真面目な顔で答えた。

午後六時。大富豪で秋葉と伊達が最下位を競っていると、ラウンジの電話が鳴った。妹尾が受話器を取る。相槌《あいづち》を打ちながら秋葉を一瞥《いちべつ》すると、「伝えておきます」と答えて電話を切った。

「白洲組長から、至急、自宅へ来るようにとの伝言だ」

嫌な予感がした。また占い師が何か言ったのか。だが事務所でなく自宅へというのが気に掛かる。まさか金太郎の身に何かあったのか。

「妹尾くん、車を出してあげなよ」

赤麻が心配そうに言い、

「わたしは鼻太郎の世話があるので」

妹尾がそれを断った。組長の命令よりも豚が優先とは末期症状だ。

秋葉は妹尾に頼んで、預けていたナイフとスマホとレコーダーを受け取った。スマホを見ると白洲から二度の着信が入っている。

「すみません。先に失礼します」

秋葉が頭を下げると、

「また遊ぼうね」

赤麻が扇子みたいに捨て札を振った。


秋葉はタクシーで白洲の自宅へ向かった。

白洲は牟黒市の南西、鳴空山《なきがら》の麓の邸宅に住んでいる。白洲組事務所からは十五分、赤麻組事務所からは三十分ほどの距離だ。かつては夫人と二人の子どもが同居していたのだが、二年前に離婚して以来、一人で暮らしている。

六時三十五分。白洲邸の正面でタクシーを降りた。向かいの公園のベンチでおっさんが焼酎を呷《あお》っているが、他に人気《ひとけ》はない。

金太郎の世話のために借りた鍵はもう返している。秋葉は門扉の横のインターホンを鳴らした。レンズの前で三十秒ほど待ったが、返事はない。駐車場に愛車のベントレーが停《と》まっているから、帰宅はしているようだ。じわじわと不安が膨らむ。

秋葉は築地塀をよじ登って、敷地に飛び降りた。憎々《にくにく》しい池を横目に、庭を抜けて玄関へ向かう。金太郎も見当たらない。裏の小屋で眠っているのだろうか。

「秋葉です。大丈夫ですか」

玄関の扉を叩《たた》く。返事はない。窓はカーテンが引かれていて、中の様子も分からない。

窓を破って押し入るべきか。悩んでいると、スマホが震えた。

『すまない。帰ってくれ。』

白洲からメールが届いていた。受信時刻は六時四十分。

ここまで呼び出しておいて急に掌《てのひら》を返すとは、明らかに様子がおかしい。自宅にいるのなら顔を出せば良いはずだ。なにか事情があるのだろうか。

しばし考えを巡らせたが、秋葉にできることはなかった。自分は白洲組の組員だ。組長の命令に逆らうわけにはいかない。

秋葉は靄《もや》に包まれたような気分で、白洲邸を後にした。

2

翌十二日も白洲は事務所へやってこなかった。

「赤麻の連中が攫《さら》ったに決まってる。戦争だ」

若頭の権堂鶏児《ごんどうけいじ》が威勢の良いことを言う。権堂は白洲組のナンバーツーで、しらす興業というフロント企業の代表を務めていた。白洲とは対照的に図体がでかく、腕だけで白洲の腰くらいの太さがある。血の気の多い無法者で、牧歌的なやくざが多い牟黒市では珍しいタイプだった。

「旅でもしたくなったんじゃないですかねえ」

秋葉はやんわりと反論した。抗争になれば妹尾とのラジオ批評会も、赤麻とのトランプ大会もできなくなってしまう。

「おやじがおれたちに黙って旅に出るわけねえだろ」

「占い師に唆されたのかもしれませんよ」

タイミングよくインターホンが鳴り、疑惑の占い師が姿を見せた。

「水晶で恐ろしいものを見ました。組長さんに危険が迫っています。今すぐ白洲邸へ行ってください」

黒のハットと刺繡《ししゅう》の入ったワンピースはいつも通りだが、化粧をしていないせいで神秘的な雰囲気が薄れていた。センスのない美大生という感じだ。

「もっともらしいこと言いやがって。おれたちは騙《だま》されねえぞ」

弱冠二十歳の新入り、若林駱太《わかばやしらくた》が罵声を浴びせる。

「信じていただけないなら、あたしにも考えがあります」

歩波はネックレスを外し、若林の鼻先に銀の薔薇《ばら》をぶら下げた。この女は占いのほかに催眠術を会得していて、白洲を相手によく胡散臭《うさんくさ》い催眠療法セラピーを行っていた。秋葉も宴会の余興で自分を豚と思い込まされ、ぶひぶひ鳴かされたことがある。

「あなたはだんだん組長さんの家に行きたくなる――」

「わ、分かったよ」

若林が耳を塞いで叫んだ。

占い師の言うことはさておき、白洲が自宅で倒れている可能性は否定できない。組員たちはぞろぞろと事務所を出ると、中古のライトバンを連ねて白洲邸へ向かった。

午前十一時十五分。権堂が白洲邸の門扉のインターホンを鳴らした。案の定、返事はない。組員たちは築地塀をよじ登って玄関へ向かう。金太郎の姿も見当たらない。玄関のドアを叩いても梨の礫《つぶて》だった。

「ん?」

若林がドアの左手、自動給餌器と壁の隙間に手を入れる。取り出したのはコーヒーの缶だった。コルレオネブレンドのブラック、500㎖のボトル缶。事務所一階の自販機でも売られている、組員御用達の一本だ。

「おやじが落としたのかな」

若林が缶を左右に振る。中身は空のようだ。

一昨日の昼過ぎ、秋葉がタンクの飼料を補充したときは、缶は落ちていなかった。白洲はこの場所で誰かに襲われたのか。もしそうなら、昨日の電話やメールは何だったのだろう。

「おやじ、許してください」

権堂がバールを振り下ろし、庭に面したサッシ窓を割った。腕を入れてシリンダー錠を外し、窓を開けてリビングへ入る。秋葉もすぐ後に続いた。

そこは血の海だった。

全裸の男が腕を後ろに回し、脚を畳んで、うつ伏せに倒れている。斬首された罪人のような格好だ。腕と脚は結束バンドで縛られていた。

背中を覆う曼荼羅《まんだら》模様の刺青《いれずみ》から、その男が白洲であることは間違いない。

だが首の上にあるのは、白洲ではなく豚の頭だった。

首を切られ、豚の首と挿《す》げ替えられているのかと思ったが、よく見るとそうではない。頭と胴がつながっているのだ。

権堂は両手で豚の鼻と顎を摑んで、左右に揺すりながら引いた。頭がわずかに胴から離れる。さらに力を込めると、被《かぶ》り物を脱いだように頭が外れた。皮の下から、つるりとした肉の塊が現れる。

「こんな死体があるんだな」

白洲は頭の皮を剝がれ、豚の頭を被らされていた。

「狼《おおかみ》男ならぬ、豚おやじって感じだね」

互目魚々子《ぐのめななこ》が白洲の遺体を見下ろして呟《つぶや》く。

「まずいラーメン屋の店名みたいだな」

秋葉のジョークに、権堂が眦《まなじり》を上げる。互目はどうでも良さそうにタブレットのカメラのシャッターを切った。

カシミヤのロングジャケットにタイトなパンツ。どこの百貨店で買えるのか分からないハイブランドを着こなす彼女は、牟黒警察署の刑事課に所属する警察官だ。一見すると生真面目なエリート刑事のようだが、彼女は牟黒市のやくざとずぶずぶに癒着している。裏社会に関する情報を提供させる見返りに、県警本部の締め付けをのらりくらりとかわし、詐欺、窃盗、強盗、闇金営業、売春斡旋、薬物販売といった違法行為を揉み消しているのである。彼女がいなければここにいるやくざの半分以上は塀の中にいたはずだ。

互目の視線を追って部屋を観察する。ソファとテーブルが隅に追いやられているのは、犯人がスペースを作るために動かしたからだろう。ソファには白洲のスーツや下着が無造作に積まれている。

広いカーペットの真ん中には、首から上が人体模型のような白洲の遺体と、ぺしゃんこになった豚の頭が並んでいた。周囲には白洲の頭から削《そ》がれた毛髪や皮膚、豚の頭から搔き出された脳や肉や骨が散乱している。流し台を挟んだキッチンの床には、首を斬り落とされた豚の死骸が転がっていた。

「わざわざ豚を持ってくるとは物好きな犯人だこと」

「いえ。この豚、うちのおやじが飼ってたやつなんです」

権堂はカメムシを噛《か》み潰したような顔で、組長が豚を飼い出した経緯を説明した。

「とんだ占い師だね。惨事を予想できてないどころか、ほとんど片棒を担いでるし」

問題の占い師はというと、組員の制止を振り切ってリビングを覗き、泡を吹いて失神。現在は牟黒病院で手当てを受けていた。

「やっぱり赤麻組のしわざだと思いますか」

「分かんないよ。占い師じゃないんだから」

互目はそう前置きしつつ、遺体の元へ屈《かが》み込んで、いくつか見解を述べた。

死因は細い紐《ひも》のようなもので首を絞められたことによる窒息死。首をよく見ると、頭部から流れた血に紛れて赤い索状痕《さくじょうこん》が残っていた。ただし紐を解こうとしてできる引っ掻き傷が見当たらないことから、首を絞められた時点で意識を失っていたか、かなり衰弱が進んでいたとみられる。

頭部は人間とは思えないほど損壊されていたが、よく観察すると、全域にわたって化膿や炎症などが見られた。白洲は生きたまま頭の皮を剝がれたのである。

およその死亡推定時刻は、昨日十一日の午後五時から九時にかけて。ただし六時に赤麻組事務所の電話を鳴らしたのが本人なら、死んだのはそこから九時までの間ということになる。ジャケットから見つかったスマホにはこのときの発信履歴が残っていた。

「ここにはあるはずのものがない。何だか分かる？」

互目が思わせぶりに言う。権堂が首を振ると、

「排泄物《はいせつぶつ》だよ。窒息死した死体には普通、脱糞《だっぷん》や失禁の形跡が残る。拘束から死亡まで飲まず食わずだったせいで、直腸や膀胱《ぼうこう》が空になっていたんじゃないかな」

「すぐには殺さなかったってことか」

互目が頷《うなず》く。

「殺される前日、四月十日の夜には拘束されていたんだと思う。犯人は白洲組長が帰宅したところを襲撃し、意識を奪ってリビングへ運んだ。衣類を脱がせて裸にすると、手足を結束バンドで縛り、刃物で頭の皮を剝ぐ。前後して飼い豚を殺してキッチンへ運び、首を切断。豚の頭から脳や骨を抉《えぐ》りだして、白洲の頭に被せる。そうして豚おやじを作り上げてから、十一日の午後五時から九時の間に、紐で首を絞めて息の根を止めた」

とんだ大仕事だ。犯人はよほど白洲を恨んでいたのか、あるいは組員たちを脅そうとしたのか。

「これは何？」

互目はふいに足を止めると、ソファの下に手を入れ、白いビニール袋を取り出した。

「おやじが隠したものです」

権堂がそれを受け取り、ビニールを剝がす。中から拳銃が現れた。

「おやじは臆病でした。突然襲われた場合に備えて、あちこちに武器を隠してたんです。他にも

いろいろありますよ」

玄関の写真立ての裏やトイレのタンクの中にも拳銃が隠れていたが、いずれも取り出した形跡はなかった。反撃する暇もなく拘束されたのだろう。

「どうする？　警察で捜査するなら、犯人は裁判にかけて服役させることになるけど」

「駄目です。芋を引いて警察に泣きついたと思われたら、おれたちの顔が立ちません」

権堂が互目を呼んだのは、捜査を頼むためではない。あらかじめ情報を共有する代わりに、万一、話が洩《も》れたとき、警察の中でうまく立ち回ってもらうためだった。

「あっそ。じゃあ任せるけど、派手な喧嘩はしないように」

やくざは取り締まるよりも泳がせる方が良いというのが彼女の考えだが、とはいえ限度もあるだろう。

「民間人に被害が出たら、わたしたちも黙ってられないからね」

互目はそう釘《くぎ》を刺した。


一同が白洲組事務所へ戻ると、臨時の幹部会議が開かれた。

「蜜月は終わりだ。赤麻百禅にはきっちりケジメを付けさせる」

組長代行の権堂がやくざらしいことを言って、一同を睨《にら》む。すでに赤麻組の犯行と決めつけているらしい。普段は任侠などどこ吹く風でのんべんだらりと過ごしている幹部たちも、権堂の前では「ぶっ殺せ」「殲滅《せんめつ》戦だ」「全身を剝いでやる」と威勢が良い。

秋葉はどっちつかずな気分だった。勝手に組長を殺すとはけしからんやつだ、とは思う。だが現実的に考えて、やくざを殺そうとするのはやくざくらいだ。昨日、仲良くトランプをした赤麻組の組員たちが、白洲を殺した犯人だとは思えなかった。

「秋葉、なに黙ってんだよ」

権堂がいちゃもんを付けてくる。秋葉は下っ端だが、白洲に気に入られていたせいで、舎弟頭補佐という肩書きで幹部会議への出席を強いられていた。

「赤麻組はなぜ、急におやじを襲ったのかなと思いまして」

秋葉はとっさに話を逸《そ》らした。

「おやじが豚を贈ったからだろ。侮辱されたと思い込んだんだ」

生前の白洲も同じ心配をしていた。鼻太郎から「お前らには豚がお似合いだ」というメッセージを読み取り、「豚はお前の方だ」と返事をしたということか。その割には赤麻組の連中も豚を可愛がっているように見えたが。

「現時点で赤麻がやった証拠はないですよね」

権堂は唇をひん曲げると、遺留品を詰め込んだ袋からスマホを取り出した。

「おやじの携帯だ。昨日の六時に赤麻組事務所へ電話をかけた履歴が残っていた。赤麻が送り込んだちんぴらに痛めつけられ、命乞いをしようと電話をかけたんだろ」

実際は秋葉を呼び出す電話だったのだが、それを明かすわけにはいかない。赤麻組の事務所で遊んでいたのがばれたらお終《しま》いだ。

「ん？　六時四十分に、お前に『帰ってくれ』ってメールを送ってるぞ。これはどういう意味だ。お前、おやじと一緒にいたのか？」

蝮《まむし》のような三白眼が秋葉を見据えた。

「まさか。意味が分からなかったんで、今日聞こうと思ってたんです」

秋葉はとぼけた。

「お前、何か隠してないか？」

「とんでもない。それより兄さん、抗争になれば、赤麻組も相応の言い分を用意してくるはずです。おれたちが事件をでっちあげたと言い出すかもしれない。まずはきちんと足元を固めるべきじゃないですか」

アドリブにしてはもっともらしい言葉が出てきた。数人の幹部が頷いている。

「急《せ》いてはことをし損じるからな」

権堂はスマホをテーブルに置き、椅子に腰を沈めた。

「明日は赤麻と付き合いのあるちんぴらの動きを洗いつつ、現場周辺の住人に聞き込みをかけろ」

「証拠が何も出なかったら？」

別の幹部が尋ねる。

「そのときは仕方がない。赤麻を拉致して口を割らせてやるよ」

3

秋葉は面倒なことが嫌いだった。

四年前、高校を卒業した秋葉は、やくざと縁もゆかりもない一般企業に就職した。市内に本社を置く小さな保険代理店だった。法人営業部に配属され、朝から晩までオフィスを回って保険商品を売り込み、太鼓腹のおっさんたちに酒を注《つ》いだり、ふた昔前のヒットソングを歌ったりした。入社半年でなぜか先輩社員が姿を消し、得意先が倍に増えたが、「若い頃の苦労は買ってでもしろ」という社長の言葉を信じて仕事を続けた。

半年後、秋葉は自宅を出たところで意識を失い、牟黒病院へ搬送された。

病室で暇を持て余した秋葉は、半年以上、深夜ラジオを聴いていなかったことに気づいた。学生時代は〈下平々の死神ラジオ〉でネタを読んでもらうことが生きがいだったのに、自分はどうなってしまったのか。秋葉は退院翌日に辞表を出した。

体力が回復すると、秋葉は魚屋でアルバイトを始めた。アルバイトなら勤務時間が決まっているし、責任もない。過労で倒れる心配もないというわけだ。

秋葉は品出しをして、魚を売り、掃除をして家に帰った。市場へ出向いたり魚を捌《さば》いたりといった面倒なことは店長がやってくれるので気が楽だった。

三カ月後、得意先の居酒屋が倒産してから、給料がなかなか振り込まれなくなった。品出しや掃除の時間は勤務時間に含まれなくなり、売れ残った魚はアルバイトが買い取ることになった。魚で家賃は払えないのでシフトを増やしたが、なぜか収入は下がり続けた。

半年後、秋葉は刺身包丁で手首を掻っ切り、再び牟黒病院へ搬送された。

秋葉は途方に暮れた。食いっぱぐれない程度の金を稼いで、深夜ラジオを聴きながらのんびり暮らしたいだけなのに、なぜうまくいかないのか。

そんなとき、初めの会社の先輩社員が自殺したと連絡を受けた。先輩社員はパチンコ好きで、会社をクビになってからも借金を重ねていたらしい。葬式で念仏を聞いていると、ちんぴらが乗り込んできて、遺族に金を返せとわめいた。

秋葉ははたと膝を打った。彼らの仕事は大きな声を出して返済金やらみかじめ料やらをぶんどることである。これなら一定の労働時間で十分な金を稼げるのではないか。大規模な抗争が起きれば事情は違ってくるが、そんなものは過去の話だろう。

そう考えた秋葉は、白洲鯱丸と盃を交わし、晴れてやくざになったのだった。

遺体発見から一夜明けた四月十三日。

秋葉は両手に大きな袋を提げ、レコーダーに録音した一年前の〈死神ラジオ〉を聴きながらアパートを出た。今日は事務所に顔を出した後、夜まで現場付近で聞き込みだ。市民に通報されないように、葬式の前日に買った無地のスーツを着込んでいた。

ゴミ袋を集積所に放り込んだそのとき。どこかで見覚えのある少女が自転車に乗って目の前を通り過ぎた。

誰だ？

自分に少女の知り合いがいるとは思えないが――。

記憶の抽斗《ひきだし》からその顔を見つけた瞬間、秋葉は雄叫《おたけ》びを上げていた。

「おい、こら、停まれ！」

キキィと前輪だけが停止して、行き場を失った後輪が浮き上がる。少女は宙に吹っ飛び、頭から歩道に落っこちた。

「ちょっと、何なんですか」

「こっちの台詞《せりふ》だ。どこ行くんだよ」

秋葉はイヤホンを外しながら少女に詰め寄った。

「学校ですけど」

少女はスクールバッグを背負っていた。バニラ色のセーターにチェックのスカート。なるほど学生らしい風体である。

「なんで占い師が学校に行くんだ」

「なんで占い師が学校に行っちゃいけないんですか」

それもそうだ。

「高校生のくせに占いや催眠術の真似事《まねごと》をしてたのか。えらい度胸だな」

「真似事じゃないですよ。ちゃんと修業してますから。また豚にしてあげましょうか？」

歩波も秋葉を覚えていたらしい。昨日、死体を見て失神したときと比べ、別人のように顔色が良くなっていた。

「おやじは死んだ。本当のことを言え。お前が白洲鯱丸に近づいたのは」

「金目当てです」

「どうしてやくざを狙った。鴨《かも》はいくらでもいるだろ。年金を貯《た》め込んだ婆《ばあ》さんとか」

「そんなのあたしの勝手ですよ。日本では経済活動の自由が保障されてますから」

「おやじが自宅で死んでると分かったのはなぜだ。本当に水晶に映ったのか？」

「まさか。突然連絡が取れなくなったんで、トラブルに巻き込まれたのかもと思っただけです。事務所にいないなら自宅じゃないかと考えるのは普通ですよ。予言に聞こえたならあたしの腕が良いってことですね」

「一昨日の午後五時から九時まで、どこにいた」

「ずっと家にいました。お母さんに聞いてください」

自転車を起こし、右足をペダルに載せる。

「もういいですね」

「あと一つ」ふと思い付いたことがあった。「お前の催眠術で、人を殺させることはできるか？」

歩波は含み笑いを浮かべた。苦笑しているようにも、楽しんでいるようにも見える。

「条件が揃えば不可能とは言えないですけど、まあ、難しいでしょうね」

「条件ってのは？」

「ターゲットがあたしを信頼していること。暗示に掛かりやすいこと。覚醒時から殺意を抱いていること。十分な身体能力があること。殺す相手が抵抗しないこと」

「多いな」

「催眠術っていうのは、脳をぼんやりさせて暗示をかける技術です。脳がフル稼働するような複雑な行動をさせるのには向きません。身体の一部を動けなくするとか、自分が豚だと思い込ませるとか、単純な暗示がせいぜいですよ」

そんなものか。種を明かされると拍子抜けだった。

「もう行きます。遅刻しちゃうんで」

歩波がペダルを漕《こ》ぎ始める。秋葉はとっさに左腕を摑んだ。

「待て。何か他に方法が――」

セーターの袖から左腕がすっぽ抜けた。歩波はすいすいと道を進んでいく。腹の辺りから生えた本物の腕がハンドルを摑んでいた。

「催眠術以外にも、人を化かす方法はいっぱいありますよ」

歩波は得意そうに右手を振った。


事務所へ向かう道すがら、秋葉はニコチンで脳に活を入れた。

抗争の危険が迫っている。面倒事を避けるためにやくざになった自分には看過できない事態だ。これ以上の流血を防ぐには、犯人を捕まえ、適切な処分を与えるしかない。

では犯人はどこにいるのか。秋葉には一つ、考えがあった。

十一日の午後六時、秋葉が赤麻組の事務所でトランプをしていると、白洲を名乗る人物から電話がかかってきた。この電話は白洲本人がかけたものとみて間違いない。この日、秋葉が赤麻組へ出向いたことを知っていたのは白洲だけだ。他の誰かが秋葉を呼び出そうとしたのなら、秋葉の携帯電話や白洲組の事務所の電話を鳴らすことはあっても、赤麻組の事務所の電話を鳴らすことはないだろう。犯人に拘束された白洲が、隙をついて秋葉に連絡を取ろうとしたのだ。

では白洲はなぜ秋葉を呼んだのか。

赤麻組の組員に襲われたのなら、白洲組の事務所か、他の組員の携帯電話に連絡すればよい。わざわざ赤麻組にいた秋葉を呼んだ理由はただ一つ。犯人が白洲組の組員で、事務所にかけると犯人の仲間が出る可能性があったのだ。

午後六時四十分、秋葉が白洲邸に駆け付けると、やはり白洲と思《おぼ》しき人物から『帰ってくれ』とメールが届いた。電話で呼び出したのと同じ人物が、メールで追い返すのは理屈に合わない。このメールを送ったのは犯人だ。インターホンで秋葉が来たのに気づいて、とっさにメールで追い返したのだ。

だが秋葉はインターホンに名前を告げていない。相手が出なかったのだから当然だ。犯人はモニター越しに顔を見て、それが秋葉だと気づいたことになる。やはり犯人は白洲組の組員だ。

そこまで考えたとき、ふと突拍子もない推理が浮かんだ。

先ほどの歩波の言葉がこだまする。この方法なら危険を冒さずに白洲を殺せるし、犯人が豚の頭を被せたことにも説明がつく。

秋葉は肺から煙を吐くと、雨水溝《うすいこう》に吸い殻を押し込んで、事務所の扉を開いた。

4

「おつむ、大丈夫か？」

本革風の椅子に権堂がふんぞり返っていた。ネクタイを外し、ゆるく開いた襟元に刺青を覗かせている。組長らしい仕草を研究したのだろうか。

「おやじを殺した犯人は、占い師の神月歩波です」

秋葉は啖呵《たんか》を切った。理屈はできている。あとは度胸と雰囲気だ。

「あのガキはアリバイがあると聞いたぜ」

「直接手を下したんじゃありません。催眠術でおやじを死なせたんです」

権堂の靴を磨いていた新入りの若林が、ぷっと噴き出した。

「テレビの観《み》すぎだ。催眠術で殺人ができるなら、日本中のやくざが催眠術師を雇うはずだぜ」

権堂が茶化し、

「秋葉さんの場合はラジオの聴きすぎでしょうね」

若林が合の手を入れる。

「歩波は催眠術で犯人を操ったんじゃありません。自分が豚だとおやじに思い込ませたんです」

権堂の眉毛がぴくりと跳ねた。

「十日の夜、歩波は白洲邸を訪ねました。それまでの催眠療法セラピーでおやじに暗示をかけるコツを摑んでいたんでしょう。彼女はおやじに自分が豚だと思い込ませると、庭に連れ出し、移動すると首が絞まる仕掛けを作りました。長い紐の一方を首に、もう一方を庭木に結び付け、真ん中で緩い固結びを作って輪の中に首を通せば完成です。仕上げに自動給餌器を翌日の夕方にセットし、邸宅を後にしました。翌日、給餌器から出た餌を見たおやじは、銀皿へ猛ダッシュして、窒息死してしまったんです」

三日前の金太郎のように、白洲は全速力で餌に突進したのだ。

「歩波は家族と過ごしてアリバイを作り、昨日の朝、紐を回収して死体をリビングへ運びました。ところでこの仕掛けには一つ難点があります。おやじの家の庭には池がありました。催眠術にかかっていても、池に映った顔を見たら、自分が人間だと気づく恐れがある。歩波も仕掛けを作ってからそのことに気づいたんでしょう。彼女は苦肉の策で、池を見ても自分が人間だと気づかないよう、金太郎の頭の皮をおやじの頭に被せたんです」

本部会議室は静まり返っていた。次に権堂が発する言葉によって、これからの組の動きが決まる。そんな緊張感があった。

「驚いた。お前に探偵の才能があったとはな」権堂の口角がつり上がる。「今すぐ占い師を連れてこい」

「あのう」

新入りの若林が口を挟んだ。

「何だ。文句あんのか」

権堂が靴を床に擦り付ける。磨いたばかりの爪先にきずができた。

「いや、文句じゃないんですけど。秋葉さんの推理が正しいとしたら、歩波先生はなんでおやじの頭の皮を剝いだんでしょうか。豚の頭だけ被せればいいと思うんですけど」

指名ゼロのホストのような風貌のくせに、若林の言葉は整然としていた。

「それだけおやじが憎かったんだろう。自分でとどめを刺せない代わりに、皮を剝いで鬱憤を晴らしたんだ」

「なるほど。でも豚は携帯電話を使いませんよね。自分のことを豚だと思い込んでいたのなら、電話もメールもできないんじゃないですか？」

「それは――」

秋葉は若林と顔を見合わせた。メールはさておき、電話をかけたのは白洲本人だったはずだ。

「確かにそうだな」

水を打ったような沈黙。

「こいつを捕まえろ！」

権堂が叫んだ。屛風《びょうぶ》の裏から五人の組員が飛び出し、ナイフを出す間もなく羽交い絞めにされる。脛《すね》を蹴られ、床に膝をついた。

「何ですか、これは」

「とぼけるなよ。お前がおやじを殺したんだろ？」権堂はそう言って腰を上げた。「この部屋でお前をひっ捕らえる算段を練っていたら、お前が一人で乗り込んできたんだ。すぐに拘束しても良かったが、寛大なおれは話を聞いてやることにした。あんまり突拍子もないことを言うから笑いを堪《こら》えるのに必死だったぜ」

信じていたくせにどの口が言う、というのはさておき。

「おれがおやじを殺したって、どういうことですか」

「ばれないと思ったのか？　世の中そんなに甘くない。鳴空山公園のホームレスが、十一日の夕方、お前が白洲邸へ行くのを見たと証言した」

ベンチで焼酎を呷っていたおっさんが脳裏によみがえる。

「赤麻組の連中とも仲が良いらしいな。事務所に出入りするのを見たってタレコミが来てる」

トランプで遊んでいた自分をぶん殴ってやりたくなった。

「赤麻に唆されて、お前がやったんだろ？」

権堂が秋葉に歩み寄る。濡《ぬ》れ衣《ぎぬ》を晴らしたいが、何を言っても自分の首を絞めそうだ。

「だんまりか。往生際が悪いな」

権堂が腹の真ん中を殴った。胃袋が跳ね上がり、大盛りのゲボがこぼれる。唇を拭って顔を上げると、目の前に銃口があった。

「吐けばすぐに死なせてやる。吐かないならゆっくり死ぬことになる」

ガチャッ。遊底《ゆうてい》が引かれる。

どうせ死ぬなら楽な方がいい。あっけない幕切れだ。特に未練はないが、来週の〈死神ラジオ〉が聞けないのが少し残念だった。

「すいません。おれがやりました――」

轟音《ごうおん》が鼓膜を貫いた。

床がトランポリンのように揺れ、埃《ほこり》っぽい煙が舞い上がる。

目を開けると、タクシーが会議室に突っ込んでいた。ゴムの焦げる臭い。運転席のドアが開き、白髪の中年男が顔を出した。

「お客さん！　急に変なこと言うから、うっかりやくざの事務所に突っ込んじゃいましたよ」

男が後部座席を向いて罵声を上げる。足元では権堂がタイヤの下敷きになっていた。

「おい、どけ」

とっさに組員たちを突き飛ばすと、運転席から中年男を引き摺り下ろし、シートに乗り込んだ。シフトレバーをRに倒し、力任せにアクセルを踏む。瓦礫《がれき》を吹っ飛ばして事務所を出ると、銃声も構わず道路をかっ飛ばした。ボンネットが外れているが走行に支障はない。

「ちょっと、どこ行くんですか」

一キロほど走ったところで、後部座席の男が言った。小学生がそのまま大人になったような顔をしている。死体よりも顔が白い。髪がぼさぼさなのは事故のせいではなさそうだ。

「困りますよ。ぼくは牟黒岬へ行くところなんですから」

誰だか知らないが、降ろしている暇はなかった。

「死にたくなけりゃ黙ってろ」

「生きたくないので喋《しゃべ》ります。ぼくは自殺するんです。説教は要りませんよ。友人に裏切られ、やくざに金を騙し取られ、おまけに小説も書けなくなったぼくの気持ちが分かりますか。ぼくは生きてる価値のない人間なんです」

舌の長い小説家だった。

「じゃあ死ねよ。道路に飛び降りろ。ほら。早く」

「牟黒岬でなきゃ駄目なんですよ。あなた、失礼ですね。やくざの事務所から出てきましたけど、殺し屋か何かですか?」

「おれはやってない。濡れ衣を着せられたんだ」

「あはあは。何ですかそれ。冥土《めいど》の土産に詳しく聞かせてくださいよ」

男は後部座席からやたらと肩や腰を触ってくる。

癪《しゃく》に障る野郎だが、黙っているのも気まずい。秋葉は県道をかっ飛ばしながら、ことの経緯を説明した。男が「ほほう」「なるほど」「そんでそんで?」と気持ちの良い相槌を入れるので、気づけばこの数日の出来事を仔細《しさい》に打ち明けていた。

「素晴らしいですね。ぼく、猟奇的な死体が大好きなんです。でも豚の頭を被せるなんて考えもしませんでした。ホラー映画のような外連味《けれんみ》がありつつ、どこか宗教的な味わいもある。組み合わせの妙というやつですか」

男の言葉は止まらない。変な薬でも飲んでいるのか。

「こんなミステリー小説みたいな事件があるんですね。それにしては謎解きが簡単すぎるかもしれないですけど」

ん？

「謎解きが簡単って、どういうことだ」

秋葉は後部座席を振り向いた。

「文字通りの意味ですよ」

「犯人が分かるのか？」

「前を向いてください。これくらい分からなきゃ偽物ですよ。ぼくがどれだけ猟奇殺人のことを考えてると思ってるんです」

「犯人は誰だ」

「分かってなかったんですね。それじゃ念のため、組長さんの家にあったものを確認させてください。まずリビングに組長さんの死体。頭から削いだ毛と皮膚。豚の頭。掻き出された脳、肉、骨。キッチンに豚の首無し死体。ソファの下やトイレのタンクに拳銃。玄関先の給餌器の裏に缶コーヒー。これくらいですか？」

白洲邸の現場を思い浮かべる。他には特に見当たらない。「そうだな」

「なるほど。じゃあ間違いない。ぼく、真相が分かりました」

男は秋葉の肩を叩いて、楽しそうに言った。

5

秋葉は半信半疑だった。

狸の置き物で運気は上がらないし、占い師は未来を見抜けない。突然現れた自称推理作家が事件の謎を解くなんて、ナンセンス喜劇みたいなことは現実では起こらない。

「組長さんが自宅のリビングで首を絞められたのなら、絶対になければならないものがあります。うんことおしっこです」

そんな疑いの眼差《まなざ》しはどこ吹く風で、男は滔々《とうとう》と推理を語り出した。

「息ができなくなると血中の酸素濃度が低下して脳が機能しなくなり、肛門や膀胱の括約筋《かつやくきん》が弛《し》緩《かん》して脱糞や失禁が起こります。死亡時の体勢によって大小はありますが、死体の付近にうんこやおしっこがないのは不自然です」

「死ぬまでしばらくの間、飲まず食わずだったんじゃねえのか。刑事はそう言ってたぜ」

「でも事務所の自販機で売っている缶コーヒーが玄関先に落ちてたんですよね。しかも中身は空だった。コルレオネブレンドって、500㎖のボトル缶でしょう。もし組長さんが事務所を出たとき、コーヒーを飲み終えていたか、少量しか残っていなかったとすれば、わざわざ持ち帰らずに事務所に捨てていったはずです。組長さんはある程度の量が残ったコーヒーの缶を持って車に乗り、運転中にそれを飲み干した。十日の夜に襲われた時点で、組長さんは相当量の水分を摂取していたんです。翌日まで飲まず食わずだったとしても、おしっこが出ないとは思えません」

「拘束中に犯人に頼んで、便所へ行かせてもらったんじゃないのか」

「便器のタンクには拳銃が隠してありました。トイレに行かせてもらえたのなら、組長さんは拳銃で反撃を試みたはずです」

　バックミラーに映った自分がぽかんと口を開いた。

「それじゃおやじのおしっこはどこに消えちまったんだ」

「わざわざおしっこだけ掃除する理由はありません。死体が見つかったリビングに、初めからおしっこはなかったんです。大量の血痕が残っていますから、組長さんがこの部屋で皮を剝がれたのは確かです。でも首を絞められて命を落としたのはその部屋じゃなかったんです」

「神月歩波の自宅か？」

「占い師のことは忘れてください。家族と一緒にいたのなら組長さんは殺せません」

「じゃあどこだ」

「赤麻組事務所の三階のラウンジです」

　男は平然と言った。

「赤麻や妹尾とトランプをした部屋じゃねえか。どこにおやじがいたって言うんだ」

「豚小屋です」

　一瞬、言葉の意味が分からなくなった。

「豚小屋から顔を出していたのは、鼻太郎ではなく組長さんだったんですよ。

犯人は十日の夜、組長さんの家の塀の内側で待ち伏せをして、組長さんの意識を奪います。鍵を奪って邸宅に入ると、衣服を脱がせ、頭の皮を剝ぎ、豚の頭を被せます。手脚を畳んで結束バンドで固定し、口に猿轡《さるぐつわ》を嚙ませ、仕上げにオムツを穿《は》かせるのも忘れてはいけません。

そうして作り上げた豚おじさんを、深夜、赤麻組事務所の三階へ運び、豚を被った頭だけが外に出るように豚小屋へ入れます。首にエリザベスカラーを巻き、小屋の中の胴を隠してしまえば、元気のない豚が休んでいるようにしか見えません。数日前にうんことおしっこをぶちまけ、消臭芳香剤を並べておいたのは、血や膿の臭いをごまかすためです。本物の鼻太郎は鎮静剤を打って、倉庫にでも隠しておいたんでしょう」

二日前に目にした豚の様子が脳裏によみがえる。顔色が悪く、ときおり首を動かしていたのを除けば、うつ伏せのままじっと目を閉じていた。

「犯人はトランプ大会の途中、エリザベスカラーのずれを直すふりをして豚小屋に近寄ると、あらかじめ首に巻いておいた紐を絞めて組長さんを殺害しました。そして夜、事務所から人がいなくなってから、鼻太郎を豚小屋に戻し、組長さんの死体を邸宅へ運んだんです。こんなことができたのは、赤麻組で鼻太郎の世話をしていた妹尾蟬吉さんだけでしょう」

秋葉が鼻太郎の様子を見ようとすると、妹尾は強い調子で秋葉を遮った。すっかり惚れ込んでやがると思ったものだが、あのとき制止を無視して小屋を覗いていたら、そこには人間の胴があったのだ。

「待て。頭の皮を剝がす理由がないぞ。豚の頭を被せるだけで十分じゃないか」

「妹尾さんの狙いの一つは、殺害現場を組長さんの家に見せかけ、アリバイを作ることでした。組長さんが殺された時刻、妹尾さんが事務所でトランプをしていたことは、仲間の組員たちが証言してくれるでしょう。でも組長さんの家に血や糞尿がまったくなければ、殺害後に死体を運んできたことがばれる危険がある。妹尾さんは頭の皮を剝いで大量の血を流させることで、そこが殺害現場だと印象づけようとしたんです」

白洲を名乗る人物から電話を受け、秋葉が事務所を辞したとき、赤麻は妹尾に車を出させようとした。だが妹尾は「鼻太郎の世話があるので」とそれを断った。アリバイを確保するため、事務所を離れるわけにはいかなかったのだ。

「赤麻組事務所にかかってきた電話は何だったんだ？」

「妹尾さんの自作自演ですよ。あなたが事務所を訪ねてくることは妹尾さんも想定外だったはずです。そこで彼は機転を利かせ、あなたに容疑を被せることを思い付きました。妹尾さんはトランプの途中、隠し持っていた組長さんのスマホで事務所の電話を鳴らし、あなたを組長さんの自宅へ向かわせます。さらに到着した頃合いを見計らって『帰ってくれ』とメールを送り、家に押し入る前に引き返させたんです」

その姿をホームレスが目撃することまで織り込み済みだったとは思えないから、折りを見て白洲組の組員と連絡を取り、秋葉が白洲邸を訪れたことを知らせる算段だったのだろう。

「動機は何だ。おやじは赤麻組と揉めていたのか」

「赤麻組が犯行を主導したのなら、身内の組員を騙すような真似はせず、口裏を合わせれば済んだはずです」

「妹尾が個人的におやじを恨んでいたってことか」

「それも違いますね。こんなに暴力的な殺し方をすれば、赤麻組の組員に疑惑が向けられることは想像できたはずです。あえて自分たちが怪しまれるような方法を選ぶ理由がありません」

「じゃあ何なんだよ」

「妹尾さんは赤麻組長にダイエットを勧めていたそうですね。もともと妹尾さんは、同じトリックで赤麻組長を殺そうとしたんじゃないでしょうか。でも豚の頭を被せるには、赤麻組長は太りすぎていた。痩せるよう説得してみたものの、本人はまるでその気がない。そこで標的を白洲組長に変えたんです」

「何だそりゃ」秋葉は声をでかくした。「組長なら誰でも良かったのか?」

「そうです。妹尾さんはやくざ映画が好きでやくざになったんでしたね。彼には現実のやくざが退屈すぎたんでしょう。どちらの組長もすっかり平和ボケしていて、占いやらトランプやらにうつつを抜かしている始末です。抗争の火種もなく、やくざ映画のような殺し合いは起きそうにない。そこで組長さんをひどいやり方で殺して、二つの組を衝突させようとしたんです」

背筋がぞくりとした。それが本当なら、妹尾はやくざ映画の観すぎだ。

「だったらどうしておれに罪を着せようとしたんだ」

「その方が都合が良かったからです。十一日の午後、あなたは赤麻組の事務所を訪れてから、組長さんの家へ向かった。一方の組長さんは、あなたにメールを送った直後に殺されている。客観的に見れば、あなたが赤麻組の指示で組長さんを殺したとしか思えません。単に組長さんを殺すよりも、あなたを実行犯に仕立てた方が、赤麻組の関与が確固たるものになる。すなわち確実に抗争を起こすことができると考えたんです」

秋葉は急ブレーキを踏むと、中央分離帯の植え込みを乗り越え、強引にUターンを決めた。後部座席の男がメトロノームみたいに揺れる。

「ちょっと、戻るんですか？　だったら降ろしてください。ぼくは牟黒岬へ行くんです」

秋葉は男を無視した。こんなところで命の恩人に死なれては困る。

「参考までに聞くが、お前を騙したやくざってのはどっちだ」

「へえ。白洲組ですけど」

それは好都合だ。

今から事務所に戻り、身の潔白を訴えたところで、白洲組の連中は聞く耳を持たないだろう。秋葉が生き延びる策は一つしかない。もうひと暴れして白洲組をめちゃくちゃにしてから、幹部の首を土産に赤麻組の門を叩くのだ。

「おれがお前の恨みを晴らしてやるよ」

やることが増えてしまったが、金曜深夜一時の〈死神ラジオ〉までには何とか片付くだろう。

秋葉は事務所めがけてアクセルを踏み込んだ。

何もない死体

16日午前2時半ごろ、牟黒川沿いの民家のガレージで男女が倒れているのを通りがかった高校生が見つけ、警察に通報した。男性は死亡が確認され、女性は病院へ搬送された。詳しい状況は分かっていないが、男性は首と四肢を切断されていたという。

人体の切断に詳しいミステリー作家の袋小路宇立氏（33）は、「犯人は被害者の男性に強い恨みを持っていたのではないか」と話した。

牟黒日報二〇一六年六月十七日付朝刊より

1

「牟黒病院に殺人予告が来たんだって。院長の首を飛ばさねえと職員を殺すってよ」

「すげえ。見に行く?」

資料閲覧用のラウンジで、暇そうなおっさんが囁《ささや》き合っている。

今日は五月十四日。土曜日ということもあり、牟黒市立図書館のラウンジには中高生も多い。

四月末にリニューアル工事が終わったばかりで壁も書棚もツルツルなのに、なぜかおっさんの耳の裏のような臭いが充満している。古い本が発する独特の瘴気《しょうき》がおっさんを連想させるのかもしれない。

「やめとけ。最近の若いやつは何を考えてるか分からん」

前歯の欠けたおっさんがこちらを見て、ぎょっと目を丸くした。

歩波は厚い本を脇に抱えていた。タイトルは『世界ギロチン入門』。高校生には縁のなさそうな本だが、同級生の処刑を企《たくら》んでいるわけではない。

歩波は中学生の頃からやくざのおっさんを占って小銭を稼いできた。歩波の育った家庭は少々特殊で、金を稼がないとまともな生活ができなかったのだ。

だが一月前、太客のおっさんが豚の頭を被《かぶ》せられて死んでしまった。路地裏で通行人を占いながら次の金蔓《かねづる》を探したが、好物件は見つからない。そろそろパンツでも売ろうかと考えていたとき、ふらりとやってきたのが顔色の悪い推理作家だった。

「やくざがぼくを死なせてくれないんだ」

珍しい悩みだった。

聞けば頭をぶん殴られたせいで脳がおかしくなり、作家なのに文字が読めなくなってしまったのだという。一度は命を絶とうと決めたものの、気まぐれで殺人事件の謎を解いたばかりに下っ端のやくざに気に入られ、「死んだら殺す」と脅されているらしい。

「アシスタントを雇って、代わりに文字を書いてもらえばいいんじゃないですか?」

歩波が思い付きを口にすると、作家は目と口をぱくぱくさせてから、毒気の抜けた顔で「なるほど」と呟《つぶや》いた。

「どうもありがとう。きみは恩人だよ」

財布から紙切れを出し、無造作に置いて立ち上がる。

「待ってください」歩波はTシャツを摑《つか》んだ。「つかぬことを伺いますが、小説家って儲《もう》かるんですか？」

作家は足を止め、「うーん」と唇を突き出す。

「人気によるかな。単著は定価の十パーセントが印税になる。ぼくの場合は一番売れた『二階から目潰し』が二十万部。あとは二、三万部くらい」

とっさに頭で算盤《そろばん》を弾《はじ》いた。単行本が一冊一七〇〇円として、二十万部なら印税収入は三千四百万円。こいつ、苦学生みたいな面《つら》のわりに稼いでやがる。

歩波は作家の肩を摑んで、無理やり椅子に座らせた。

「お兄さん、あたしを雇ってみませんか？」

作家は目を点にした。

「ぼく、占いって本当は苦手で」

「執筆アシスタントです。あたし、タイピング得意なんです」

小学生の頃から読書感想文の原稿を量産して小銭を稼いでいたから、並みの高校生よりは指が動くはずだ。

「きみが書いてくれるの？　なるほど。悪くないね」

それから貸金交渉や契約書作成などを経て、歩波は新たな金主《きんしゅ》を手に入れたのだった。

その青森山太郎は現在、新作長編『寝耳に死す』の執筆に励んでいる。殺人鬼に寝首を掻《か》かれた名探偵、大馘斬味《おおくびきれあじ》が、死に至るまでの数秒で五十余年の人生を追想するという、壮大だかしょぼいのか分からない物語だ。

青森は文字が読めないので、新聞や書籍で知識を得ることもできない。彼の小説は荒唐無稽《こうとうむけい》なものが多く、ものを調べる必要はほとんどないのだが、今回は物語の幹となる部分に疑問が生じたため、休日料金を払って歩波に資料集めを頼んだのだった。

「実際のところ、人間の生首ってどれくらい生きられるの？」

これが調査の課題だった。

有名な都市伝説がある。フランスでギロチンによる処刑が盛んに行われていた頃、好奇心旺盛な科学者が、死刑囚に命が果てる瞬間まで瞬《まばた》きをするよう頼んだ。首を斬られた死刑囚は、数十秒にわたり瞼《まぶた》を開閉し続けた――。

歩波もオカルト好きの同級生から似た話を聞いたことがあるが、信じているかと言えば答えはノーだった。人間は脆《もろ》い。中でも軟弱なのが脳だ。頭をぶつけたり酒を飲みすぎたりしただけで意識が吹っ飛んでしまうような粗悪品が、胴体から千切れても意識を保っていられるとは思えない。

歩波は閲覧席に腰を下ろすと、『世界ギロチン入門』の目次に目を通した。第五章に「切断された頭部の意識」とある。これだ。さっそくページを捲《めく》ろうとした、そのとき。

「ついた！」

舌の千切れた仔猫《こねこ》のような声が聞こえた。フロアの淀《よど》んだ空気が高原のように澄み渡る。

声のした方を見ると、幼児が階段を一段ずつ上っていた。水玉模様のTシャツにハーフパンツ。どんぐりみたいな髪型が可愛《かわい》い。二歳くらいか。

「お二階に着きました。ナギちゃん偉いねえ」

白ブラウスにジーンズの女が、数段上からそれを見守っていた。猫背のせいで老けて見えるが、四十代の半ばだろう。やけに胸元の開いたワンピースに傷んだ髪が垂れている。ファンデーションが濃すぎて死に化粧のようだ。頭を撫《な》でられた幼児が、にかい、にかいと嬉《うれ》しそうに繰り返した。

階段を上るだけで人を笑顔にする幼児に対し、我が人生のなんと退屈なことか。さっさと作業を終わらせてチューハイでも飲もう。二人が三階へ向かうのを見送って、歩波は『世界ギロチン入門』に目を戻した。

死刑囚の実験は本当に行われたのか？　はたして答えはイエスだった。

そもそもギロチンは、革命期のフランスで、斬首刑に代わる人道的な処刑具として発明された。斬首刑はミスが多く、斧を二十四回叩《たた》きつけられた不運な死刑囚もいたという。ギロチンを使えば、死刑囚に与える苦痛を最小限にできると考えられた。

だが生首に意識が残っていて、切断後も痛みを感じているなら、ギロチンはまったく人道的ではないことになる。学者たちは生首がどれだけ生命活動を続けているのかを知る必要に迫られた。

彼らは生首に話しかけたり、頬をつねったり、鼻にブラシを突っ込んだりした。

実験結果の多くは曖昧なものだった。切断された頭は、断面からの出血により急激に血圧が低下する。何らかの動作を見せる者もいたが、筋肉の痙攣《けいれん》と区別できない程度の微弱なものが大半だった。

では生首に意識は存在しないのかというと、決してそうは言い切れない。記録の中には、生命活動が続いていたとしか思えないものもある。

シャルロット・コルデは、処刑後、執行人助手の手で頭を観衆に掲げられ、頬を引っ叩《ぱた》かれた。このときはっきりと怒りの表情を浮かべ、多くの観衆がそれを目撃した。

解剖学者のセギュレ博士は、研究室に運ばれた生首を太陽光に晒《さら》し、瞼を開いた。するとその顔ははっきりと生気を示し、自ら瞼を閉じた。学生が針で舌を刺すと、痛そうに顔を歪《ゆが》ませ、口の中に舌を引っ込めた。

アンリ・ランギーユは、首を斬られた数秒後に名前を呼ばれ、瞼を開き、まっすぐに医師を見据えた。二度目の呼びかけにも応じたが、三度目以降は反応を見せなかった。

こうした記録から結論づけるなら、生首はしばらく意識を持ち続ける可能性もあ、、、る、ということになるだろう。すっきりしない結論だが、再実験ができないのだから仕方ない。

本を閉じて立ち上がると、ふいに目眩《めまい》がした。生首のことばかり考えていたせいか、乗り物酔いのように気分が悪い。

ロビーの自販機でトロピカルマンゴーソーダを買って、エレベーターに乗った。屋上に出ると、全身に生ぬるい風が吹きつける。貯水槽や室外機が縦列し、それらをつなぐ配管がコンクリートを這《は》い回っていた。リニューアル工事で若返ったのは三階までのようだ。

「おくじょう、おくじょう」

ナギと呼ばれていた幼児が、リズミカルに口ずさんでいた。どこかで拾ったらしい輪ゴムを指で弾いては、すぐにそれを拾いに行く。一目見ただけで胸の悪さが吹き飛んでしまうのだから幼児はすごい。母親らしい女は猫背をさらに丸くしてベンチでスマホを弄《いじ》っていた。

日差しを避けて貯水槽の陰に入り、ぷしゅ、とトロピカルマンゴーソーダの缶を開ける。

おっさんのシミみたいなちぎれ雲を眺めていると、ナギが近寄ってきた。歩波の足元に輪ゴムが落ちている。室外機やら配管やらを乗り越えて、輪ゴムを拾いに来たようだ。

「指鉄砲、すごいね」

ナギは輪ゴムを拾うのかと思いきや、胡桃《くるみ》のような瞳でまじまじとこちらを見上げた。

「図書館、よく来るの？」

肯定も否定もしない。返事をするに値する相手かを見定めているようだ。

「図書館、好き？」

ちらちらと歩波の手元を見ているのに気づいた。

「マンゴーソーダ、飲みたい？」

どんぐり頭が頷《うなず》いた。素直でよろしい。

飲み口を前にして缶を差し出すと、

「やめてください！」

ふいに女が駆けてきた。興奮した猿みたいに歯茎をひん剝《む》いている。余計な口を叩いたら殴られそうだ。女はナギの手を摑んでベンチへ引き返した。

——最近の若いやつは何を考えてるか分からん。

前歯の欠けたおっさんの言葉がよみがえる。

どうせ殺人鬼か誘拐犯の類と思われたのだろう。失礼な女だ。

歩波は足元の輪ゴムを拾うと、人差し指と親指に引っ掛け、女の背中に鉄砲を撃った。

2

「——大馘斬味はげっぷをして、静かに瞼を閉じた」

青森がおごそかに告げる。

歩波が文字を打ち込んでエンターキーを叩くと、

「おしまい！」

青森が両手を伸ばして布団に転がった。思わず肩の力が抜け、歩波も布団に倒れる。

六月十六日、午前二時。青森山太郎の新作長編『寝耳に死す』がついに脱稿した。

目を閉じると、名探偵の波乱万丈な人生が瞼の裏を駆け巡る。自分が小説を書き上げたような達成感を嚙《か》みしめていると、

「もうこんな時間か。遅くまで付き合ってもらって申しわけない」

ふと我に返ったのか、青森がむくりと起き上がった。三十歳の男が深夜に女子高生と同衾《どうきん》することの危うさに気づいたのだろう。

青森の筆が乗っているときでも、歩波は午後十時を過ぎたら作業を切り上げるようにしていた。労働基準法を守るためではない。夜更かしをすると翌朝起きられないのだ。歩波は占い師や執筆アシスタントである以前に高校生なのである。

なぜ今日に限って深夜まで青森に付き合ったのかといえば、脱稿が迫り熱が上がっていたからではなく、七時過ぎに雨が降り出したからだった。夕方までは雲一つなく晴れ渡っていたくせに、日が落ちるや土砂降りになった。もちろん傘は持っていない。コンビニで千円傘を買うのはもったいないし、青森にくらげの死骸みたいな傘を借りるのも気が滅入《めい》る。雨がやむまではと作業を続けているうちに、日付が変わってしまったのだ。

「じゃあまた今度」

眠気などないくせに、青森がわざとらしく欠伸《あくび》をする。歩波はしおらしくマンションを出た。

雨は零時過ぎにやんでいた。空は雲に覆われ、月の輪郭が溶けている。闇に沈んだ街は普段よりも猥雑《わいざつ》に見えた。

心地良い疲労を感じながら自転車を漕《こ》ぐ。アシスタントの執筆料金は原稿一枚当たり二千円。オプションの資料集めは一回三万円。ボツになった分も含めて五百五十枚の原稿を書き、資料集めを五回行ったから、締めて百二十五万円の売上だ。一時は腱鞘炎《けんしょうえん》で手首がもげそうになったが、やくざを転がす苦労を思えばちょろいものである。

含み笑いを噛み殺して、牟黒川の橋を渡る。雨のせいで河川敷の土がぬかるんでいた。山から吹き下ろす風も手伝って、力を抜くとタイヤを持って行かれそうになる。ペダルを強く踏んで泥だまりを抜けた、そのとき。

道の先に小さな影が見えた。

「ひえっ」

慌ててブレーキを摑む。

ライトが照らした道の真ん中に、子どもがぽつんと立っていた。

自転車を降り、おそるおそる背中に近づく。どんぐりみたいな髪型に見覚えがあった。幽霊ではない。一月前に図書館で出会った幼児――ナギだ。

「ど、どうしたの?」

水玉模様のTシャツが風にそよぐ。こちらを見上げたナギの顔には、べったりと血が付いていた。シャツも汚れているが、見たところ怪我《けが》はない。

「大丈夫? お母さんは?」

ナギは無表情のまま、木立ちの向こうを見る。橋から二十メートルほどのところに、年季の入った屋敷とガレージがあった。

「あそこから来たの?」

どんぐりがゆっくり上下する。

歩波はスマホのライトを灯《とも》し、ナギの手を引いて屋敷へ向かった。

木造の二階建て、築四十年といったところか。塗料が剝がれて壁が毛羽立っている。空き巣を防ぐためか、ドアや窓に板が打ち付けてあった。中に人がいるとは思えない。呼び鈴を押してみたが、案の定、反応はなかった。

隣りのガレージも同じころ建てられたものだろう。見たことのないV字形のトタン屋根に水が溜《た》まっていた。錆《さ》びた鋼板《こうはん》には土埃《つちぼこり》がこびりついている。

二つのシャッターが左右に並び、真ん中に小さなスチールドアがあった。シリンダー錠が付いているが、板で塞《ふさ》がれてはいない。レバー型のノブを下ろすと、ギィと鳴って手前に開いた。

饐《す》えた臭いが鼻腔《びこう》を抉《えぐ》る。

ライトで屋内を照らすと、ドアから一メートルほどのところに女が倒れていた。うつ伏せの姿勢で、両手を奥へ向けている。後頭部の皮が裂け、耳からも血が流れていた。

腰を屈《かが》め、ライトで横顔を照らす。幅の広い歯茎に見覚えがあった。一月前、図書館の屋上で歩波を不審者扱いしたあの女だ。てっきり死んでいると思いきや、手首にはまだ脈があった。

スマホを握り直し、さらに奥を照らす。女の身体から五十センチほどのところに、血にまみれた男の顔があった。ジェルを塗りたくった髪に白いものが交じっている。こちらはナギの父親だろうか。がっしりとした顔立ちだが、どこか様子がおかしい。

数秒考えて、違和感の正体に気づいた。

首から先がない。

ライトを高くする。ガレージの中央に木製の台があり、そこに肉の塊が載っていた。人間の胴のようだが、確信が持てない。ショーウィンドウのトルソーみたいに、手と足と首がすべて欠けていたのだ。

板には半円形の溝があり、頭のない首が嵌まっている。切断面と接して、巨大な中華包丁のような刃が受け皿に収まっていた。これが男の首を斬り落としたのだろう。

刃の左右には高さ三メートルほどの縦枠があり、内側に金属のレールが付いている。刃の上の面には杭《くい》が打たれ、そこに結ばれたナイロンの太い紐《ひも》が天井へ伸びていた。

歩波はようやく、その装置が何のために作られたものかを理解した。

「こんな死体、あり？」

男はギロチンで首と四肢を切断されていた。

3

「なに通報してくれてんのよ」

互目魚々子は往年のスケバンみたいなため息を吐《つ》いた。

遺体発見から十一時間。歩波は夜明けまでおっさんたちに質問攻めにされた挙句、帰宅してテレビをつけた十分後に呼び出され、牟黒病院の屋上を訪れていた。

「110番通報したら通信指令室に記録が残って揉《も》み消せなくなんの。そんくらい分かるでしよ?」

　パンプスの踵《かかと》でコンクリートを叩く彼女は、牟黒警察署の刑事だ。漫画でしか見ないような端整な顔立ちと、オーダーメイドらしいタイトなスーツ。牟黒市の治安を飛躍的に改善させた功労者としてケーブルテレビで特集されたこともあるが、その正体はやくざと手を組んで幾多の凶悪事件を揉み消してきた悪徳刑事である。やくざの専属占い師だった頃、事務所で何度か顔を合わせていた。

「あんた、白洲組長が死んだときも現場にいたよね。ひょっとしてあんたがやったの?」

　滅茶苦茶なことを言う。よほど捜査が難航しているようだ。

　事情聴取でおっさんたちに聞いた事件の概要に、昼のワイドショーで目にした情報を加えるとこんなふうになる。

　六月十六日、午前二時三十分ごろ。牟黒市在住の高校生から、空き家に遺体があると通報が入った。北牟黒交番の巡査が川沿いのガレージを訪れ、バラバラにされた男性と後頭部を強打した女性を発見。前後して救急車が到着し、女性は牟黒病院へ搬送された。

　この巡査が二人の被害者と面識があったことから、男性は桑潟厨太郎《くわがたちゅうたろう》、女性は小俣一葉《おまたかずは》と判明した。

　桑潟厨太郎は四十五歳。北牟黒七丁目で〈クワガタキングヘラクレス〉という頭の悪そうな昆虫ショップを経営していた。昆虫マニアの成れの果てのような商売だが、本人は虫が嫌いだったというから分からない。

小俣一葉は四十四歳。以前は鹿羽市《しかばね》の食品工場で製造管理の仕事をしていたが、昨年、家族が亡くなったのをきっかけに退職。それから八カ月、職に就いていなかった。桑潟厨太郎と小俣一葉は従兄妹《いとこ》だ。どういう風の吹き回しか、厨太郎の娘の凪《なぎ》と三人で、三週間前から北牟黒二丁目のマンションに同居していた。

厨太郎の死亡推定時刻は十五日の午後九時から十一時にかけて。一葉が頭を強打したのもほぼ同じ時間帯と推測される。ガレージの周囲に足跡が残っていないことから、雨のやんだ零時よりも前に犯人が現場を離れたのは間違いない。

犯人は空き家のガレージにギロチンを作っていた。仕組みは単純だが、西洋で処刑に使われた実物と比べても遜色のない代物だ。独自に鋳造したとみられる幅五十センチの刃を二本のレールで挟み、太い紐で吊《つ》り上げる。標的を台に寝かせ、半円形の溝に切断したい部位を押し込む。固定しておいた紐を外せば、刃が落ち、肉と骨が断たれる。

厨太郎はこのギロチンで首と手足を切断されていた。多くの惨殺死体を目にしてきた県警捜査一課の精鋭たちも、この遺体の切断面の滑らかさには目を見張っていた。

解剖医が遺体を検《あらた》めたところ、口の中から雨水が検出された。自分で飲んだとは思えないから、犯人が飲ませたのだろう。単なる嫌がらせか、何か意図があったのかは分からない。

一方の小俣一葉は、頭部を強打して脳挫傷を起こしていた。従兄《いとこ》と比べるとかすり傷のようだが、現在も意識は戻っていない。ドアの低い位置に血痕が残っており、後頭部の傷とドアの形状が一致した。犯人に強い力で突き飛ばされ、ドアに後頭部を打ち付けたとみられる。犯人が厨太郎をいじめていたところに一葉が現れ、慌てた犯人がとっさに突き飛ばしたのではないか、というのが捜査本部の見立てだ。

二人が見つかったのと同時に、厨太郎の娘の凪が保護された。凪は二歳四カ月。衣類に血が付いていたことからガレージにも出入りしていたとみられるが、怪我はなく、現場へやってきた経緯は分かっていない。

ガレージの持ち主は二十年前に死去しており、本宅とともに長く空き家になっていた。過去にはナンバープレート専門の窃盗団が住み着き、街中で盗んだプレートを保管したり、盗難車に取り付けたりするのに使われていたという。ガレージの奥の作業場には、彼らが持ち込んだ工具や自動車部品が残っていた。

「ただの高校生が深夜の二時半に死体を見つけるなんておかしくない？」

互目がコンクリートの壁にもたれて、煙草《たばこ》を咥《くわ》える。病院の屋上からはしょぼくれた港町が一望できた。

「ちょっと仕事が長引いただけですよ」

「新しい鴨《かも》を見つけたの？」

「小説を書いてたんです」

互目はろくろ首でも見たような顔をする。「しょうせつ？」

「質問はお互い一つずつにしましょう。家でワイドショーを観《み》てたらすぐに気づきましたよ。警察は大事なことを隠してますね？」

十一時間前、ガレージで目にした光景を思い返す。ギロチンの斬れ味や口の雨水よりも重大ないくつかの事実が、テレビでは報じられていなかった。

厨太郎は確かに四肢と首を斬り落とされていたが、手足の断面にはタオルが押し付けられ、ガムテープで固定されていた。首を刎《は》ねるまで失血死しないよう、犯人が止血したのだ。

厨太郎の口には、舌から顎を垂直に貫くように穴が空いていた。厨太郎が寝かされていた台にも、溝に首を嵌めたとき頭が載る位置に、血の付いた穴があった。

刃を吊り上げる紐の両端は、鉄の杭に結ばれていた。一方の杭は刃の上部に打ち込まれ、もう一方は血がついたまま床に落ちていた。事情聴取で聞いた話では、この杭の尖端《せんたん》の形状が、厨太郎の舌や顎、台の板に空いた穴と一致したという。

「あんたの言う通りだよ。この事件はお茶の間には刺激的すぎる」

互目は煙草を指に挟んだまま手すりに腕を垂らした。

「犯人は厨太郎の手足を斬り落とした後、首を溝に嵌め、舌と顎に杭を打って頭を台に固定した。そしてギロチンの刃を吊り上げ、紐の端を口の中の杭に結びつけた。厨太郎が自分の首を守るには、口から外へ出た紐に食らいつき、杭が抜けるのを防ぐしかない。一度でも顎の力を緩めると、杭が抜け、刃が落ち、首が飛ぶ」

煙草の先っぽから灰が落ちた。

「犯人は必死に紐を咥える厨太郎を見て楽しんだんだろう。厨太郎がどれだけ耐えたのかは分からないけど、やがて彼の首は宙を舞った」

互目の推理は、歩波が期待した通りのものだった。

「となると動機は復讐《ふくしゅう》ですか？」

「質問は一つずつ。昨晩、どこで何をしてたの」

互目の声が低くなる。歩波は床から腰を上げ、青森山太郎の執筆アシスタントになった経緯を説明した。

「えらく地味な仕事を選んだのね」

「やましいことはやってませんよ。さああたしの番です。犯人の動機は復讐ですね？」

「犯人じゃないから知らないけど」

「厨太郎と一葉は従兄妹で同居してたそうですが、なにか事情があったんですか？」

「両方の家族が事故で死んだの。一人で娘の面倒を見切れなくなった厨太郎が、家賃の支払いに苦慮していた一葉に声を掛けたみたい」

「誰が死んだんです？」

「厨太郎の嫁と、一葉の両親」

「三人も？」

互目は重そうな前髪を掻き上げ、刑事らしからぬことを言った。

「この家の人間は呪われてんのよ」

4

病院の入り口を見下ろす。職員や患者たちが引っ切りなしに出入りしていた。どこかの誰かが首をちょん斬られたくらいで日常は変わらない。いつかの殺害予告もいたずらだったのだろう。

「譫妄《せんもう》、腰痛、飲みすぎ」

互目は手すりにもたれ、空へ煙を吐いた。

「三人が事故死した原因」

随分ときな臭く聞こえるが、彼らの死に事件性はないというのが牟黒署の判断だという。

桑潟厨太郎の妻の瑠璃《るり》は、今年の五月、まさにこの牟黒病院の屋上で事故死した。

瑠璃は昨年末に首の左側に悪性リンパ腫が見つかり、牟黒病院に入院して治療を受けていた。五月十四日の午後、瑠璃は病室に看護師を呼び、屋上から家族を連れ戻してほしいと訴える。だが人が訪ねてきた様子はなく、面会者名簿にも記録がない。瑠璃が睡眠薬を服用していたことから、看護師は譫妄と判断し、訴えを聞き流した。

その日の夕方、巡回にやってきた別の看護師が、病室に瑠璃がいないことに気づく。三十分後、屋上で、増築工事のために用意されたコンクリート材の下敷きになっているのを発見した。警察は念のため防犯カメラの映像を確認したが、瑠璃の家族は誰も病院を訪れていなかった。

「これが譫妄ですね」

小俣一葉の母親の玉緒《たまお》は、昨年の八月二日、古雑誌を抱えて自宅の階段を下りようとしたところ、足を踏み外して転落。頸椎《けいつい》が小脳に食い込んで脳裂傷を起こし、二日後に牟黒病院で死亡した。

「これが腰痛」

小俣一葉の父親の匡《まさし》は、妻の死から二月後の十月九日、鹿羽市の建築事務所で残業を終えた後、キャバクラ〈ルイゾン〉で酒を飲み、ミニバンで自宅へ向かった。そして鹿羽山の道路でハンドルを切り損ね、ガードレールを突き破って崖に落ちた。

翌朝、警察がクレーンでミニバンを引き上げると、フロントガラスを突き破った樅《もみ》の枝が匡の喉と鳩尾《みぞおち》に刺さっていた。山道にブレーキ痕はなく、エンジンルームにも異常は見つからなかった。

「これが飲みすぎですか。すごい死にっぷりですね。本当に呪いなんじゃないですか」

歩波は屋上を見回した。瑠璃の事故で増築工事は中止になり、コンクリート材は撤去されている。

「開運グッズが売れなくて残念？」

「本物には手を出しませんよ。容疑者は浮かんでるんですか？」

「その手には乗らない」唇から煙が洩《も》れる。「次はこっちの番でしょ。あんたはなんで厨太郎の娘を知ってたの？」

「図書館で会ったんです。マンゴーソーダをあげようとしたら不審者扱いされました」

青森に頼まれ、資料を集めに図書館へ行った経緯を説明する。てっきり母親かと思ったが、一葉は凪の叔従母《いとこおば》だったようだ。

「へえ。やっぱり首ってしばらく生きてんの?」

互目は今日初めての微笑を浮かべる。

「少しは生きてるみたいですよ。本当のところは実験してみないと分かりませんけど」

「犯人が捕まったら聞いてみようか」

「さ、あたしの番ですね」

歩波は肩を回して、アルミ製のドアにもたれた。

「犯人はだいぶ被害者を憎んでたみたいですけど、厨太郎さんは何か恨まれるようなことをやってたんですか?」

「昔は詐欺まがいの商売を繰り返していたみたいね。幼虫が産まれたら買い取ると言って生殖器を千切った成虫を売り付けたり、うっかり幼虫が産まれても難癖をつけてろくに金を払わなかったり」

それはひどい。

「今は足を洗ってたんですか」

「一年前にイラカカホテルの千貫昆布《ちぬきこんぶ》社長に手を出して、裁判を起こされたの。賠償命令を受けて三百万払ってる。調子に乗って火傷《やけど》したのね」

イラカカホテルといえば、牟黒市に本社を置く数少ない有名企業の一つだ。東北一帯にチェーン展開していて、ホームビデオのような安っぽいＣＭがよく流れている。社長はそれなりの資産を蓄えているだろうから、ギロチンを作るくらい造作ないだろう。

「千貫社長の昨夜のアリバイは？」

「ある。午後八時から零時まで四時間、行きつけの居酒屋で友人と酒を飲んでいたらしい」

聴取を済ませているということは、警察もこの男を疑っているのだろう。とはいえ厨太郎を訴えたのは一年前だから、今さら首を刎ねるのは気まぐれが過ぎるようにも思える。

「その調子だと、厨太郎さんは他にも揉め事を起こしてたんじゃないですか」

「二年前、女子高生を暴行して重傷を負わせてる」

当たりだった。

「厨太郎が牝鹿《めじか》線の列車で尻を触ったのが発端らしい。被害者は車崎奈央《くるまざきなお》、当時十五歳。鹿羽高校の生徒だ」

「うちの先輩じゃん」

「奈央が駅員に助けを求めようとすると、厨太郎は奈央を多目的トイレに連れ込み、顔を殴ったり髪を毟《むし》ったりして全治二カ月の重傷を負わせた。厨太郎は勾留されたが、二百万円で示談が成立。奈央は事件のショックで高校に通えなくなり、半年後に退学した」

厨太郎の四肢を斬り落とす動機としては十分だ。

「車崎奈央さんの昨夜のアリバイは？」

「ある。奈央は両親とともに鳴空市へ引っ越していて、前日の午後九時から午前五時まで鳴空市内のファストフード店でアルバイトをしていた」

「その時間帯ならワンオペですね。客がいない時間もあったんじゃないですか」

「鳴空山を越えて牟黒市まで来たって言うの？　車でも片道一時間かかるんだから、ばれるに決まってるでしょ」

互目の本命馬はホテルの社長らしい。

「刑事の勘なんて当てになりませんよ」

「あんたと違って、占いで決めるわけにいかないの」

互目がまともな刑事のようなことを言った、そのとき。

「先輩、来てください――」後頭部に痛みが走った。「あ、すいません」

振り返ると、知らない男がドアノブを握っていた。開いたドアが激突したらしい。

潰れた鼻に突き出た前歯。デバネズミみたいな顔だが、ぺしゃんこの耳で柔道部の出身と分かった。牟黒署の巡査だろう。

「一葉さんが、まもなくです」

デバネズミは声を押し殺した。

5

小保一葉がベッドに横たわっている。

頭にヘルメットのような包帯が巻かれ、鼻と口は人工呼吸器のマスクで覆われていた。防虫剤と小便を混ぜたような臭いが漂っている。

ベッドの脇には、凪と、見覚えのない婆《ばあ》さんが肩を並べていた。婆さんは凪の祖母だろう。一歩離れたところから医師と看護師が家族を見守っていた。

一葉の呼吸が途切れたのに気づいて、医師が胸に聴診器を当てる。

「――凪ちゃん」

半透明のマスクの向こうで、ふいに唇が動いた。凪が不思議そうに顔に手を当てる。

「ごめんね、凪ちゃん」

一葉の声は細く、擦《かす》れていた。互目が話しかけようとするのを、医師が手で制する。

「忘れないで。お父さんのことも、お母さんのことも――」

そこで息が途絶えた。五秒、十秒と待っても、続く言葉は出てこない。唇は開いたままだった。

医師がもう一度、聴診器を当てる。看護師からペンライトを受け取り、瞳を照らした。「ご臨終です」

沈黙に耐えかねたのか、互目は何も言わず病室を出た。歩波も後に続く。

「何も聞けませんでしたね」

「まったくだ。こっちは愁嘆場なんて見飽きてんだよ。嘘《うそ》でも良いから犯人の名前を言ってくれれば良かったのに」

互目は苛立《いらだ》ちを隠そうとせず、煙草に火を点《つ》けてから喫煙所に入る。

「決め手がないなら、やくざに金を払って自首させれば良いじゃないですか」

「二カ月前に殺してくれたらそうしたよ。抗争のことは知ってるでしょ」

四月に白洲組の組長が殺されたのをきっかけに、白洲組と赤麻組は血で血を洗う抗争を繰り広げている。六月に入って銃撃戦は落ち着いていたが、水面下では緊張状態が続いているのだろう。警察に手を貸している暇はなさそうだ。

互目が壁にもたれ、親指の腹で眉間を揉む。ふと妙案が浮かんだ。

「もしあたしが犯人を見つけたら、お金、くれます？」

互目がぷっと唾を飛ばした。

「なにそれ。水晶に犯人が映るわけ？」

「そういうのはいいですから。二百万円ください」

「あんた、大人を舐《な》めてるでしょ」

「答えてください。犯人を突き止めたら二百万円。貰《もら》えるんですか？」

互目は肩を落とすと、手招きするように人差し指を曲げた。歩波は耳を近づける。

「三百万やるよ」

＊

「さ、さ、三十万円？」

青森は眼鏡を外して、歩波の顔を覗《のぞ》き込んだ。二日ぶりに訪れたマンションの部屋には生乾きの靴下の臭いが充満していた。

「犯人を突き止めたら警察署から非公式に三十万円が振り込まれます。それで借金を返せばバイトのシフトも減らせます。もっとたくさん小説が書けますよ」

歩波は青森を焚《た》きつけた。

話を聞いた限り、この作家が組長殺しの謎を解いたのは本当らしい。いつも殺人事件のことばかり考えているから、猟奇殺人犯と頭の中身が似ているのだろう。

青森の返事を待たずに、歩波はことの経緯を説明した。青森は退屈そうに眼鏡のレンズを拭いていたが、歩波が出くわしたのが四肢と首を斬り落とされた死体だと知るや、身を乗り出し、目を爛々《らんらん》と光らせて話に聞き入った。

「凄《すご》い。贅沢《ぜいたく》な死体だ。斬れるところは全部斬ってある。おまけに親戚が三人も死んでるなんてサービス満点だ。ぼくが言うのも変だけど、お祓《はら》いした方が良いんじゃないかな」

「もう凪ちゃんしか残ってないですけどね。興味があれば現場も見せてくれるそうです。どうですか」

「そんなことしなくても、犯人は一人しかいないと思うよ」

ふいに青森の口調が素っ気なくなった。

「車崎奈央ですか」

「頭を打って死んだ小俣一葉さんだよ」

青森は喉の変なところに生えた毛を摘《つま》んで引っこ抜いた。

「そうでなきゃ一葉さんが現場にいた理由が説明できない。話を聞く限り、ガレージへ入る方法は二つ。左右どちらかのシャッターを上げるか、真ん中のドアを開けるかだ。でも過去に窃盗団が戦利品を保管していたくらいだから、どっちも錠が付いてるはずだよね。厨太郎さんをいじめる間、犯人は錠を閉めていたはずだ。一葉さんが犯人か、少なくとも共犯者でない限り、ガレージには入れなかったはずだよ」

青森の言う通り、ガレージのドアにはシリンダー錠が付いていた。

「厨太郎さんを殺したのが一葉さんなら、誰が一葉さんを突き飛ばしたんです？」

「可能性は二つある。別の共犯者が一葉さんを襲ったのか、偶発的な事故で命を落としたのか。といってもこの事件が複数犯によるものとは思えない。共犯者がいたら、河川敷をうろついてる幼児を放っておくはずがないもの」

「一葉さんは事故死ってこと？」

「そうだね。コンクリート材の下敷きになった桑潟瑠璃さんや、階段で足を滑らせた小俣玉緒さんに近いかな」

「うっかり転んで頭をぶつけたとか？」

「いや。歩波さんが二人を見つけたとき、ガレージのドアの錠は外れていた。厨太郎さんをいじめている最中にすっ転んだのなら、錠は閉まっているはずだよ。

手掛かりはやはり凪ちゃんだ。一葉さんが苦痛に耐える厨太郎さんを眺めていたとき、凪ちゃんがガレージを訪ねてきたんだ。ギロチンを作るには時間がかかるから、一葉さんは何度かガレージに出入りしていたはず。凪ちゃんもそれに付いてきたことがあって、場所を覚えていたんだと思う。家で留守番をするように言われていただろうけど、つい寂しくなって、一葉さんを探しに来ちゃったんだ」

小さなどんぐり頭が瞼に浮かぶ。一月前、屋上の室外機やら配管やらを軽々と乗り越えてマンゴーソーダをねだりに来たあの子なら、それくらいの度胸はありそうだ。

「凪ちゃんの声を聞いて、一葉さんは血の気が引いたはずだ。厨太郎さんのことは憎んでいても、凪ちゃんのことは娘のように可愛がっていたんじゃないかな。雨の降る河川敷に放り出しておくわけにはいかない。一葉さんはドアの錠を外し、凪ちゃんを招き入れようとした」

一月前のあの日、歩波が凪に話しかけているのに気づくと、一葉は血相を変えて駆け寄ってきて、凪を連れ戻した。あのときの歩波には、心配性の母親が実の娘を守ろうとしたようにしか見えなかった。

「ところがそのとき、一葉さんの足元に厨太郎さんの首が落ちた。体力が尽きたのか、最期に娘に声を掛けようとしたのかは分からない。厨太郎さんが口を開けたことで、舌と顎に刺さった杭が抜け、頭上から刃が落ち、首が床に転がったんだ。

一葉さんは思わず生首を見下ろした。その瞬間、父親の首に驚いた凪ちゃんが、ノブから手を離したんだろう。山から吹き下ろす風も相まって、ドアは勢いよく一葉さんの頭に激突。一葉さんは脳挫傷を起こし、やがて命を落とした。

凪ちゃんは結果的に父親の仇《あだ》を討ったことになるけど、そんなこと理解できるはずもない。途方に暮れて河川敷をうろついていたところで、きみと鉢合わせしたってわけだ」

「なぜ一葉さんは従兄を殺したんですか」

「凪ちゃんを守りたかったんじゃないかな。この家族では不審な死が相次いでいる。一葉さんは超自然的なもの——呪いや祟《たた》りが一族を襲っていると考えていた」

「そんなものありませんよ」

「もちろん。でも一葉さんが信じていたのなら、彼女にとっては存在しているのと同じだ。この一族で人の恨みを買いそうなのは誰か？　厨太郎さんだ。彼は詐欺まがいの商売で金を巻き上げたり、痴漢被害を訴えた女子高生を暴行したりと不道徳な行いを繰り返してきた。一葉さんは厨太郎さんを惨殺することで、先回りして呪いを成就させ、凪ちゃんを守ろうとしたんだ」

青森は言葉を切ると、満足げに水を飲んだ。

事件を知ってすぐにこれだけの理屈を練り上げるのだから、この作家、ただ者ではない。白洲組長を殺した犯人を見抜いたのも偶然ではなさそうだ。

だがこの推理には問題がある。

「違うと思います。一葉さんは猫背でしたから」

青森は咽《む》せ込み、飲んだばかりの水を散らした。「へ？」

「あたしがガレージのドアを開けたとき、ドアから一メートルくらいのところに一葉さんの身体が、さらに五十センチくらい先に厨太郎さんの首とギロチンがありました。青森さんが言ったようなことが起きたとしたら、ギロチン台から落ちた首を見下ろす一葉さんはドアに背を向けていたはずです。一葉さんは猫背でしたから、急にドアが閉まって尻をぶつけることはあっても、頭を強打することはありません」

「うーん。そうかあ」

青森はあっさりと推理を引っ込め、腕組みして天井を見上げた。

「一葉さんの死因が事故じゃないとすると、犯人は別にいることになる。厨太郎さんにはとてつもない苦痛を与えてるのに、なんで一葉さんは簡単に死なせたんだろう」

「厨太郎さんの首を斬ったのには別の理由があったんじゃないですか」

「瞬きするか確かめるため、とか？」

ますます意味が分からない。

「現場、見に行きます？」

歩波が再度尋ねると、

「うん」

青森は楽しそうに頷いた。

6

霧雨がガレージの壁を濡《ぬ》らしている。

「バタフライ形だね。雪の降る土地じゃ珍しい」

V字形のトタン屋根を見上げて、青森が知ったようなことを言った。

デバネズミ巡査が錠を外し、ドアを開く。濃密な死の臭いに、腹に力を入れていないと咽せ返りそうになった。

ガレージに入り、壁のスイッチを押す。天井の白熱灯がギロチンを照らした。一昨日よりも屋内が広く見える。かつて窃盗団が使っていたという奥の作業場も含めると、三十坪はあるだろうか。遺体は運び出されていたが、ギロチンの周りには一つの動物から流れ出たとは思えないほど大量の血が広がっていた。横の壁に立てかけられた脚立にも血がかかっている。

青森は腰を屈め、ドアノブを観察した。ステンレス製のレバーで、付け根の部分が五ミリほど浮き上がっている。その数センチ上にシリンダー錠のつまみがあった。

「ドアノブから指紋は見つかりましたか?」

青森がデバネズミに尋ねる。互目に案内役を押し付けられたのか、デバネズミはドアの袖から不服そうに二人を眺めていた。

「二人の被害者と凪ちゃん、あとはその子の指紋だけです」太い指が歩波を指す。「犯人は手袋をしていたんでしょう」

青森は眉を寄せたまま、奥の作業場へ向かった。大小のレンチや電動ドライバーなどの工具に加え、何だかよく分からないロボットの臓器みたいなものが散乱している。

「ん?」

手に取ったのは二本の紐だった。頑丈そうなナイロンの撚《よ》り紐だが、どちらも四メートルほどで、ギロチンの刃につながれたものよりも短い。紐の端を見ると、古い刷毛《はけ》のように糸が広がっていた。

「犯人がギロチンのテストをしていて千切れたのかな」

青森はしばらく紐を観察してから、本丸のギロチンへ向かった。

刃は受け皿に収まったまま。上の面に刺さった杭に紐がきつく結ばれている。紐の反対側を見ると、こちらも血みどろの杭に結ばれていた。厨太郎の舌と顎に刺さっていたものだ。

青森は作業場からメジャーを持ってきて、あちこちの長さを計測した。数字が読めない青森に代わり、歩波が目盛りを読み上げる。

ギロチンの台の高さは七十センチ、そこに載った縦枠の高さは三メートル。二つを合わせたギロチンの高さは三メートル七十センチだ。天井の高さは四メートルだから、隙間は三十センチということになる。ドアからギロチンまでは三メートル、刃を吊り上げる紐は六メートルだった。

「紐は梁《はり》に掛けてあったんですか?」

「ええ。梁の裏側に跡が残っていました」

デバネズミが頭上を指す。天井のすぐ下に一・五メートルほどの間隔で鋼材が並んでいた。

「ひえっ」

上を見ながら歩いていて、ふいに足を滑らせた。ギロチンの刃に抱き付きそうになり、間一髪で踏み留まる。滑ったところを振り返ると、厨太郎の頭が落ちていた辺りに小さな水溜まりができていた。

「雨漏りだね」

タイミングを合わせたように、天井から水滴が落ちた。ぴちゃ、と水面が揺れる。

「この水溜まり、一昨日もあった？」

歩波は首を振った。あのときの光景ははっきりと目に焼き付いている。

「水滴くらいはあったかもしれませんけど、水溜まりはなかったと思います」

「おかしいな。一昨日の方が雨は強かったはずだけど」

「床に転がっていた生首の口に落ちたんじゃないですか。司法解剖でも口から雨水が検出されたそうですし」

「それは違います」

デバネズミが口を挟んだ。

「雨水は口の中だけでなく、台に載っていた胴体の喉からも見つかっています。厨太郎さんの口に雨水が入ったのは首がまだつながっていたとき、つまり床へ頭が落ちる前です」

青森は腕を組んで唸《うな》る。

「犯人が厨太郎さんを拷問したとき、ギロチンは今よりドアの近くにあったんじゃないですか。それで天井から落ちた雨水が台の上の厨太郎さんの口に入ったんです」

「厨太郎さんはうつ伏せに寝かされてたんでしょ。雨水は口に入らないと思うけど」

「殺害後に犯人が引っくり返したんです。理由は分かりませんけど」

「うーん。違うような気がするけど、せっかくだから確かめてみよう。踏み台になるものを持ってきてくれる？」

歩波が作業場からキャスター付きのテーブルを運んでくると、青森は天板に上って、梁の裏を覗き込んだ。

「お巡《まわ》りさんの言う通り、埃に紐を掛けた跡が残ってますね」

そう言ってすぐにテーブルを下りる。一・五メートルおきにテーブルを動かして、一つずつ梁の裏を確認した。

「何かあるんですか？」

「いや。紐を掛けた跡は一つしかない。ギロチンの上の梁だけだ。つまりギロチンはずっと今の位置にあったことになる」

最後の梁を確認し終え、テーブルを下りた青森は、明らかに鼻息を荒くしていた。

「絶対何かあったんでしょ」

「何もないのが問題なんだよ。やっとギロチンの役割が分かった。歩波さんの言った通り、犯人はただ首を刎ねるためにギロチンを作ったんじゃない。もっと特別な理由があったんだ。問題はあと一つ――」

「何をわけの分からないことを言ってるんですか」

デバネズミが苛立たしげに踵を踏み鳴らす。脚立に尻がぶつかり、豪快な音を立てて引っくり返った。

「うわあ。やっちゃいましたね」

Aの形をしていた脚立が真っ二つに割れていた。デバネズミの顔がみるみる青くなる。

「現場保存は捜査の原則ですよ」

「違いますよ、ほら」デバネズミは手袋を嵌め、床から六角ボルトを摘み上げた。「ヒンジを固定するねじが外れてます。元から壊れてたんですよ」

「そういうことか！」

突然の奇声に、デバネズミは文字通り跳ね上がった。

「何なんですか、もう」

青森はデバネズミから六角ボルトを奪い、ヒンジのねじ穴と見比べてから、デバネズミに声を掛けた。

「お願いがあります。凪ちゃんと話をさせてください」

＊

牟黒市立図書館の屋上には、一月前と同じ生ぬるい風が吹いていた。

手すりに寄りかかって街を眺める。高層ビルの屋上でもないのに、景色がミニチュアのように見えた。小保匡が転落した鹿羽山の崖も、桑潟瑠璃が下敷きになった牟黒病院の屋上も、車崎奈央が痴漢に遭った牝鹿線の列車も、すべてが作り物のようだ。

屋上に視線を戻す。リニューアル工事から取り残された配管の向こうに、ベンチが一つ。そこに小さな背中が並んでいた。白髪越しに薄桃色の頭皮が見えているのが桑潟妙子《たえこ》、なじみのどんぐり頭が桑潟凪だ。家族を失った凪は祖母の妙子に引き取られていた。

「こんにちは、凪ちゃん。久しぶり」

歩波は凪の元へ歩み寄り、ベンチの横で腰を屈めた。

「こんにちは」

恥ずかしそうに目を落として、凪が呟く。

「凪ちゃん、今、どこにいるのかな?」

それが青森に指示された言葉だった。凪は無表情のまま、しきりにハーフパンツの裾を引っ張っている。

「凪ちゃん、ここはどこ?」

声を大きくして繰り返す。凪は顔を上げると、歩波の手のトロピカルマンゴーソーダに目を留めた。澄んだ目をぱちぱちと瞬《しばた》かせて、「おくじょう」

「違う。きみがいるのは図書館だよ」

ふいに貯水槽の陰から青森が飛び出した。制止しようとするデバネズミの腕を撥《は》ね退《の》ける。

「図書館。聞いたことない? と、しょ、か、ん」

「やめなさい」

デバネズミが青森を羽交い絞めにした。凪は鼻に皺《しわ》を寄せ、今にも泣き出しそうな顔で祖母の膝に抱き付いている。青森はデバネズミを振り返った。

「桑潟厨太郎さんと小俣一葉さんを殺した犯人が分かりました」

デバネズミは疑わしそうに目を細める。

「へえ。誰がやったんです?」

「それぞれ犯人は異なります。厨太郎さんを殺したのは――」

青森は凪を横目に見て、微《かす》かに声を軋《きし》ませた。

「互目刑事に説明します」

7

「この枝豆、美味《おい》しくないですね」

遺体発見から三日が過ぎた、六月十九日の夜。刑事、推理作家、アシスタントの三人組は、刑事の行きつけだという居酒屋〈破門屋〉二階の座敷に膝を並べていた。

「だから良いんだよ。肉は固い。魚は臭い。ビールもぬるい。枝豆すらまずい。まともな客が来ないから密談にはもってこいだ」

「ははあ。さすがは現役の刑事さんですね」

互目のでまかせな理屈に、青森が目を輝かせる。おだてようとしているのか、本当に感心しているのかよく分からない。

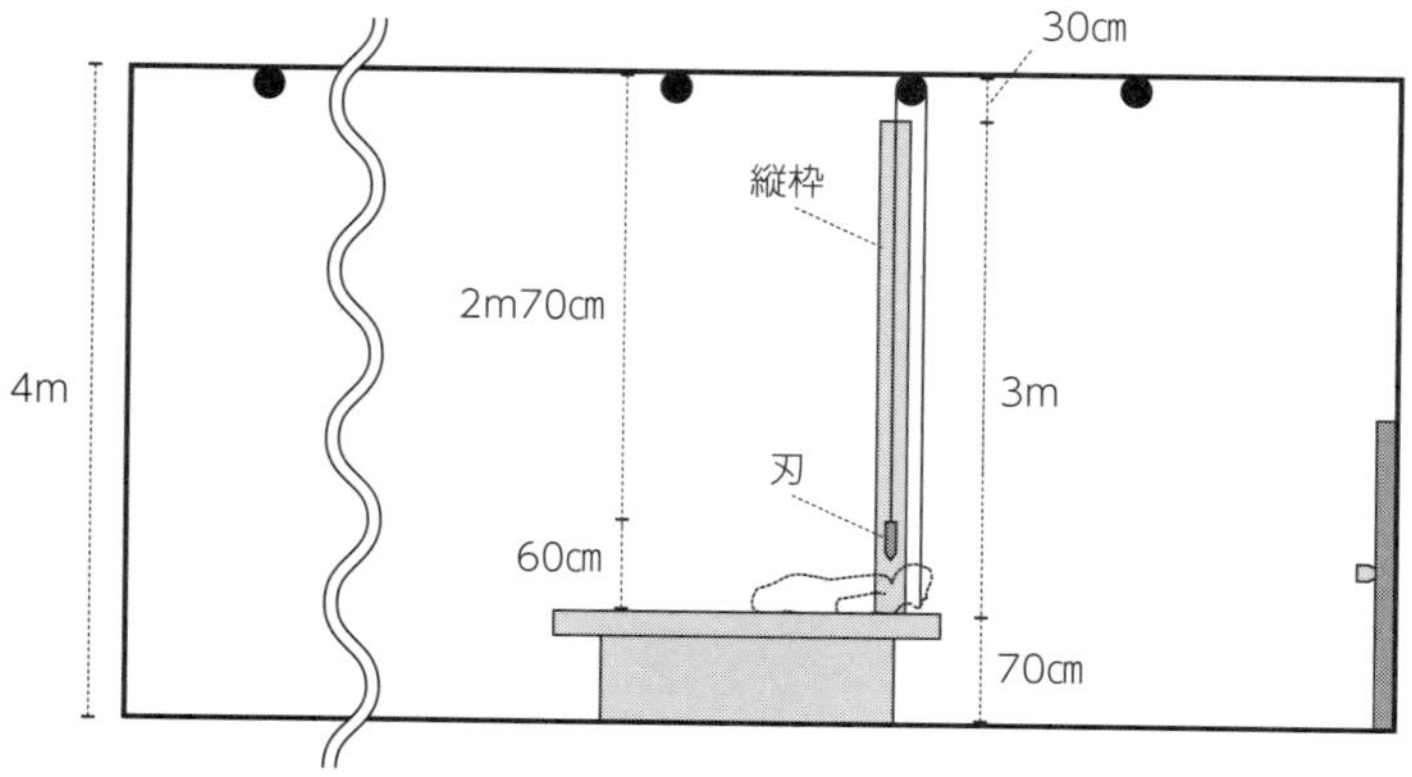

図1

「それで、本当に三十万もいただけるんですか?」

行儀よく正座をした青森が、オレオレ詐欺の受け子みたいなことを言った。互目が煙草を取り出しながら歩波を見る。ピンハネすんな、と顔に描いてあった。

「納得のいく説明が聞けるならそれくらい払うよ。どこかの昆虫ショップみたいに難癖をつけて値切ったりしない」

青森はほっとした様子で、「では」と手を打った。

「現場を見て違和感を持ったことが二つあります。一つ目は、ギロチンの紐の長さです」

そう言ってリュックからスケッチブックを取り出す。一枚目にガレージとギロチンの位置関係をまとめた図が描いてあった。昨夜、歩波が一枚二千円で描いたものだ(図1)。

「ギロチンは人間の首を一度で斬り落とすため

に発明された道具です。首を固定し、刃を高所からレールに沿って落下させることで、確実に首を刎ねる。これが一番の役割です。

ではガレージで見つかったギロチンはどうでしょう。縦枠の高さは三メートル。西洋で使われたものと比べても見劣りしない大きさです。でもおかしなことに、刃を吊り上げる紐が六メートルもあったんです。

ガレージの天井の高さは四メートルちょうど。厨太郎さんは高さ七十センチの台に載せられていましたから、天井までの距離は三メートル三十センチです。厨太郎さんの口の中に杭を打ち、そこに刃を吊るした紐を結んだら、刃は六十センチしか持ち上がりません。紐を短くすれば三メートルから刃を落とせるのに、わざと六十センチから刃を落としたことになってしまいます」

「一度で首を斬り落とさないように、わざと低い位置から刃を落としたってこと？」

「だったらわざわざ三メートルもあるギロチンを作りませんよ。実際の死体も斬り口は滑らかだったと聞いています。この紐だけがちぐはぐなんです」

青森は再びスケッチブックを捲る（図2）。

「こんな仮説も考えられます。もし犯人が、こうやって二つの梁に紐を掛けていたらどうでしょう。梁の間隔は一メートル五十センチ、台と天井の距離は三メートル三十センチ。中学校で習った三平方の定理を使うと、刃は二メートル四十三センチまで持ち上がることが分かります。これなら首を斬り落とすのに支障はありません。

ところが梁の裏側を調べてみると、ギロチンの真上のもの以外、紐を掛けた跡はありませんで

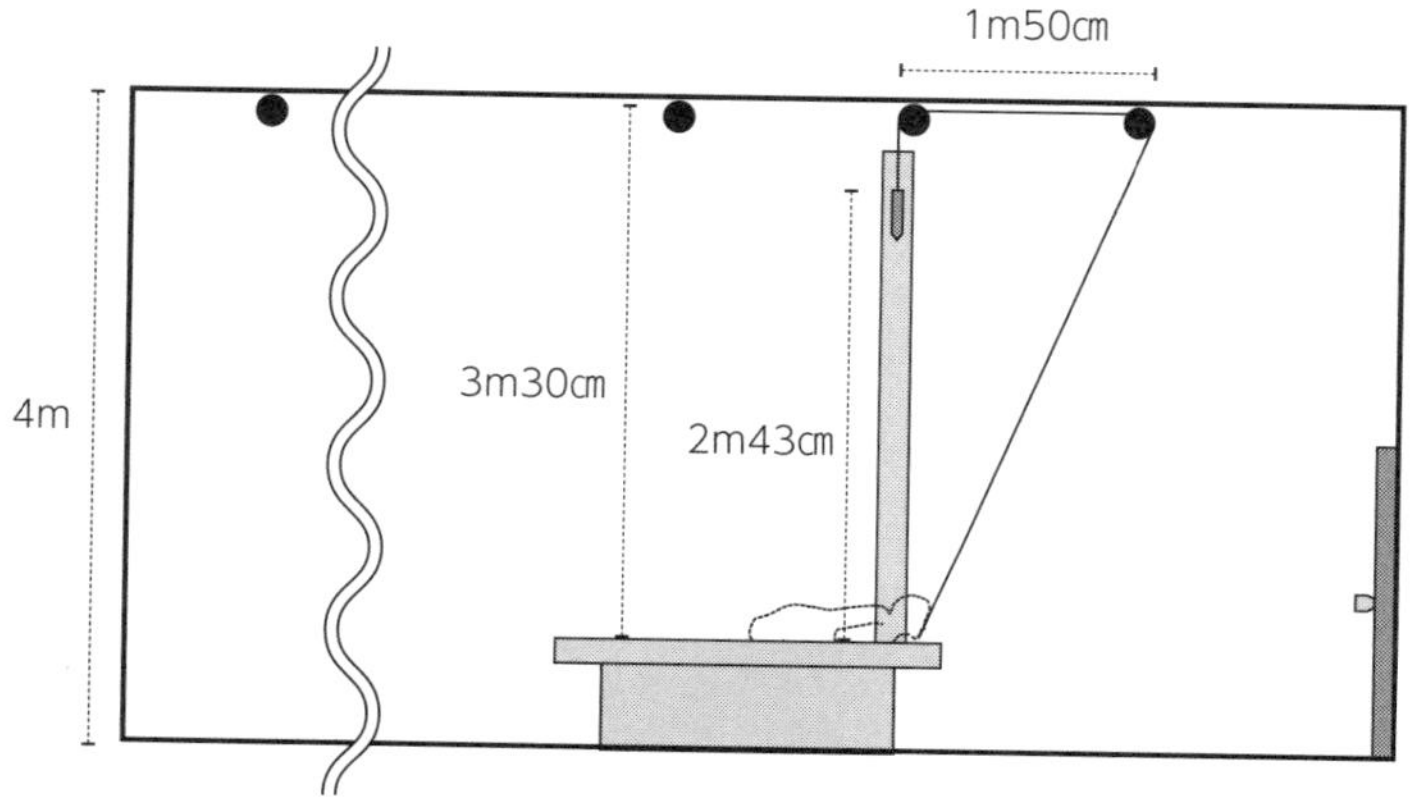

図2

した。残念ながらこの仮説は成り立ちません」

「まどろっこしいな。正解は何よ」

互目が勝手にスケッチブックを捲ろうとするのを、青森が遮《さえぎ》る。

「違和感を持った点はもう一つあります。昨日、現場のガレージを見に行ったとき、ドアとギロチン台の間に小さな水溜まりができていました。でも十六日に歩波さんが死体を見つけたとき、水溜まりはなかったそうです。この日の方が雨は強かったのに、なぜ雨水が床に溜まらなかったんでしょうか」

「ギロチンがもっと手前にあって、雨水が床に落ちるのを防いだってこと?」

「だったら梁も手前のものを使うはずですよ。天井と床の間に何かがあって、雨水が落ちるのを防いだのは確かです。でもそれはギロチンそのものではない。水が落ちるのを防いだのは、紐です」

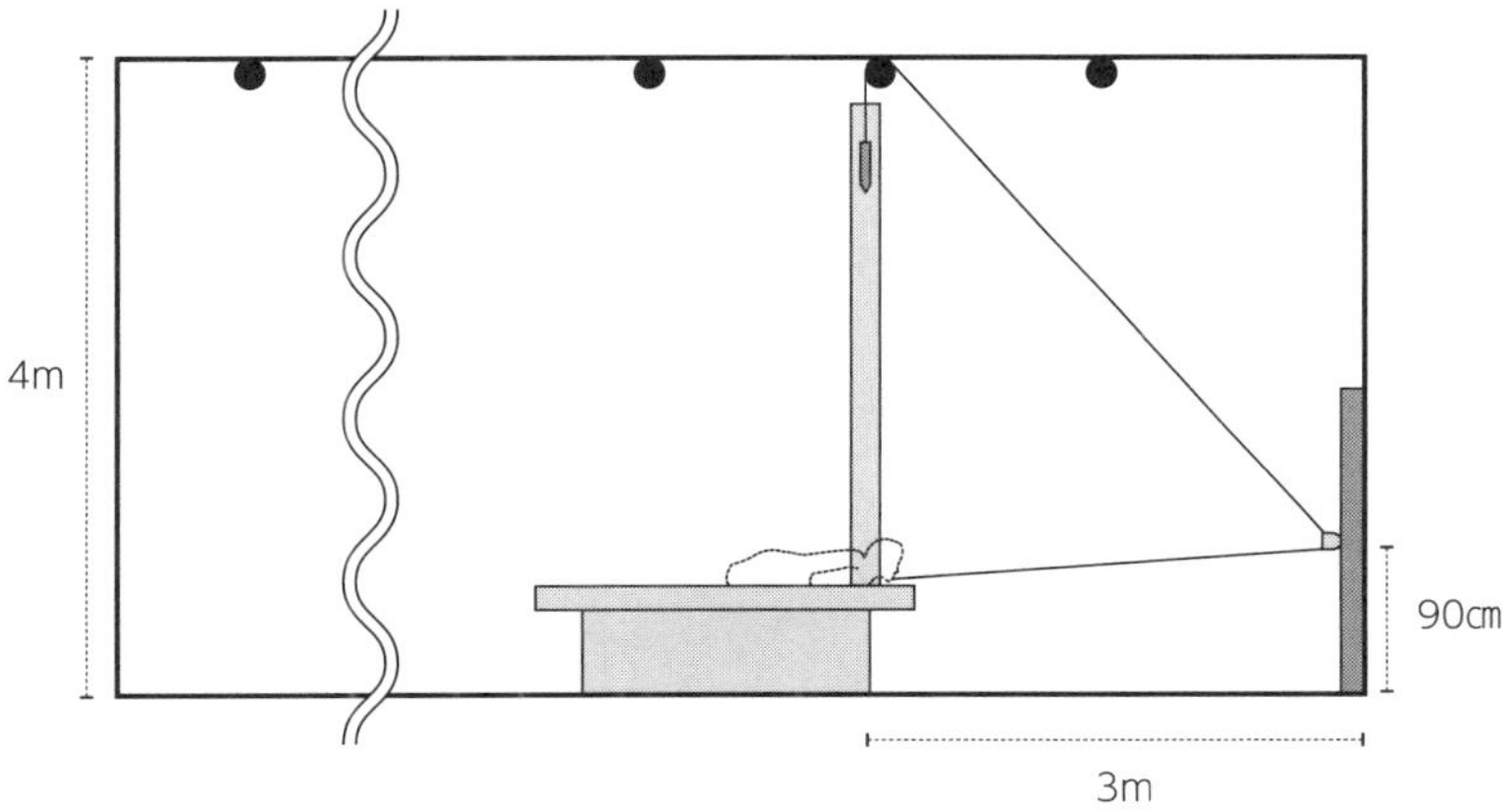

図3

「堂々巡りじゃない。水溜まりができた位置の梁に紐は掛かってなかったんだから、水が紐に落ちることはないはずでしょ」

「いえ。可能性はもう一つあります」

青森はみたびスケッチブックを捲った（図3）。

「これが仕掛けの全体像です。厨太郎さんの口から出た紐は、レバー型のドアノブと天井の梁を通って刃を吊り上げていたんです。ノブの付け根が浮き上がっていたのは、刃の重さでドアが歪んでしまったからです。

厨太郎さんが紐を咥えている限り、刃が落ちてくることはありません。でも誰かがガレージに入ろうとしたらどうなるでしょう。ドアは外開きですから、刃が宙に浮いている限り簡単には動きません。それでも無理やりドアを開けようとすれば、いずれ厨太郎さんが紐を支えられなくなって、舌から杭が抜けるでしょう。するとギロチンの刃が落ち、首が斬り落とされるんです。

もう分かりますね。これはただのギロチンじゃない。凪ちゃんに父親の首を切断させるために、犯人はこの装置を作ったんです」

互目の指から吸いさしの煙草が落ちた。

「本当にそんなにうまくいくの？」

「一度では難しいでしょうね。腕や脚が斬り落とされていたのは、犯人が予行演習に使ったからだと思います。

天井から落ちた雨水は、ドアノブとギロチンをつなぐ紐を伝って厨太郎さんの口へ流れ込みました。これは偶然が過ぎるようですが、実はそうでもありません。ガレージの屋根はV字のバタフライ形で、左右の真ん中で雨漏りが起きやすい構造でした。ドアは二つのシャッターの真ん中にあるので、ノブを使った仕掛けを作るには、左右の真ん中にギロチンを設置するのが自然です。こうして雨漏りとギロチンの位置が重なった結果、天井から落ちた水滴が紐に的中したんです」

互目は蝿《はえ》が口に飛び込みそうな顔をしていた。

「ついでに紐の長さも確認しておきましょう。ギロチンの紐は六メートルでした。ドアからギロチンまでの距離は三メートルです。ノブの高さが九十センチとして、三平方の定理を使って計算すると、ギロチンを吊るすには七メートル三十二センチ以上の紐が必要だと分かります。さっきとは逆で、今度は紐が短すぎることになります」

「は？」眉間の皺が増える。「それじゃ仕掛けは作れないってこと？」

「いえ。雨水が床に落ちていなかった以上、犯人がこの仕掛けを作ったのは間違いありません。厨太郎さんの首が斬り落とされた後、誰かが紐を取り換えたんです。

この人物は犯人ではありません。第三者が犯人の悍《おぞ》ましい意図に気づき、ギロチンの紐を実際よりも短いものに取り換えたんです。それができた人物は一人しかいません」

青森が舌で唇を湿らせて、まっすぐに歩波を見る。

「……違うって言ったら？」

「ドアノブに指紋が付いていたのは、厨太郎さん、一葉さん、凪ちゃん、歩波さんの四人だけでした。殺された厨太郎さんや意識を失っていた一葉さんはもちろん、二歳四カ月の凪ちゃんにも紐を取り換えるような作業はできません。残るのは歩波さんだけです」

「手袋をしていたのかもしれませんよ」

「お巡りさんと三人でガレージを見に行ったとき、ぼくが梁の裏を見ようとしたら、歩波さんは奥の作業場からテーブルを運んできてくれましたね。でもあのとき、ギロチンのすぐ横の壁に脚立が立てかけてありました。実際はヒンジが壊れていて使えなかったわけですが、なぜ歩波さんは壊れていると知っていたんでしょうか。通報する前、取り換えた紐を梁に引っ掛けようとして、脚立を試したからとしか思えません」

ぐうの音も出なかった。

「すみません。あたしがやりました」

十六日の深夜。ガレージに足を踏み入れた歩波は、ギロチンの本当の狙いを理解した。今の凪は何も分かっていないが、このまま月日が過ぎればいずれ真実を知ることになる。彼女の人生を守るには、ギロチンの本当の狙いを隠すしかない。そう考えた歩波は、ギロチンの紐を短いものに取り換えたのだ。

「歩波さんが取り換えた紐にはもう一つ秘密があったようですが、それについては後で確認します。先に歩波さんがやったことを整理しておきましょう。

死体発見の翌日、互目さんに呼び出された歩波さんは、捜査の進捗が芳しくないことを知ります。歩波さんは焦りました。ずるずると捜査が長引くと、せっかく葬った真実がよみがえる恐れがある。凪ちゃんが成長して、ガレージで見たものを説明できるようになってしまうからです。理路整然とした描写はできなくても、ドアを開けた拍子に何かが起きたことを知れば、警察はギロチンの真の役割に気づくはずです。

歩波さんは次の手を打ちました。ぼくに謎解きを頼んだんです。真相を見抜くためではなく、現場の状況と辻褄《つじつま》の合う筋書きを考えさせるためです。

ところがぼくが披露した推理は、凪ちゃんが発端になった事故で一葉さんが命を落としたというものでした。父親殺しを葬り去るためにぼくを巻き込んだのに、叔従母殺しが真相では意味がありません。そこでこの説を切って捨てた後、ぼくをガレージへ連れ出し、さらに都合の良い推理を考えさせようとしたんです」

「事件に横槍《よこやり》を入れたやつのことはどうだって良い。わたしは二人を殺した犯人が知りたいの」

互目は雑巾みたいにおしぼりを捩《ね》じった。

「では本題に戻りましょう。事件に至る経緯を振り返ってみましょう。まずは凪ちゃんのお母さんが病院で亡くなった事故。この事故の真相も今回の事件とよく似ています。犯人は凪ちゃんを操って、お母さんを死に追いやるよう仕向けたんです」

「桑潟瑠璃が死んだとき、凪は病院に来てなかったはずだけど」

「ええ。犯人は瑠璃さんを騙《だま》すため、わざと凪ちゃんを図書館へ連れて行ったんです。まず下準備として、犯人は二つの電話をかけています。一つ目は牟黒病院への職員殺害予告。二つ目は凪ちゃんとお見舞いに行くという瑠璃さんへの電話です。五月十四日の午後、犯人は瑠璃さんとの約束に反して、凪ちゃんと図書館へ向かいました。そして屋上でスマホを渡し、瑠璃さんと話をさせたんです。瑠璃さんは娘が病院へ来ると思い込んでいますから、当然、こう尋ねたはずです」

——どこにいるの?

「凪ちゃんは自分の居場所を答えようとします。でも彼女はその施設の名前を知りません。牟黒市立図書館は四月末までリニューアル工事をしていましたから、それまで遊びに来たこともなかったんでしょう。凪ちゃんは犯人に教えられた言葉で、瑠璃さんの問いに答えました」

——おくじょうにいるよ。

「それを聞いた瑠璃さんは、娘が病院の屋上に迷い込んだと思い込みます。長く入院していた瑠璃さんは、屋上に工事の資材が積まれていることを知っていました。

瑠璃さんは娘を連れ戻すよう看護師に頼みます。でも看護師は面会者名簿を確認しただけで、彼女を謗妄と判断しました。普段なら屋上を見に行ったかもしれませんが、この日は職員への殺害予告が届いていました。警備は万全だったとしても、人目のない屋上へ行くのは怖かったんだと思います。

不安に駆られた瑠璃さんは、娘を探して屋上へ向かいます。そしてコンクリート材の下敷きになり、命を落としてしまったんです」

「ずいぶん運頼みの計画だね」

「何も起こらなければ、そのまま病院へ行って、図書館に寄ってから見舞いに来たと言えばいいんです。犯人は当然、凪ちゃんを連れて図書館を訪れた一葉さんということになります」

一月前、風の吹く屋上で目にした光景がよみがえる。

――にかい、にかい。

――おくじょう、おくじょう。

あの日、凪は何度も自分の居場所を口にしていた。瑠璃との通話で「おくじょう」という言葉が出るように、一葉が教え込んだのだろう。

――図書館、よく来るの？

――図書館、好き？

歩波が凪に声を掛けると、一葉は血相を変えて二人に駆け寄り、凪をベンチに連れ戻した。凪が図書館という言葉を覚えると計画が水の泡になってしまうから、慌てて凪を引き離したのだ。

「なんでそんなに面倒な殺し方をしたの？」

「やはり復讐のためでしょうね。一葉さんは厨太郎さんに脅迫されていたんだと思います。示談金や賠償金の支払いが続いて、厨太郎さんは金に困っていました。そこで一葉さんを脅し、両親を殺して保険金を受け取るよう迫ったんです。厨太郎さんに追い詰められ、精神的に摩耗した一葉さんは、やがて母親を階段から突き落として殺害。それに気づいた父親は、娘に殺される前に、自ら崖に突っ込んで命を絶ちました」

「悲惨だな」

「悲惨です。一葉さんは両親を死に追いやったことを悔やみ、のうのうと暮らしている厨太郎さんへの恨みを募らせました。

やがて彼女は復讐を決意します。大事なのは、ただ命を奪うのではなく、自分たちと同じ苦痛を与えることでした。凪ちゃんを介して瑠璃さんや厨太郎さんを死なせたのは、自分の両親と同じように、娘に殺される恐怖と絶望を感じさせるため。そして何より、凪ちゃんに親殺しの記憶を植え付けるためだったんです」

三日前、病室で聞いた言葉が耳によみがえる。

――ごめんね、凪ちゃん。

一葉の唇が擦れた声で告げる。ベッドには凪が寄り添っていた。

――忘れないで。お父さんのことも、お母さんのことも。

凪が二人を殺した記憶に囚《とら》われ続けること。それこそが一葉の願いだったのだ。

「一葉のやったことは分かった」

互目が足を組み替える。

「でも事件はまだ残ってる。厨太郎が死んでから女子高生がガレージへやってくるまでの間に、一葉を突き飛ばした人間がいるはずでしょ。それは誰？」

「手掛かりはやはり現場にあります。歩波さん、もう一つ隠していることがありますね」

青森は歩波に目を向け、わざとらしく咳払《せきばら》いをした。

「歩波さんは警察を呼ぶ前に、ギロチンの紐を外し、作業場にあった別の紐を杭に結びました。では解いた方の紐はどこへ隠したんでしょう。

このとき雨はもうやんでいました。外へ紐を捨てに行ったら足跡が残ってしまう。そこでやむをえず、解いた紐を作業場に紛れ込ませたんです」

「それは駄目でしょ」互目が声を硬くする。「作業場の紐は二本とも四メートルくらいしかなかった。ドアノブと梁を使って刃を吊るすには長さが足りない」

「それは紐が千切れたからです。歩波さんがガレージを訪れたとき、ギロチンの紐は二つに千切れていたんです」

ふいに耳鳴りがして、青森の声が聞こえづらくなる。

「紐が千切れる前から、犯人には想定外の出来事が起きていました。ドアのノブの付け根が浮き上がっていたのはご存じですね。刃の重さを支えきれず、ドアが歪んでしまったんでしょう。するとドア板とノブの間に隙間ができます。幸か不幸か、その隙間に紐が入り込んでしまった。ドア板と金具の隙間に挟まったことで、紐がそこに固定されてしまったんです。

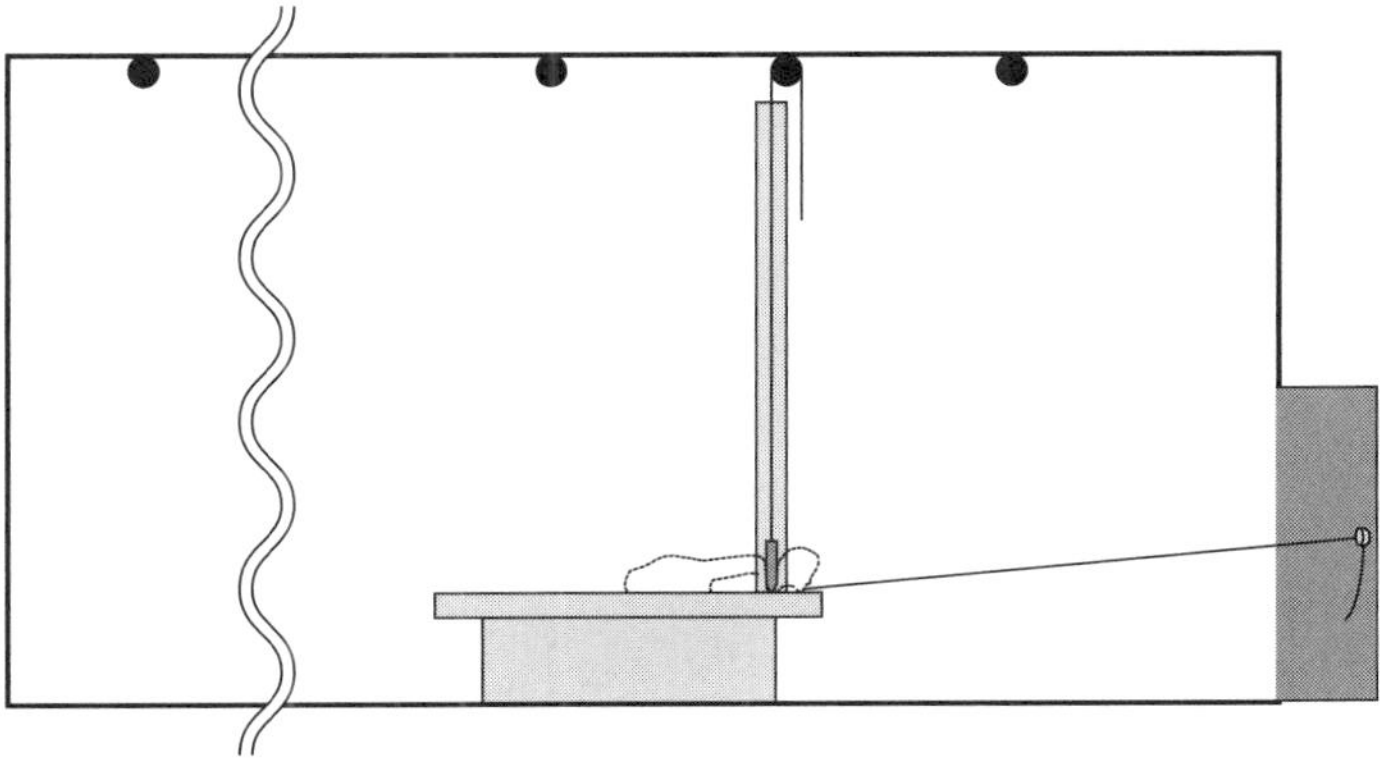

図4

　そうとは知らぬ一葉さんは、シャッターから外へ出て、凪ちゃんを呼び出します。凪ちゃんは懸命にドアを開けようとし、厨太郎さんも必死に紐を咥えます。厨太郎さんはそのまま紐を放しませんでしたが、引く力が増えたことで紐が刃を支え切れなくなり、やがて梁とドアの間で千切れました。刃は落ち、厨太郎さんの首は斬り落とされました」

　自分の首がつながっているのを確かめるように、互目が喉を押さえる。

「このとき一葉さんもガレージを訪れていました。理由はいくつかあります。凪ちゃんがドアを開けられなかったとき力を貸すため。ギロチンを調べるふりをして刃や台に触れ、後に指紋が見つかっても疑われないようにするため。そして何より、厨太郎さんが娘に殺される瞬間を見届けるためです。

　紐が切れたことでドアが開き、一葉さんはガレージに駆け込みます。そこで目にした光景は、予期したものと少し違っていました。厨太郎さんの首は斬り落とされていたものの、舌と顎に刺さった杭が抜けておらず、頭が台に載ったままだったんです。ドアノブと頭の間には、紐がぴんと張っていました」

青森がスケッチブックを捲る。これが最後の紙だった（図4）。

「厨太郎さんは一葉さんが戻ってきたことに気づいて、最期の力を振り絞りました。紐を嚙んだまま舌を持ち上げ、台に刺さっていた杭を抜いたんです。紐に引っ張られて、厨太郎さんの頭はドアの方向へ飛び出しました」

二本の指で輪ゴムを引っぱって、一方の指を外したのと同じだ。

「頭が激突し、一葉さんは転倒。ドアに後頭部を打ち付け、やがて命を落としました」

互目は喉を押さえたまま、あんぐりと口を開いた。

「一葉さんを殺したのは、厨太郎さんの生首だったんです」

血を抜かれた死体

21日、鳴空山の山荘で男女が殺されているのが見つかった事件で、遺体は株式会社イラカカ代表取締役社長の千貫昆布氏（58）および同社社長秘書の船井もに香氏（41）とみられることが分かった。二人は逆さ吊りにされ、刃物で喉を裂かれていた。

家畜の処理に詳しいミステリー作家の袋小路宇立氏（33）は、事件について、「死体は血が抜けて臭みがなくなっていたのではないか」と話した。


牟黒日報二〇一六年七月二十二日付朝刊より

1

千貫《ちぬき》荘の扉には錠が掛かっていた。

「鍵は二つしかありません。社長と秘書が一つずつ持っています」

イラカカホテル牟黒の支配人、三木安住《みきあずみ》が丁重に答える。株式会社イラカカ副社長の堀木環《ほりきたまき》は不服そうに眉を寄せていた。首筋に浮かんだ汗は七月の日差しのせいだけではなさそうだ。

互目魚々子は茹《ゆ》で上がりそうな内臓をニコチンで燻《いぶ》しながら扉を観察した。赤と緑のステンドグラスが嵌《は》まったアンティークな扉で、蝶番《ちょうつがい》は内側に付いている。上も下も隙がないので、中へ入るにはガラスを割るしかない。

扉を壊しましょう、器物損壊ですよ、中で社長が倒れていたらどうするんです、でも許可を取らないと——そんな面倒なやりとりをする気はない。

互目は吸い殻を捨てると、ワゴンの工具入れからトルクレンチを取り出し、ハンカチで拭ってから堀木に手渡した。

「持って」

堀木が目を丸くして、レンチの柄を握る。その腕を摑《つか》んで高く振り上げると、扉のステンドグラスに叩《たた》きつけた。

「な、何するんだ!」

おっさんの雄叫《おたけ》びを無視して、二度、三度とレンチを振り下ろす。十センチほどの割れ目ができたところで、腕を入れてシリンダー錠のつまみを捻《ひね》った。

把手《とって》を押して扉を開けると、個人所有の別荘とは思えない広々としたホールが現れた。一軒家がまるごと収まりそうな吹き抜けの広間に、ソファやテーブルがゆったりと並んでいる。そこに違和感のある色彩が交ざっていた。

ソファやテレビ、背もたれのある椅子、コーヒーカップなどは、ごく自然な配色だ。

だがシャンデリアや背もたれのない椅子、灰皿、植木鉢、それにコーヒーカップの受け皿などは、左右半分が黒く塗り潰されていた。

私物をどう着色しようと勝手だ。だがこの場所で暮らしていた人間は、明らかに、何か得体の知れない妄執に囚《とら》われていたようだった。

「臭うな」

堀木が鼻をひくひくさせる。外から舞い込んだ土の臭いと、ホールに充満した黴《かび》の臭い。そこに血と腐敗物の臭いが溶け込んでいた。ホールの奥へ進むほどに臭いが濃くなっていく。

互目はホールを横切り、唐草《からくさ》の装飾が彫り込まれた扉に手をかけた。

「そちらは応接室ですね」

三木が説明を加える。ノブを捻り、ゆっくりと手前に引いた。

上下逆さの顔が二つ、目の前にあった。

三木が「ほふっ」と息を呑《の》み、堀木が「ぐひぇっ」と変な音を出す。

応接室には人間が二人吊《つ》るされていた。高さ五メートルほどの梁《はり》に太い紐《ひも》が引っ掛けてあり、垂れた紐の左右に裸の人間がくくり付けられている。一つはおっさん、もう一つはおばさんだ。

最近の牟黒市ではものを吊るすのが流行っているのかもしれない。

どちらも逆さ吊りで、万歳するみたいに両手を投げ出していた。喉にはぱっくりと傷が開いている。両脚と胴が青白く萎《しお》れているのに対し、首と両腕は真っ赤に汚れていた。

「こんな死体があるとはね」

遺体の下には血溜《ちだ》まりができている。円が二つくっついた、数字の8のような形だ。血溜まりというのはだいぶ控えめな表現で、池か沼と呼びたいくらいの量が絨毯《じゅうたん》に染み込んでいた。暖炉の前には凶器らしい中華包丁が落ちている。

「あっ」

堀木が姿勢を崩した。遺体に寄りかかりそうになり、間一髪で三木が抱き留める。

「この二人を知ってますね？」

支配人に尋ねる。三木は失神した上司をホールのソファに横たえながら、

「ええ、存じております。弊社社長の千貫昆布《こんぶ》と、秘書の船井《ふない》もに香《か》でございます」

朝食のメニューでも紹介するようにはきはきと答えた。

＊

ことの発端は一月前に遡る。

六月二十五日、早朝。南牟黒一丁目の路地裏で、女性が側溝に首を突っ込んで倒れているのが発見された。女性は頭を二十回以上殴打され、意識不明の重態に陥っていた。

被害者は呉万江子《くれまえこ》、六十五歳。鹿羽高校で長く教壇に立っていた元教師だ。子どもはおらず、五年前に夫を亡くしてから一人暮らしをしていたが、マンションの家賃収入があり生活水準は高かったようだ。暴力団追放の署名活動を行うなど、市民運動にも積極的に参加していた。

刑事課ではやくざの関与を疑う声が多かったが、互目は否定的だった。四月に白洲組の組長が殺されて以来、白洲組と赤麻組の間で数十年ぶりの緊張状態が生じており、市民活動家の頭を殴

っている場合ではなかったからだ。念のため二つの組に探りを入れてみたが、案の定、どちらも関与を否定した。

一時は容態が危ぶまれたものの、呉は奇跡的に一命を取り留め、七月二十日の朝に意識を取り戻した。

「わたしを襲ったのは株式会社イラカカの千貫昆布社長です」

警察の事情聴取に、呉はそう断言した。

イラカカは東北一帯に六つのホテルを展開するローカルホテルチェーンだ。中でも牟黒駅前に鎮座するイラカカホテル牟黒は、東北随一の珍スポットとして一部の好事家《こうずか》に知られている。

二代目社長の千貫紅河《こうが》が経営を退くまでは、イラカカはごく普通のホテルチェーンとして市民に親しまれていた。紅河はムード歌謡シンガーのような昭和臭い愛嬌《あいきょう》のある男で、ローカル局のCMに出演して積極的にホテルをPRしていた。多彩な趣味でも知られ、ピラミッド温泉だのおっぱいマンションだの奇妙な建築物を撮影して回るのをライフワークにしていた。

だが八年前、紅河は鳴空山の別荘で首を吊って自殺してしまう。紅河は還暦を過ぎてから癌《がん》の治療と再発を繰り返していて、晩年は食道癌で唾を呑むことも難しくなっていた。

そんな紅河が生前、後継ぎに指名していたのが、長男の昆布だった。

昆布は三代目の社長に就任すると、すぐにイラカカホテル牟黒のリニューアル工事を行った。このホテルは牟黒駅前の「く」の形をした土地に建っていて、駅舎に面した西の入り口と、県道に面した東の入り口がある。昆布は何を考えたのか、建物の西半分の外壁をすべて真っ黒に塗り潰した。同時に備品の入れ替えを行い、客室の調度品やアメニティの一部、浴場の湯桶やバーのグラスなどを、左右半分だけ黒く塗ったものに差し替えた。父親が趣味に留《とど》めていたものを実践に移したかのように、自社の旗艦店を色物ホテルに変えてしまったのである。

牟黒駅前に突如現れた黒いぬりかべのような建物に、市民からは困惑と抗議の声が上がった。牟黒の伝統的な景観が損なわれた、珍しいもの見たさで若者がやってくるせいで治安が悪くなった、地価が下がった、血圧が上がった、息子が帰省しなくなった、赤ん坊の夜泣きがひどくなった云々《うんぬん》。目くじらを立てるほどでもないという声も多かったが、一部の市民は抗議集会や署名集めを続けた。その先頭に立ったのが呉万江子だった。

イラカカの社長が市民を闇討ちしたとなれば、抗議活動に火が点《つ》くのは必至だ。牟黒日報にでもすっぱ抜かれる前に、事故に仕立て上げるか、関係者の口を塞ぐ手段を考えておかなければ。やくざの対立が小康状態に入っていたこともあり、互目はイラカカを洗うことにした。

イラカカは南牟黒五丁目に小さな本社ビルを持っている。壁はありきたりな赤褐色で、黒く塗り潰されてはいない。築二十年の七階建て、ごく普通のオフィスビルだ。

目抜き通りに面した自動ドアを抜けると、頭から爪先までを冷気が包み込んだ。クーラーがよく効いている。牟黒署もこれくらい涼しければ検挙率が跳ね上がりそうだ。

受付で化粧の濃い姉ちゃんにＩＤを見せると、数分後にいかついおっさんが出てきた。

「社長は外出しております」

ネームプレートによると、おっさんの名前は堀木環、肩書きは副社長だという。生え際はどこかに行ってしまっているが、目つきが鋭く、声も太い。客の前ではにこにこしているくせに、営業成績が下がると部下をぶん殴ったりするタイプだ。社長は飾りで、この男が実際の経営を担っているのだろう。

「いつ戻るんです?」

「分かりません。社長はバカンス中、誰とも連絡を取らないんです。令状がないなら失礼しますよ」

木で鼻を括《くく》ったような態度だった。

「連絡が付いたら、牟黒署へご一報ください」

互目は殊勝に頭を下げて、エントランスを出た。

まともな従業員があの三代目社長を慕っているはずがない。副社長は強気でも、下っ端は口を割るはずだ。互目はビルを一周して、向かいのコンビニの喫煙所に向かった。蝶《ちょう》ネクタイのおっさんがうまそうに煙草をふかしている。

「警察です。イラカカの従業員の方ですね」

おっさんは目をひん剝《む》いて咳《せ》き込んだ。生え際は副社長と大差ないが、人の良さそうな笑い皺《じわ》が目尻と口元に貼り付いている。生粋のホテルマンという感じだ。おっさんはイラカカホテル牟黒支配人の三木安住と名乗ると、ビニール袋から新品のコンパクトミラーを取り出し、蝶ネクタイの角度を整えた。

「千貫社長の行き先ですか。わたしの想像では、千貫荘ではないかと思います」

どんな質問も誠実に答えるのを心構えにしているようだ。大当たりである。

「千貫荘？」

「先代の千貫紅河が建てた、鳴空山の別荘でございます」

八年前、紅河が首を吊った山荘だろう。先代社長の名が出たとたん、三木の口調が熱を帯びた。

「先代と親しかったんですか」

「公私ともに良くして頂きました。わたしを支配人に抜擢して頂いた生涯の恩人であります」

「千貫荘へ案内してください」

「かしこまりました。上と話してきますので、少しお待ちくださいませ」

そんなやりとりから三十分後、おそらく副社長が支配人を数発ぶん殴った後、三人は送迎用のワゴンで鳴空山へ向かったのだった。

*

二人の民間人に遺体を見られてしまった以上、事件を隠蔽《いんぺい》することはできない。互目はやむなく牟黒署に遺体発見の報告を入れた。

千貫荘の応接室へ戻ると、宙に浮いていた二つの遺体がなくなっていた。

「ちょっと、何やってんの」

暖炉の前で、三木が遺体を床に並べていた。梁にかかっていた紐が切れている。現場保存がめちゃくちゃだ。

「怪我人を見つけたら救命処置を施すよう従業員にも指導しておりますので」

「どう見ても死んでるでしょ」

三木は二人の肩を叩き、手首と胸に触れてから、がっくりと肩を落とした。杓子定規《しゃくしじょうぎ》にもほどがある。

「吊るしておきましょうか？」

「それ以上触んないで。じっとしてなさい」

扉を開けたまま応接室に入り、遺体を見下ろした。県警本部の刑事や鑑識課員が到着すれば、牟黒署の刑事たちは聞き込みに回される。観察するなら今のうちだ。

遺体は二つ。胸毛の濃いでっぷりした男が千貫昆布、痩せすぎで肋《あばら》の浮き出た女が船井もに香だ。どちらも足首を縛られていて、吊るされていたときの格好のまま両手を上げている。喉をぱっくりと裂かれ、流れた血が頭と腕を汚していた。胴の方へは血が流れていないから、犯人は逆さに吊るしてから喉を裂いたようだ。

頭が血まみれなので分かりづらいが、昆布の右側頭部に盛り上がった瘤《こぶ》が、船井の後頭部に三センチほどの裂傷ができていた。犯人は頭を殴って意識を奪ってから、足首を結わえ、梁に吊るしたのだろう。

喉の傷より上の部分――足の爪先から肩までの皮膚は、人形のように白く、生物らしさが失われている。ほとんどの血が傷から流れ出てしまったのだろう。人間の体重の八パーセントは血液だというから、胴が萎れて見えるのも錯覚ではなさそうだ。

心臓が停《と》まると、血は重力によって低い位置に集まる。首を吊れば下半身に血が溜《た》まるし、逆さにすれば頭に血が溜まる。逆さ吊りの状態で首を裂けば、血の大半が溢《あふ》れ出てしまうというわけだ。水槽の底に穴が空いているのと同じである。

「ん？」

三木が調子はずれな声を出した。絨毯に寝そべるようにして、船井の首の傷を覗《のぞ》いている。良い度胸だ。

「何してんの」

「トラブル対応は正確な状況把握から始まります。喉に何か入っているようです」

互目も三木の隣りに這《は》い蹲《つくば》って、ぱっくりと開いた傷の中を覗いた。血と肉がぐちゃぐちゃになっている。スマホのライトで中を照らそうとすると、

「うわあっ」

三木が跳ね上がった。

「すみません。わたし、視覚過敏でして。強い明かりが苦手なんです」

申しわけなさそうに肩を縮める。忙しい男だ。

互目はライトを消して、船井の喉の傷に顔を寄せた。筋肉や頸椎《けいつい》に挟まれて、ぶよぶよした管が胴へ伸びている。食道だ。その内側、鎖骨の数センチ下の辺りに、尖《とが》った金属片のようなものが二つ並んで見えた。

互目が制するよりも早く、三木が指を突っ込んでいた。傷口に手をぐりぐり押しつけ、食道からそれを取り出す。湿った指に二つの鍵が挟まれていた。

「こちらが社長の鍵、こちらが秘書の鍵ですね」

三木はポケットからハンカチを取り出し、べたべたした鍵を並べた。秘書の鍵は何の変哲もないが、社長の鍵は片面が黒く塗り潰されている。

互目はふと、数日前に万引きで捕まったきれい好きの婆《ばあ》さんを思い出した。婆さんは持ち物すべてに消毒液をかけまくっていて、家具も雑貨も電化製品もびしょ濡《ぬ》れだった。

「おたくの社長、心の病気だったの?」

「メンタルクリニックに通っていたのは事実です」

なぜか頭を下げる。

「秘書はどう? 金属を食べる癖があったとか」

「ございません。それに船井が生きているうちに鍵を呑み込んだのなら、鍵は胃や腸で見つかるはずです。犯人が船井を吊るし、喉を裂いてから、傷口に鍵を押し込んだのではないでしょうか」

さすがは支配人。単細胞だが状況把握は速い。

「ただ不思議なこともあります。これ、千貫荘の鍵なんです」

互目は耳を疑った。さきほど千貫荘の鍵は二つしかないと聞いたばかりだ。

「犯人は鍵を複製したのね」

「いえ。こちらは磁石を組み込んだ特殊な鍵で、複製は不可能と聞いていています」

その二つの鍵が遺体の食道に入っていた。ならば犯人はどうやって玄関の錠を閉めたのか。

「館内を見てくる。あんたはホールで待ってなさい」

互目はハンカチに包んだ鍵を受け取ると、拳銃を構え、館内の各部屋を見て回った。寝室、厨《ちゅう》房《ぼう》、客室、浴室、倉庫――どこにも人の姿はない。錠の外れた窓や裏口も見当たらなかった。

腹の立つことに、千貫荘は密室だったのだ。

2

自分ほど牟黒市を愛している人間はいない。互目魚々子はそう自負している。

雄大な海。静謐《せいひつ》な川。彩り豊かな山々。銃声にも動じない鷹揚《おうよう》な住人たち。互目は中学校を卒業するまで、牟黒市が日本一の街であることに一抹の疑念も持っていなかった。

だが山の向こうの鹿羽市立鹿羽高校に進学した互目は、生まれ故郷の悪評に驚くことになる。治安が悪い。犯罪が多い。先進国とは思えないほど無造作に人が殺されている。石を投げればやくざに当たるし、市長は公私混同がひどく、わけの分からない文学賞を主催して悦に入っている。

互目は腹が立った。良からぬ噂《うわさ》を耳にするたびかえって愛郷心が燃え上がった。だが牟黒市の殺人発生率が全国でも群を抜いているのは事実だ。ならば殺人事件を一掃して、よその連中を見返してやる。これが互目が警察官を志した理由だった。

採用試験を突破し、希望通りに牟黒警察署の刑事課へ配属されると、互目は犯罪抑止に精を出した。幼なじみのやくざと接触し、警察の手を逃れる方法を叩き込んだのだ。どんな凶悪事件も表に出なければ起きていないのと同じである。やくざも逮捕者を出したいわけではないし、警察も仕事が減るなら大喜びだ。

苦労の甲斐《かい》あって、昨年、牟黒市の殺人発生件数は十年ぶりに五十件を下回った。沖縄で雪が降ったようだとSNSを賑《にぎ》わせ、ケーブルテレビが警察署へ取材にやってきた。

今年の四月にはやくざの大規模な抗争が勃発したが、長年の指導が功を奏し、表向きは市民が巻き添えを食うことはなかった。六月にはギロチンを使った凄惨な事件が起きたものの、表沙汰になったのはそれくらいで、殺人発生件数は例年を大きく下回る水準に抑えられていた。

そんな矢先に発覚したのが、イラカカの社長および秘書殺害事件だった。汚名返上に向けて順調な歩みを続けていたのに、余計な真似《まね》をしやがって、というのが互目の本音だった。

七月二十一日、午後十時半。牟黒警察署で捜査会議が開かれた。

捜査本部の指揮を執るのは県警本部の丹波《たんば》管理官だ。丹波はスキンヘッドに顎鬚《あごひげ》を蓄えたアメリカの死刑囚みたいな男で、いつも部下を罵倒しているせいか現場からははげだるまと呼ばれていた。

会議では関係者への聴取結果が報告され、事件の詳細な経緯が明らかになった。

千貫昆布と船井もに香が消息を絶ったのは、遺体が見つかる八日前――七月十三日の深夜だった。日が沈んでも三十度を下回らない、地獄のような超熱帯夜だった。

この日、二人は午後十一時過ぎまで本社ビルの社長室で残業をしていた。八月一日の夏季決起集会で社長が読み上げる訓示の原稿を作っていたのである。船井が用意した原稿に昆布がけちを付け、一から内容を練り直していたという。多くの従業員が社長室から響く怒号を耳にしていた。

イラカカの本社ビルは午後十時にエントランスが閉まり、それに合わせて警備員が退勤する。これ以降に出入りする場合は、地下一階の駐車場にある通用口を通らなければならない。通用口の防犯カメラには、十一時十五分に昆布が、二十分に船井がビルを出る姿が写っていた。

オフィスを出た昆布は、自家用車のワーゲンでイラカカホテル牟黒へ向かったとみられる。昆布の自宅は隣りの鹿羽市だが、仕事が長引いた日はホテルの空き部屋に泊まることも多かったという。ホテルの駐車場には現在までワーゲンが停まったままになっていた。十一時三十分にはホテルの横のコンビニでシーフードヌードルを二つ買うのが目撃されており、801号室のゴミ箱には空のカップが二つ捨てられていた。

昆布の消息はそこで途絶えている。801号室の肘掛け椅子の下に昆布が付けていた金の社章バッジが落ちていたことから、昆布が休んでいたところへ犯人が訪ねてきて、頭を殴り、彼を運び出したと推測される。犯人は従業員用の通路を使ったとみられ、ホテル内での目撃証言は上がっていない。

一方の船井は、本社ビルから徒歩で自宅へ向かったとみられる。船井は自動車を持っておらず、会社に程近い単身者向けアパートから五分ほど歩いて通勤していた。帰宅した形跡がなく、携帯電話で助けを呼ぼうとした記録もないことから、何者かが帰路の途中で彼女を待ち伏せし、頭を殴って拉致したと考えられる。

解剖医の報告によると、死因はどちらも喉を裂かれたことによる失血死。頭の怪我と喉の裂傷の他に目立った外傷はなく、死後五日から八日が経過していた。遺体が見つかったのは二十一日の昼だから、二人は消息を絶った直後——十三日の深夜から、十六日までの間に殺されたことになる。

ただし昆布の胃腸から見つかったシーフードヌードルは、摂取から三時間ほどしか経過していなかった。十三日の深夜にシーフードヌードルを買ってすぐに食べたとすれば、昆布の死亡時刻は十四日の早朝までの間に絞り込まれる。

一方の船井は数日何も食べていなかったようで、胃腸は空っぽだった。食道の内側、喉から十五センチほどのところには、鍵を押し込んだことによる傷が残っていた。食道には臓器の圧迫により狭まった部分があり、鍵はそこに引っ掛かっていたとみられる。

「千貫昆布の宿泊する部屋を知っていたこと、自らも従業員用通路で移動していることから、犯人はホテルの関係者とみて間違いない。社長にいびられていた従業員を重点的に洗え。密室なんてもんは気にするな」

はげだるまが捜査方針をまとめて、会議を締めくくった。

会議室からデスクへ戻ろうとすると、

「ちょっといいかな」

刑事課長の豆生田《まみゅうだ》に資料室へ呼び出された。

豆生田は互目の上役だ。口にものを詰め込んだ山羊《やぎ》のような顔をしていて、唾でもかけられるのではないかと不安になる。近ごろは互目の活躍にすっかり鼻を高くしていたが、今日の会議でははげだるまにパトロールの甘さを指摘され、始終頭を下げっ放しだった。

「ここだけの話、友だちにうまく処理してもらえないかな」

汗もかいていないのにハンカチで額を拭いている。

「やくざですか?」

「だいたいそんな感じ。イラカカの社外取締役には県警のOBがたくさんいてね。あまり関係を悪くしたくないんだ。ショバ代をごねたとかで、腹を立てたやくざが社長と秘書を吊るしたってことにしてよ」

そうしたいのはやまやまだが、ことはそう簡単ではない。

「犯人をでっちあげた後で真犯人が名乗り出たらどうするんです? それに千貫荘は密室でした。犯人はどうやって現場から脱出したんですか?」

はげだるまは密室など気にするなと言っていたが、犯人を仕立て上げるなら謎を解かなければならない。

「そのへんは互目くんがうまいこと考えて。お金はなんとかするからさ」

豆生田は肩を叩くと、口をもごもごさせながら執務室へ引っ込んだ。

3

明くる二十二日の午前十一時。互目は聞き込みの合間に、昆布が通っていたという牟黒メンタルクリニックの院長、楢木尚樹《ならきなおき》の自宅を訪ねた。昆布の奇妙な配色へのこだわりに、事件の謎を解く鍵が隠れている気がしたのだ。

「ニュースで観《み》ましたよ。千貫社長、死んだんですね」

楢木は五十手前のおっさんだった。純和風の屋敷に住んでいるくせにアロハシャツを着ている。居間に入ってもクーラーが利いていないので、互目は損をした気分になった。

「千貫さんの通院理由を教えてください」

「彼はとても変……特殊な症例でした」

楢木は慎重さにも欠けていた。

「強迫性障害というのは、何らかの強迫観念に囚われ、不安から逃れようと強迫行為を繰り返してしまう病気です。手が汚れていないか心配で何度も洗ったり、錠を閉めたかが気になって何度も家に引き返したり、日用品を置く位置が気になって何度も確認したり。それが不合理だと分かってもやめられないのが特徴です」

「千貫社長もその病気だったんですね」

まさしく、と顎髭を撫《な》でる。物を黒く塗ることで逃れられる不安などあるのだろうか。

「彼の場合、身の周りの物が決めた方向を向いていないと落ち着かず、物の向きを確認したり、わざとずらして元に戻したりといった強迫行為を繰り返していました。でも厄介なことに、この世界には前と後ろの区別がつかないものがたくさんあります」

楢木が障子を開けると、旅館みたいな庭園が現れた。犬柘植《いぬつげ》の向こうに井戸が見える。かぽん、と鹿威《ししおど》しが倒れた。

「例えばあっちの如雨露《じょうろ》。あれは注ぎ口のある側が前、持ち手のある側が後ろだとはっきりしています。でもこっちの井戸の滑車につながれた桶は、持ち手がないのでどちらが前かはっきりしません。千貫さんはこんなふうに前後や表裏がはっきりしないものに、半分だけ色を塗って、正しい向きが分かるようにしていたんです」

互目は千貫荘のホールを思い浮かべた。ソファやテレビ、背もたれのある椅子、コーヒーカップなどは、どちらが前か、どちらが正しい向きかを判別できる。だがシャンデリアや背もたれのない椅子、灰皿、植木鉢、コーヒーカップの受け皿などは、どちらが前か、どちらが正しい向きか判断できない。だから昆布は、それらの左右半分を黒く塗ったのだ。

建物の場合も理屈は変わらない。イラカカホテル牟黒は東側と西側に出入り口があるせいで、どちらが前か分からなかった。だから前後の区別ができるように、西半分の壁を黒く塗ったのだ。本社ビルがペンキをかけられずに済んだのは、入り口が一つしかなく、前後を迷う心配がなかったからだろう。

「繰り返しますが、それが不合理であることは本人も分かっています。でもやめられないんです」

動くはずのない建物の前後を塗り分けても意味がない気がするが、それも承知の上ということか。

「千貫さんの症状を誰かに教えたことはありますか?」

「まさか。ありませんよ」

檜木が声を硬くする。

互目が礼を言って立ち上がると、かぽん、と鹿威しが鳴った。

＊

その日の捜査会議は重苦しい空気が充満していた。

刑事たちは本社ビルとイラカカホテル牟黒で百二十人の従業員の事情聴取を行ったが、有力な容疑者は浮かんでいなかった。従業員の大半は社長に幻滅していたが、元より先代のような活躍は期待されていなかったようで、殺すほど憎んでいる者も見当たらなかった。ほとんどの執務を副社長の堀木に任せ切りにしていたから、従業員とはろくな接点がなかったようだ。

そんな中でもたらされた数少ない収穫が、被害者の遺留品だった。千貫荘から北西へ二百メートルほど進んだ山林に、二人の衣服や持ち物が捨てられているのが見つかったのだ。

昆布の衣類はラルフローレンのスリーピースにストライプシャツ、ブルガリのネクタイ、下着、磁気ネックレス、ブーツ。船井の衣類はノーブランドのカットソーにパンツ、ユニクロの下着にハイヒール。いずれも血痕や犯人の皮脂などは付着していない。他に音楽プレーヤーや週刊誌などが入った昆布のブリーフケースと、ノートや筆記具、化粧ポーチ、折り畳み傘などが入った船井のトートバッグが見つかった。

犯人がこれらの遺留品を本気で隠そうとしたとは思えない。被害者を拉致した際にバッグを一緒に持って行ったのは、昆布や船井がそれを持って外出したように見せかけ、警察への通報を遅らせるためだろう。現に従業員らは、昆布は気まぐれでバカンスに出かけ、船井は仕事に嫌気が差しばっくれたものと思い込んでいた。だが犯人がわざわざ千貫荘の外の山林に衣類やバッグを捨てた理由は分からなかった。

「ここが正念場だぞ。先入観を捨てて捜査に当たれ。分かったな」

はげだるまは苛立《いらだ》ちを隠そうともせず、毒にも薬にもならないことを言って会議を打ち切った。

喫煙所で一服しようとすると、またしても豆生田に資料室へ呼び出された。

「例の件、友だちに頼んでくれた?」

互目が首を振ると、豆生田はレジ袋から週刊誌を取り出した。乳のでかい水着の女の隣りに『密室の殺人鬼 牟黒市血抜き山荘事件の戦慄』と見出しが躍っている。

「このままじゃきみの努力も台無しだよ」

豆生田の唾が表紙に落ちた。こいつの手に乗るのは癪《しゃく》だが、牟黒市の名誉を守るためなら仕方ない。

「本部にはもう声を掛けてある。お金も何とかするから、ね」

互目は上司を置いて資料室を出ると、知り合いのやくざに電話をかけ、行きつけの居酒屋で酒を飲む約束を取り付けた。

4

「こんな時間から酒を飲めるのか。警察は暇で羨ましいな」

午後五時半。秋葉駿河は〈破門屋〉二階の座敷で、かりんとうのような唐揚げをつまんでいた。

秋葉はやくざのくせに深夜ラジオばかり聴いている変わり者だ。何も考えていないように見えて、抗争が起きるや白洲組から赤麻組へ寝返った切れ者でもある。互目が牟黒署に配属されたとき、まず連絡を取ったのがこの男だった。

「電話でも言ったけど、五百万で犯人を用意してほしい」

互目はぬるいビールを一口飲んで、さっそく本題を切り出した。イラカカの社長と秘書が殺されたこと、遺体が逆さに吊るされたこと、現場が密室だったことを説明する。

秋葉は少し考え込んでから、小皿に丸焦げの皮を吐いて、指を二つ立てた。

「二つ条件がある。まず本当の犯人が分かっていること。そいつが自白しないように口を塞ぐ必要がある。あとはそいつが密室に出入りした方法が分かっていること。犯行手段が分からなきゃ嘘《うそ》の供述もさせられない」

「それが分からないから金で解決しようとしてるんだけど」

「警察ができないことはおれたちにもできない」

「やくざでしょ。暴力で何とかしてよ」

「そこでだ」秋葉が膝を乗り出す。「おれの知り合いに、猟奇殺人が大好きで、猟奇殺人の謎を解かせたら右に出る者のないようなやつがいるんだ。話を聞いてみないか？」

互目は耳を疑った。自分も目の前のやくざと同じことを考えていたからだ。

「わたしの知り合いにも、猟奇殺人が大好きで、猟奇殺人の謎を解かせたら右に出る者のないようなのがいるんだけど」

やくざは目をぱちくりさせた。


三十分後。〈破門屋〉の二階へ上ってきたのは制服姿の少女だった。バニラ色のセーターにチェックのスカート。牟黒市民の大半が通う鹿羽高校の制服だ。

「神月歩波？　なんでお前が来るんだよ」

秋葉がジョッキを倒し、枝豆がビールに沈んだ。少女があはあはと笑う。そこへもう一人、ひょろりと痩せた推理作家が上ってきた。

「歩波さんはぼくのアシスタントだよ」

三十路のくせに子どもみたいな声だった。中学生のようなスポーツ刈りで、喉の変なところから毛が生えている。当てずっぽうで現行犯逮捕しても問題なさそうな雰囲気だ。

「このガキは催眠術師だ。豚だと思い込まされる前に首を切った方がいいぞ」

「大丈夫ですよ。催眠術はぼんやりした人にしか掛からないので」

やくざと高校生がじゃれあっている。

互目は改めて、事件発覚から今日までの経緯を説明した。青森は正座をして唇を噛《か》みながら話を聞いている。どうやら笑みを堪《こら》えているようだ。

「うふふ。血が抜かれた男女の死体ですか」

説明が一段落したところで青森が口を開いた。

「良いですね。グロテスクなだけではない、男女の死体ならではの淫靡《いんび》でフェティッシュな魅力がある。密室というのもスパイスが利いています。確認ですが、館内の窓はすべて錠が掛かっていたんですね？」

「そうだよ。牟黒署の刑事が総出で確認したから間違いない」

「二代目社長の紅河さんは奇妙な建築を撮影するのが趣味だったらしいですが、実は千貫荘にも山中の別の場所へつながる秘密の通路をつくっていた、なんてことはありませんか」

「ないね。山荘も周囲の山林も隈なく調べてるし、設計事務所から取り寄せた建築図面にもそんなものはなかった」

「これも念のためですが、互目さんが千貫荘を訪れたとき、玄関の扉の錠は本当に掛かっていたんでしょうか。釘《くぎ》やゴムで扉が固定されていて、錠が掛かっていると思い込んだ可能性はありませんか」

「ないよ。ガラスを割る前に扉の状態を確認したし、万一わたしが見落としていても鑑識課員が気づかないはずがない」

「犯人が館内に隠れていて、亙目さんたちが死体を調べている隙に玄関から出て行ったというのは？」

「ない。応接室に入ってからも玄関には気を配ってたし、わたしが館内を見回ってる間は三木がホールにいた」

「なるほど。となると」青森は眼鏡のブリッジを押し上げた。「さっぱり分かりませんね」

「ちょっと。今の話を聞いて本当に分からないんですか？」

口を挟んだのは歩波だった。

「お前だって分かってないだろ」

「あたしは分かりましたよ。千貫昆布社長を殺すことができた人物は一人しかいません」

歩波は得意げに胸を反らした。

「秘書の船井さんです」

5

歩波は咳払《せきばら》いをして、説明を続けた。

「六月にイラカカホテル牟黒に抗議していたおばさんが襲われる事件がありましたね。すべてはこの事件から始まったんです」

「話を聞いてたか？　呉万江子が意識を取り戻したのは七月二十日の朝。ぼんくら社長と秘書が殺されたのは七月十三日の深夜から十六日にかけての間だ。おばさんは事件と関係ない」

　秋葉が少女の出鼻を挫《くじ》こうとする。

「おばさんが社長さんを殺したとは言ってませんよ。このおばさん、鹿羽高校の先生だったんですよね。牟黒市の中学生の大半は鹿羽高校に進学しますから、この街には教え子がたくさんいます。中にはイラカカの従業員もいるでしょう。それが船井さんでした。自分の上司が恩師に重傷を負わせたことを悟った船井さんは、日ごろこき使われていた苛立ちも相まって、上司への憎しみを爆発させたんです」

「そりゃ船井なら昆布を殺せたかもしれない。でも同じ場所で船井も殺されたんだ。船井を殺した犯人はどこに消えたんだ？」

「いえ。船井さんは上司を殺して自殺したんです」

「自分で自分は吊るせないぜ」

「そう思わせるのが狙いだったんですよ。船井さんはまず昆布さんを梁に吊るして殺害します。この時点で昆布さんの死体は、後に互目さんたちが発見したときよりも高い位置にありました。続いて昆布さんを吊るした紐の反対側で自分の両脚を縛り、包丁で喉を裂きます。人間の体重の八パーセントは血液ですから、動脈を切って血を抜けば身体はどんどん軽くなっていきます。やがて昆布さんの重さで船井さんの死体が引き上げられ、二つの死体が宙に吊るされる。こうして第三者が二人を殺したとしか思えない現場ができあがったんです」

楢木邸で目にした井戸の滑車と桶を思い出す。耳の奥で、かぽん、と鹿威しが鳴った。

「なんでそんな面倒なことをしなきゃならないんだ」

「船井さんは恩師の復讐《ふくしゅう》を決意したとき、同時に自らも命を絶つと決めたんでしょう。自分も殺されたように見せかけたのは、恩師が息を吹き返したとき、迷惑をかけないためだと思います」

秋葉は噛みつくように口を開いたが、反論が思い付かないらしく、頬をひくひくさせながら互目を見た。

「おい、お前もなんか言えよ」

「確かに密室の説明は付く。でも犯人が死んでるのは良くない」

互目は正直に言った。

「せっかく刑事課長が金を出すと言ってるんだ。犯人が死んでることになったら、犯人をでっちあげる必要もなくなる。お金をもらえない」

「それはもったいないな」秋葉は青森に目を向けた。「お前はどう思う?」

「トリックは面白いですが、犯人の行動が支離滅裂だと思います。自分が殺されたように見せかけるなら玄関の錠を開けておくはずですし、ましてや鍵を食道に隠す必要はまったくありません」

「その通りだな」

「いや、人間って不合理なことをする生き物じゃないですか」

高校生が急に哲学者みたいなことを言う。

「百歩譲ってそうだとしても、鑑識がトリックに気づかないはずがないと思います。血はべとべとしてますから、落ちる高さによって跳ね方が変わるんです。二つの死体が垂直に移動したのなら、応接室の床には形の違う血痕が混在しているはずです。そんな報告は上がってませんよね？」

互目は頷いた。歩波は「うーん」と唸《うな》って、レモンサワーを呷《あお》る。

「これだから子どもは。真面目に話を聞くだけ無駄だな」

「何も分かってないのはあんたも一緒でしょ」

歩波が秋葉の足を蹴る。

「いや。だいたい分かった」

秋葉は急に、高校生よりもさらに得意げな顔をした。

「互目に質問がある。応接室で死体を見つけたとき、三木か堀木が転んだふりをして、死体に触れようとしなかったか？」

互目は驚いた。質問が的を射ていたのだ。

「堀木が失神して倒れたとき、船井の死体に寄りかかりそうになってたな」

「思った通りだ」秋葉は口角を上げ、黄ばんだ歯を覗かせた。「イラカカの社長と秘書を殺したのは、副社長の堀木環だ」

6

「ことの発端は、イラカカの先代社長が千貫荘で首を吊ったとされる事件だ。この出来事が今回の殺人と無関係とは思えない。昆布は先代を自殺に見せかけて殺したんだよ。それに気づいた従業員が先代の仇討《あだう》ちをしたんだ」

「それこそ根拠のない空想ですね。犯人はどうやって千貫荘を出たんです？」

歩波がグラスを置いて反論に回る。

「もちろん玄関からだよ。ただし犯人は自動で錠を閉める仕掛けを作っていた。先代の死と関係のない秘書を殺して、死体を二つ用意したのがヒントだ。犯人は二つの死体を梁に吊るすと、抱き合わせてぐるぐる回したんだ。二本の紐はきつく捩《ね》じれて、捩じり鉢巻きみたいになった。

この紐とは別に釣り糸を用意して、一端を玄関の錠のつまみに、もう一端を死体のどこかに括りつけておく。そして二つの死体から手を離すと、玄関から素早く外へ出た。捩じれた紐が戻ろうとする力で死体が回転し、つまみにかかった釣り糸が巻き取られ、やがてつまみが倒れるって寸法だ」

独楽《こま》のように回転する遺体を思い浮かべて、退屈なアート映画を観たような気分になった。

「互目たちが応接室へ入ったとき、死体のどこかに釣り糸が巻き付いていたはずだ。でもお前はそれに気づかなかった。犯人がさりげなくこの釣り糸を回収したからだ。それができたのは一人だけ。死体にもたれるように倒れた人物、すなわち副社長の堀木だ」

「なんでそんな面倒で馬鹿なことしなきゃなんないの」

「さっきも言った通り、堀木は先代社長が昆布に殺されたことに気づいていた。でも副社長という立場にある以上、表立って昆布を告発することはできない。そこで錠の掛かった千貫荘で昆布を殺し、先代の死が自殺でないことを世間に訴えようとしたのさ」

「回りくどい犯人ですね」

「人間は不合理なことをする生き物だからな」

やくざが十分前の少女と同じことを言う。

「刑事さんはどう思いますか?」

「駄目だよ。全然駄目」互目は首を振った。「刑事課長が金で事件を片づけようとしてるのは、イラカカの社外取締役に県警のOBがいるからだよ。経営層の人間が犯人じゃ、社外取締役も責任を問われかねない。そんな真相はとても受け入れられない」

「いいじゃねえか。どうせやくざが罪を被《かぶ》るんだから」

「金を出すのは県警本部だ。彼らが納得しない真相は意味がない」

「それは本末転倒ですねえ。青森さんはどう思います?」

歩波は青森に水を向ける。

「アイディアは好きですけど、運任せすぎると思います。紐が絡まったら終わりだし、そんなにうまくつまみが倒れるとも思えません」

「現実に密室が完成してるってことは成功したんだよ」

秋葉は食い下がった。

「死体を吊るした紐を捩じったら、紐が短くなる分、死体は持ち上がりますよね。そこから死体を回転させたら、高い位置から血が飛び散るはず。さっきも確認した通り、形の違う血痕が混在していたという事実はありません」

「殺害から死体発見までには約一週間あった。犯人は血が乾き切るのを待ってから密室を作ったのさ」

「粘りますね。でも互目さんたちが千貫荘を訪ねたとき、応接室の扉は閉まっていました。玄関の扉と死体を釣り糸でつなぐには、応接室の扉を開けておかないといけないんじゃないですか?」

あはあは、と歩波が笑う。秋葉は歯噛みして、何も言わずにビールを呷った。

「ちなみに捜査本部でも八年前の記録を確認したけど、先代の千貫紅河の自殺に事件性はなかった。死体に不審な点はないし、千貫荘の玄関の扉には錠が掛かっていた。秘密の通路なんてものがないのはさっき説明した通り。昆布が紅河を殺したっていうなら、この密室の謎も解いてもらわないとね」

「分かったよ。おい青森。お前も何か考えろ」

「はい。二人の推理を聞いていたら、犯人が分かりました」

青森は平然と言った。

「何だそりゃ。早く言えよ」

「そこでお願いがあります」青森は足を畳み直した。「ぼく、借金があるんです。早く返済して本の仕事に集中したいんです。なので謎を解いたらお金をください。五十万円でどうですか」

ギロチン事件のときよりも少し値上がりしていた。

「依頼主は警察だからな。どうなんだ？」

秋葉が顎をしゃくる。

豆生田は金なら何とかすると言っていた。やくざに払う予定の五百万から、五十万を中抜きして青森に渡してやればいい。

「本当に犯人が分かったんなら、それくらい払うよ」

「分かりました」

青森は頷《うなず》くと、おしぼりで首の汗を拭いて、再び口を開いた。

7

「犯行の経緯をたどってみましょう。イラカカホテル牟黒の駐車場にワーゲンが停まっていたこと、801号室の肘掛け椅子の下に金の社章バッジが落ちていたことから、昆布さんがこの部屋を訪れた後、何者かに襲われたのは間違いありません。では秘書の船井さんはどこで襲われたのでしょうか。結論を言うと、彼女は自宅へ帰る途中で襲われたのではなかったんです」

「なんで断言できるんです？」

歩波が訝《いぶか》しげに目を細める。

「船井さんは頭を殴られていて、後頭部の皮膚が裂けていたんですよね。喉を裂かれた際の出血で隠されていますが、この時点で相当量の出血があったはずです。でも山林で見つかった船井さんのカットソーには血が付いていませんでした。犯人に襲われたとき、船井さんはもう一つの上着——カーディガンやストールなどを羽織っていたんです。犯人がこの衣類を隠す理由は特にないですから、山林に捨てられた後、風で飛ばされてしまったんだと思います」

「上着？　こんな暑いのに？」

「ええ。ぼくもイラカカの本社ビルの前を通ったことがありますが、あそこはクーラーがきんきんに利いてますよね。船井さんは勤務時間中、クーラーで身体《からだ》を冷やさないように上着を羽織っていたんだと思います。でも一歩外に出れば猛烈な暑さですから、歩いて帰るときも上着を羽織ったままだったとは思えません」

「自宅に帰らず、オフィスに泊まったってこと？」

「いえ。地下通用口の防犯カメラには船井さんがオフィスを出る姿が写っていたはずです」

「じゃあどこに行ったのよ」

「行き先がどこであれ、重ね着をしたまま超熱帯夜の屋外に出ることはありません。船井さんは通用口を出てすぐに自動車に乗ったんです。といっても彼女は車を持っていないので、誰かの車に乗せてもらったことになります。携帯電話に家族や知人と連絡を取った記録はありませんでしたし、歩いて五分の家へ帰るのにタクシーを使ったとも思えません。船井さんを車に乗せたのは昆布さんです。わざと数分の間を置いてビルを出たことから察するに、二人は交際していたんだと思います。昆布さんと船井さんは同じ車でイラカカホテル牟黒へ向かったんです」

週刊誌のスクープ記事さながらに、人目を忍んでホテルへしけこむ社長と秘書の姿が浮かぶ。

「昆布さんは801号室で一息つくと、コンビニへ行き、シーフードヌードルを二つ買いました。船井さんだけ食事抜きということはないでしょうから、一つは自分、もう一つは船井さんのものです。部屋のゴミ箱にカップが二つ捨てられていたことからも、恋人同士、ホテルで遅めの夕食を摂《と》ったことが分かります」

「ん？　昆布さんの胃腸にはシーフードヌードルが入ってましたけど、船井さんの胃腸は空っぽでしたよね？」

歩波が瞬《まばた》きしながら互目を見る。互目も頷いた。

「分かってますよ。二人は同じときに同じものを食べた。でも死体のお腹《なか》の中の状態が違っていた。ここから分かるのは、二人の殺害時刻がずれていたということです。犯人に襲われたとき、二人は一緒にいました。でも昆布さんが殺されたのがそれから数時間後だったのに対し、船井さんが殺されたのはさらに数日が過ぎてからだったんです」

「なぜ船井だけ長く生かしたんだ？」

やくざが首を捻る。

「拘束される寸前に二人がシーフードヌードルを食べてしまったからです。犯人が考案した仕掛けは、どちらか一人の胃腸が空っぽでないと成り立たないものだったんです」

「何だそりゃ」

「推理作家の目から見ると、この事件の現場はどうにもアンバランスです。死体が二つ、鍵も二つ。だったら二つの死体に一つずつ鍵を隠した方がきれいだと思いませんか？　なぜ犯人は一つの死体に二つの鍵を隠したのか。そうしないとトリックが成立しないからです。犯人は子ども騙《だま》しの手品で、船井さんの食道に鍵が二つ入っているように見せかけたんです」

数秒の沈黙。互目が口を挟もうとするのを、青森が声で制した。

「犯人がやったことを整理します。犯人は船井さんを拘束し、食事を与えずに数日かけて胃腸を空にすると、応接室の梁に吊るし、喉を裂いて殺害しました。血が十分に抜けたところで、直径五センチほどの丸い鏡と、昆布さんの鍵を、この順で死体の中に入れます。食道の狭くなったところに押し込んでおけば、逆さにしても落ちることはありません。そして船井さんの鍵で扉を閉め、千貫荘を後にしたんです」

コンビニの喫煙所で出会ったとき、あの男が新品のコンパクトミラーで蝶ネクタイを整えていたのをふと思い出した。

「約一週間後。犯人は人を連れて千貫荘を訪れます。牟黒署の刑事がやってくるのを予想できたとは思えないので、当初は同僚を連れて行くつもりだったんだと思います。

犯人は発見した死体を床に下ろすと、鍵が二つ入っていると言って、同行者に傷口を覗かせます。昆布さんの鍵は片面が黒く塗られているので、食道を覗くと、実物の鍵と鏡に映った鍵で違う色が見えます。それを見た同行者は、食道に二つの鍵が入っていると思い込んでしまいます」

確かな記憶だと思い込んでいた光景が、ふいにぼやけて像を結ばなくなる。ろくに飲んでいないのに泥酔したような気分だった。

「犯人はその場で食道に指を突っ込み、二つの鍵を取り出したような演技をします。実際の鍵は一つしか入っていませんから、あらかじめ掌《てのひら》に隠していた鍵を一緒に出して、二つ取り出したように見せかけたんです。このとき鏡を掌に隠しておいて、ハンカチを出すのと同時にポケットにしまったんだと思います」

言葉が呼び水になって、さらに記憶がよみがえる。

互目が傷口を覗こうとしたとき、あの男は強い明かりが苦手だと言って、スマホのライトを消させた。もしもライトで食道の中を照らしたら、光が反射して、そこに鏡があることが分かってしまう。だからあの男は視覚過敏などともっともらしい嘘を吐《つ》いたのだ。

「それじゃ犯人は――」

「支配人の三木さんです。喉を裂いて殺したのは、傷口から食道に鍵を入れる必要があったから。死体を逆さに吊るしたのは、傷口から流れた血が食道に入り込んで、鏡の表面を汚さないようにするためです。わざわざ船井さんの胃腸を空っぽにしたのも、消化物が逆流して鏡が汚れるのを防ぐためです」

「なぜそんな手間をかけて密室を作ったんだ？」

「警察に千貫荘を調べさせ、秘密の通路を発見させるためだと思います」

「そんなものないって、さっきから言ってるでしょ」

思わず言葉が強くなった。

「分かってますよ。それでも三木さんは疑いを捨て切れなかったんです。三木さんは先代の紅河社長を慕っていたそうですね。さっきの秋葉さんの推理じゃないですけど、三木さんは先代が殺されたのではないかと疑っていました。でも先代が首を吊ったとき、千貫荘の扉は錠が掛かっていた。先代が殺されたとすれば、犯人はどうやって現場から逃げ出したのか。奇妙な建築物を好んだ紅河社長が、千貫荘とどこか別の場所をつなぐ秘密の通路をつくっていたのではないか――そう考えてしまうのも道理です。実際は存在しないとしても、三木さんはその考えを捨て切れなかった。そこではっきり他殺と分かる方法で昆布さんを殺すことで、警察にもう一度、千貫荘を調べさせようとしたんです。衣類や持ち物などの遺留品を山林に捨てたのは、千貫荘の周辺まで隈なく調べさせたかったからです」

警察は念入りな探索を行い、設計事務所からも建築図面を取り寄せたが、案の定、秘密の通路は存在しなかった。

「昆布さんはさておき、秘書の船井さんまで手にかけた理由は？」

「密室を作るのに鍵が二つ必要だったから。それだけです」

青森は一同を見回し、質問が出ないのを確かめると、泡のないビールを美味《うま》そうに飲み干した。

「待て。三木とかいう支配人は、犯人でも大丈夫なのか？」

秋葉は互目を見た。

とっさに記憶を掘り返す。堅物な副社長は愛嬌と人情味のある支配人が気に入らない様子だった。彼がいなくなるのは願ったり叶《かな》ったりだろう。社外取締役とは関わりが薄いはずだから、県警OBが責任を問われる心配もない。

「大丈夫。二人を殺した犯人は、イラカカホテル牟黒の支配人、三木安住だ」

膨れた死体と萎《しぼ》んだ死体

1日午前10時ごろ、北牟黒1丁目のアパートで大学生の小南侑人さん(22)が亡くなっているのが見つかった事件で、解剖の結果、遺体の胃から10キロ相当の食物が見つかったことが分かった。胃は胸から骨盤まで大きく膨らんでおり、破裂した胃壁から食物が溢れ出していた。

食事に詳しいミステリー作家の袋小路宇立氏(33)は、「男性はご飯を食べすぎたのではないか」と話した。

牟黒日報二〇一六年八月二日付朝刊より

1

「し、下平々《しもへいへい》さん……ですか……?」

腹を小山のように膨らませた男が、苦しそうに首を縦に振る。死にかけの虫を見ているようだ。偏愛するラジオパーソナリティを水責めにしたことに気づいて、秋葉駿河は最悪な気分になった。

その日の秋葉は運が悪かった。アパートを出てすぐ、ペットボトルを詰め込んだゴミ袋を集積所に放り込もうとすると、

「おい、こらっ」

藪《やぶ》から棒に罵声を浴びせられた。ぶつぶつ言いながら出てきたのは、下の階に住んでいる野球好きの爺《じい》さんである。一年ほど前、酒を飲みすぎてアパートの前で眠っているところを見つかって以来、爺さんはなぜか秋葉を見るたびに小言を言うようになった。ひょっとすると秋葉を親戚の子どもと思い込んでいるのかもしれない。

秋葉は几帳面《きちょうめん》なやくざだ。ゴミの分別には細心の注意を払っている。だが爺さんが言うには、牟黒市では半透明ではなく無色透明のゴミ袋を使わねばならないらしい。「おれ、やくざなんだけど」と凄《すご》んでみたが、「やくざも最優秀選手もゴミの出し方はおんなじだよ」とやりこめられる始末。秋葉は仕方なくゴミ袋を部屋に持ち帰った。

むしゃくしゃした気分で赤麻組の事務所へ向かうと、若頭の伊達鹿男に債務の取り立てを命じられた。こうなったら思い切り憂さ晴らしをしてやる。秋葉は珍しく血をたぎらせて、北牟黒一丁目の〈スモールハイツ牟黒〉へ向かった。

「何でもしますから。どうか勘弁してください」

秋葉のシャツの襟元に覗《のぞ》いた刺青《いれずみ》に気づくと、債務者の男はすぐに土下座をして、鼻炎のような声で言った。

男の名は下村慎平《しもむらしんぺい》。四十二歳、フリーター。ノミ屋で金を使いすぎたとかで、金貸しの須藤《すどう》

英《はなぶさ》に三十万を借りたのが六月末のこと。一月後の返済日に一文の入金もなく、連絡もつかないため、赤麻組に声が掛かったというわけだ。

「お前、ゴミ袋は何色のを使ってる?」

ふと思い立って、土下座した男に尋ねる。下村は目を瞬《しばたた》かせて、

「無色透明のやつですけど――」

言葉が終わる前に横っ面を蹴っ飛ばした。

三十分後、下村は顔を真っ青にして蹲《うずくま》っていた。息を吐くたびに脂汗が首筋を伝う。黄ばんだTシャツ越しに、膨れた腹が上下するのが見えた。

「もう無理です。お腹《なか》が破れちゃいます」

「何でもするんだろ?」

秋葉はレジ袋から二リットルのペットボトルを取り出し、蓋を開けて下村の鼻先に突き出した。

「あと一本で十リットルだ。がんばれ」

下村はペットボトルを受け取ると、目をきつく閉じ、飲み口を唇に押し付けた。喉仏が上下に動く。ごくり。秋葉は下村の腹を蹴った。上半身が波打ち、飲んだ分の十倍くらいの水が噴き出した。

「残念。初めからやり直しだ」

秋葉はレジ袋から新しいペットボトルを取り出した。

下村は半泣きでキッチンへ向かうと、食器棚の奥から長形封筒を引っ張り出し、中身を確認し

て秋葉に差し出した。

「こ、これで勘弁してください」

封筒を受け取ろうとして、秋葉は目を疑った。宛名面の下の隅にＦＭ牟黒のロゴが印刷されていたのだ。

「お前、ラジオ局のスタッフなのか」

「へ？」下村は赤い目をぱちくりさせる。「いや、違いますよ。この封筒はプロデューサーに金を借りたときもらったんです」

「プロデューサーと知り合いなのか」

「まあ、いちおう。そうですね……」

その瞬間、脳の血管が破裂したような興奮を覚えた。

一介のフリーターがＦＭ牟黒のプロデューサーに金を借りられるはずがない。この男はＦＭ牟黒の関係者だ。スタッフでないとすれば、考えられるのは出演者だろう。秋葉はＦＭ牟黒のパーソナリティで、借金まみれの博奕打《ばくち》ちを一人知っている。ここへやってくる道中も、レコーダーに録音した音声を聴いていたくらいだ。鼻炎のような声もそっくりだった。

秋葉は息も絶え絶えに尋ねた。

「し、下平々さん……ですか……？」

秋葉は三度の飯よりも深夜ラジオを愛好している。中でも魂を奪われ、憑《つ》かれたようにメールを送っているのが、ＦＭ牟黒で金曜深夜一時から放送されている〈下平々の死神ラジオ〉だ。メインパーソナリティの下平々と彼の友人で小説家の袋小路宇立が繰り広げる丁々発止のやりとりが絶品で、コミュニティ放送ながら高い聴取率を誇っている。パーソナリティの二人の素性は謎に包まれていて、一介のリスナーである秋葉は当然ながら彼らの顔を知らなかった。

「す、す、すみません」

秋葉は頭を下げ、これ見よがしに開けていたシャツのボタンを閉めた。番組ロゴのしゃれこうべを彫っているのがばれたら恥ずかしくて頭が爆発してしまう。

「今日、収録じゃないですか」

〈死神ラジオ〉の放送は金曜深夜一時だが、収録は毎週月曜日に行われている。ネタを読んでもらうには、リスナーは月曜日までにメールか葉書を送らなければならないのだ。

「よ、よくご存じで」

「早く行ってください。これは結構です」

封筒を返そうとすると、下平々は震えながら両手を振った。

「受け取ってください」

「いいんです。三十万くらいおれが何とかします」

一介のリスナーが下平々と話しているだけで夢のようなのに、金をぶん取ろうなんておこがましいにもほどがある。ましてや自分のせいで下がアパートの家賃を払えなくなり、巡り巡って放送が休止にでもなったら生きていけない。

「どうか受け取ってください。お願いします」

下はすっかり怯《おび》え切っていた。八リットルも水を飲まされたのだから当然だ。秋葉がお辞儀をして部屋を出ようとすると、下はしつこく足にしがみついてきた。

「やめてください。下平々から金を取るなんてことはできません」

「そこを何とか。ぼくが金を借りたんですから、ぼくには返す義務があるはずです」

秋葉は途方に暮れた。借金を帳消しにしてくれと泣きつかれたことは何度もあるが、返済させてくれと泣きつかれたのは初めてだ。

「そ、そうだ」下の声が一オクターブ高くなった。「半年くらい前、隣りの部屋のスネ夫《お》くんと雀荘《ジャンそう》で鉢合わせして、ちょうど三十万貸したんですよ。それ、返してもらってないのを思い出しました」

「スネ夫？」

「えらく瘦せてて、骨と皮しかなさそうだからそう呼んでるんです」

下平々がつけそうな渾名《あだな》だった。

「ぼくから金を取れないのなら、スネ夫くんから取り立ててくれませんか」

秋葉は頷《うなず》いた。それなら下を苦しめずに借金を回収できる。悪くないアイディアだ。

秋葉は部屋を出た。下が後ろについてくる。共用通路を吹き抜ける生ぬるい風に、鼻を刺すような腐乱臭が混ざっていた。

「隣りはゴミ屋敷ですか？」

「普通の大学生ですよ。中学生みたいにひょろひょろですけど」

タオルで顔を拭きながら、そういえば最近見かけませんね、と加える。

秋葉は202号室のインターホンを鳴らした。返事はない。ノブを捻《ひね》ると、ドアが手前に開いた。悪臭が濃くなる。嫌な予感がした。

四畳半は暗闇に沈んでいた。ブヨの飛ぶ音だけが聞こえる。

目がなじむにつれ、仰向《あおむ》けに倒れた肢体が浮かび上がった。黝《あおぐろ》い肌。スマートウォッチを巻いた腕が水疱《すいほう》のように膨れている。

「痩せてるって言いましたよね？」

「え？　そうですけど」

下が横から202号室を覗いて、ぎゃっ、と悲鳴を上げる。

「こんな死体もあるのか」

生前は痩せていたのだろう。だが遺体の腹は、臨月の妊婦のように丸く膨れ上がっていた。

*

後に牟黒日報で報じられた内容と、警察の事情聴取で知らされた事実をまとめるとこんなふうになる。

死んでいたのは小南侑人《こなみゆうと》、二十二歳。鹿羽学院大学経済学部の四年生だ。同級生の評判は「もの静か」「大人しい」「覚えていない」といったものが多く、青春を謳歌《おうか》しているタイプではなかったようだ。卒業後は父親が経営する食肉卸売会社への就職が決まっていて、バイトも就職活動もしていなかった。エンタメ研究会なるサークルに所属していたが、人間関係のトラブルがあり、最近は顔を出していなかったという。

死亡時刻はずばり七月三十一日の午後十時二分。秋葉たちが遺体を見つけたのは八月一日の午前十時過ぎだから、死後約十二時間が経過していたことになる。分単位で死亡時刻が特定できたのは、左腕のスマートウォッチが小南の脈拍を記録していたからだ。ディスプレイやバンドに小南以外の指紋はなく、第三者が身に着けて記録を偽装した可能性はない。

遺体に目立った外傷はなかったが、胃袋からは十キロ相当の食物が見つかった。具材は鶏肉、豚肉、人参《にんじん》、白菜、舞茸《まいたけ》、シメジなど。小南は死亡する直前まで、ちゃんこを食べていたようだ。小南の胃は胸から骨盤まで大きく膨れ上がり、破裂した胃壁から食物が腹腔《ふくこう》に溢《あふ》れていた。死因は胃や腸管が壊死《えし》したことによる血圧の低下とみられる。

小南が大量のちゃんこを食べた理由は分からなかった。過食症の患者の場合、指に吐きだこができたり、胃酸で歯のエナメル質が溶けたりといった症状が見られるが、遺体にこれらの特徴はなかった。小南は摂食障害ではないにもかかわらず、なぜか命を落とすまで大量の食物を摂取し続けたのだ。

遺体発見から二日が過ぎた八月三日。赤麻組事務所のラウンジでジジ抜きをしていると、二人組の刑事が訪ねてきた。

「いくつか聞きたいことが出てきましてね」

浅黒い肌に色付きの眼鏡、そして羆《ひぐま》のような巨体。やくざよりもやくざじみた風貌の若い刑事が阿藤《あとう》だ。その言葉を心配そうに聞いているくたびれたおっさんが大越《おおこし》。遺体発見後、秋葉が話を聞かれたのと同じ二人組だった。

秋葉は組長に話を通して、二人を応接室へ案内した。

「七月三十一日の午後十時、どこにいましたか？」

新入りの組員が運んで来た安物のコーヒーを一口啜《すす》って、大越が切り出す。死亡時刻が確定したので、改めてアリバイを確認しに来たのだろう。

「八時から〈破門屋〉で一杯ひっかけて、九時には家に帰った。それからは誰にも会ってない。お前ら、おれを疑ってんのか？」

「確認しただけですよ。死体を発見した経緯をもう一度教えてくれますか」

「おれは運が悪かったんだ。下平……下村慎平の借金を取り立てに行ったら、あの男が隣人に三十万を貸してると言い出した。それで隣りの202号室を覗いたら、なぜか死体が転がってたんだ」

「あなたが死体を発見するよう下村さんが誘導したということですね」

阿藤は粘っこい言い方をした。

「お前ら、あの人を疑ってんのか？」

「下村さんだけを疑っているわけではありません」

「何が言いてえんだ」

「まあまあ、二人とも落ち着いて――」

大越が阿藤の肩を撫《な》でながら、秋葉に愛想笑いを見せる。阿藤は先輩を無視して、

「小南さんは誰かに強制されて、大量の飯を食わされたとしか思えないんですよ」

「だろうな」

「被害者には拘束された形跡がなかった。それなのに十キロも飯を食ったということは、絶対に犯人に逆らえない事情があったことになります。被害者は犯人から金を借りて、その金を踏み倒していたのかもしれません」

何の話だ、と言いかけて口を噤《つぐ》んだ。

秋葉が下から金を取り立てるために大量の水を飲ませたように、小南にも大量のちゃんこを食わせたのではないか――この刑事はそう疑っているのだろう。それが真実なら、借金取りの秋葉だけでなく、小南に金を貸した下も事件に関わっていたことになる。

「債務者にちゃんこを振る舞う趣味はねえよ」

秋葉は阿藤を睨《にら》み返した。大越は今にも泣き出しそうだ。

「まあいいでしょう。話したいことができたら、牟黒署まで連絡してください」

鼬《いたち》の最後っ屁《ぺ》みたいな台詞《せりふ》を残して、二人は事務所を後にした。

「秋葉、本当にお前じゃないんだな?」

隣りの部屋で聞き耳を立てていたのだろう、若頭の伊達が渋っ面で言う。秋葉が頷くと、

「じゃあ続きやろうか」

組長の赤麻百禅が手札を差し出した。


二つ目の遺体が見つかったのは、この日の夜半過ぎのことだった。

2

八月四日、午前八時。秋葉はインターホンのチャイムで目を覚ました。

ＦＭ牟黒から届くステッカーはいつもポストに入っているし、昨日出したゴミはきちんと透明な袋に入れたはずだ。いったい何事だろうか。

無精髭《ひげ》をさすりながらドアを開けると、昨日の刑事二人組が首を揃《そろ》えていた。

「たびたびすみませんね。もう一つ確認したいことがありまして」阿藤の猫を被った口調に虫唾が走る。「八月一日の午前零時から四時にかけて、どこにいましたか」

小南が死んだのが七月三十一日の午後十時だから、同じ日の夜更けから翌朝にかけての居所が知りたいらしい。

「寝てたと思うぜ。よく覚えてねえけど」

「午前零時から十五分にかけて、強いにわか雨が降った日です。覚えていませんか」

大越が助け舟を出す。それが呼び水になって三日前の記憶がよみがえった。夜半過ぎにたらいを引っくり返したような雨が降り出したのだ。そして――。

「急に電波が入りづらくなったんだ」

「警察無線を傍受してたのか？」

「そんなつまんねえもん誰が聴くかよ」

阿藤が摑《つか》みかかろうとするのを、大越が両手で制する。

「おれは一晩中この部屋にいた。なんでそんなこと聞くんだ」

「まだニュースをご覧になっていないようですね」

大越は阿藤を宥《なだ》めると、手帳を捲《めく》り、新たに発覚した事件について説明した。

八月三日の深夜遅く、北牟黒二丁目の単身者向けアパートの一室で、男の他殺体が見つかった。殺されたのは五百田貫平《いおたかんぺい》、二十一歳。小南と同じ鹿羽学院大学経済学部の三年生で、エンタメ研究会の会長を務めていた。YouTubeで〈百貫でぶの一罰百戒《いちばつひゃっかい》グルメ〉なるチャンネルを運営しており、百キロを超える巨体も相まって、大学内ではちょっとした有名人だったようだ。

五百田の遺体が見つかった〈ビッググリーン牟黒〉は、小南の遺体が見つかった〈スモールハイツ牟黒〉から県道を挟んで七百メートルほどの場所にある。五百田は七月二十九日を最後に、電話でもLINEでも連絡が取れなくなっていた。エンタメ研究会のメンバーで五百田の恋人でもある仲谷香奈枝《なかやかなえ》が、三日の夜、〈ビッググリーン牟黒〉を訪ね遺体を発見した。

遺体は六畳間にうつ伏せに倒れていた。死因は首を絞められたことによる窒息死。首にはビニール紐《ひも》が巻き付いたままになっていた。後頭部に打撲傷があったことから、犯人は被害者を殴り昏倒《こんとう》させた上、首を絞めて殺害したと推測される。

問題は腹の中だった。司法解剖の結果、五百田の胃腸が空っぽだったことが判明した。少なくとも三日ほど、食事を摂《と》っていなかったとみられる。

「死亡推定時刻は、七月三十一日の午後八時から翌一日の午前四時にかけて。ただし午前零時過ぎに近所のコンビニで姿を見られているから、零時から四時までの間に殺されたことになる」

「そいつもおれが殺したって言うのか？」

「今のところは何とも。ただ厄介な情報がありましてね」

大越がばつの悪そうな顔をする。

「五百田さん、映像機材を買うために須藤さんから金を借りてたんですよ」

思ったよりも厄介な状況だった。

須藤英は金貸しだ。ネット掲示板やSNSで釣り上げた顧客に個人間融資を行い、利息を稼いでいる。須藤は赤麻組に売上の数パーセントを上納する代わりに、赤麻組に滞納金の回収を委託していた。早い話が、やくざに取り立てを任せているのだ。下をミネラルウォーターでいじめたように、秋葉には五百田を拷問する理由があったことになる。

「馬鹿馬鹿しい。変な死体が出たらみんな借金取りのせいか？　警察は気楽な商売だな」

「五百田の死体には拘束された形跡がありませんでした。それなのに食事を摂っていなかったということは、犯人の命令に逆らえない事情があったことになります。借金取りを疑うのは合理的です」

「そのガキは金を踏み倒してたのか？」

「いえ。須藤さんによると、七月三十一日——死亡する前日の午後六時に、指定口座へ当月の返済額が振り込まれていたそうです。この日に受け取った YouTube の収益額を返済に当てたようですね」

「じゃあ良いじゃねえか。おれは他人の断食に付き合うほど暇じゃねえよ」

「今日はひとまず結構です。一昨日も言いましたけど、話したいことができたら早めに連絡してくださいね」

　こっちも忙しいんだ。さっさと吐いてくれよ。そんな声が腹から聞こえるようだった。

3

　午後七時。秋葉は顔見知りの刑事と密会するため、〈破門屋〉二階の座敷へ向かった。

　先方の姿はない。秋葉はビールを注文すると、時間潰しに〈百貫でぶの一罰百戒グルメ〉を観《み》ることにした。

　スマホの YouTube アプリで検索をかけると、二百件以上の動画がヒットした。秋葉は一番上の『超重量カルテット の100000㎉もんじゃチャレンジ』なる動画を再生した。

　ベースボールキャップに瓶底眼鏡、そしてもっさりと口髭を蓄えた昭和の性犯罪者みたいなでぶが現れ、両手で頬の肉を引っ叩《ぱた》きながら奇声を上げる。こいつが百貫でぶこと五百田貫平だろう。屈託のない笑みを浮かべているが、この手の若僧の頭の中は欲望まみれと決まっている。素朴な笑みからむしろ狡猾《こうかつ》な印象を受けた。

レンズがズームアウトすると、隣りに三人の若者が並んでいた。三人はテンポよく自己紹介をしていく。アイドル風のぽちゃかわでぶ、坊主刈りのどすこいでぶ、顔が土気色の痛風でぶ。というとでぶばかり揃っているようだが、百貫でぶと並んでも見劣りしないのはぽちゃかわでぶくらいだ。どすこいでぶはやや太めくらい、痛風でぶにいたってはどちらかというと痩せ型に見える。

四人は笛の音を合図に、巨大な鉄板に盛られたもんじゃをせっせと食い始めた。秋葉は子どものころ見学した養豚場の餌やりを思い出した。

アルコールで頭を鈍らせて動画を観続けていると、ぽちゃかわでぶが「なかやん」と呼ばれているのに気づいた。五百田の恋人で、遺体を発見した仲谷香奈枝だろう。このカップルの体重を合わせたら軽自動車一台分くらいあるかもしれない。

「やくざがYouTube？　明日は豪雨になりそうね」

食べる前から胃もたれしてきたところで、互目魚々子《ぐのめななこ》が座敷に顔を出した。表の顔は牟黒市の治安改善に多大な貢献をしたエリート刑事、裏の顔は数え切れないほどの殺人事件を揉《も》み消してきた悪徳刑事である。

「阿藤と大越って刑事に追い回されてるんだ。何とかしてくれ」

「あいつらか」五目はまずそうに煙草《たばこ》を咥《くわ》えた。「厄介な事情があってね。あの二人には嘴《くちばし》を突っ込めない」

やくざじみた風貌の阿藤刑事は、県警本部の丹波管理官の甥《おい》っ子なのだという。二月に警察学校を卒業したばかりのひよっこだが、自ら牟黒署への配属を希望し、街から殺人事件を撲滅すると意気込んでいるらしい。数多《あまた》の事件を隠蔽《いんぺい》してきた牟黒署の刑事たちは気が気でなく、余計な真似《まね》をしないように大越が張り付いている状態だという。

「お前とは気が合わなそうだな」

「早く殉職してほしいと思ってる。そんなわけで、こちらから阿藤を止めるのは難しい」

「自分で疑いを晴らすしかないってことか。捜査の状況を教えてくれ」

五目は両手の指を広げた。「十万」

「イラカカホテルの事件で手を貸してやっただろ」

「対価で五百万払ったよ。ただで助けてやる義理はないね」

けちな女だ。秋葉は冷えていない冷やしトマトを一つ齧《かじ》ると、財布から十万円を取り出した。

「鹿羽学院大学の学生が二人死んだ事件だ。捜査が迷走してるみたいだが、被害者の足取りはどれくらい摑めてるんだ?」

五目はタブレットで捜査資料を開いた。

「萎んだでぶ、五百田貫平の行動はだいたい摑めてる。ATMで須藤英に金を振り込んだのが三十一日の午後六時のこと。どこのATMを使ったのかは調査中だけど、銀行に記録を出させれば分かるはず。目撃証言が上がらないところを見ると、借金取りと出くわさないように、自宅から離れたＡＴＭを使ったんだと思う。

次に五百田が現れたのが、〈ホカホカライフ〉っていうコンビニの北牟黒店。時刻は午前零時。五百田の姿が目撃されたのはこれが最後だ」

〈ホカホカライフ〉北牟黒店なら、サラリーマン時代、営業回りの最中に何度も立ち寄ったことがある。近くにコンビニがないこともあって昼夜を問わず繁盛していたはずだ。

「五百田はたびたびこのコンビニを利用していた。目を引く巨体と珍奇なファッションに加え、店員の些細《ささい》なミスをあげつらっては執拗《しつよう》に罵声を浴びせるので、店員の間では有名人だったらしい。

この日は零時前後にバッグと傘を持って入店し、週刊誌を立ち読みしたり、トイレに入ったりしていた。店員たちは作業をしながらも、つい五百田の様子を窺《うかが》っていたそうだ。五百田は終始落ち着かない様子だった。

五分ほどでトイレの個室を出ると、五百田は缶ビールの六缶パックを籠に入れ、レジへ向かった。レジではタッチパネルの年齢確認ボタンを押そうとせず、店員の言葉を無視して黙り込んでいたらしい。店員も五百田の態度には慣れ切っていたから、自分でボタンを押し、レジを通した。滞在時間は十五分ほどだった」

「どこかに監禁されて飯を断たれてたってわけじゃないんだな」

「そういうことになる。少なくとも三日は何も食べていなかったんだから、すぐにでも何か腹に入れたかったはずだ。それなのになぜビールしか買わなかったのか。ちなみに部屋で見つかったビールの六缶パックは未開封のままだった」

「膨らんだスネ夫の方は？」

「小南侑人の足取り捜査は難航してる。ほとんど引きこもりで、今年の春からは授業にも出ていなかったみたいだ。部屋で料理をした形跡はなかったから、犯人がちゃんこを持ってきたか、どこかで食わされてから連れ戻されたことになる」

「おれや下村はどんくらい疑われてるんだ」

「微妙なところだね。阿藤たちが追ってる線は二つある。一つが被害者の金銭周り。もう一つが鹿羽学院大学エンタメ研究会の交友関係だ」

「サークル内部のトラブルが殺人事件に発展したってことか？」

「そう。というのも、五百田貫平の交際相手の仲谷香奈枝は、四カ月前まで小南侑人と同棲《どうせい》していたんだ」

死んだ二人が同じ女と付き合っていたということか。そいつはきな臭い。

小南と仲谷は一年の夏から交際を始め、翌年には同棲を始めたという。スネ夫くんとぽちゃかわでぶのカップルはキャンパスでも目を引く存在だった。仲谷によると、小南は当時から家事もバイトもせずゲームに明け暮れていたそうだ。

「新年度を目前に控えた三月末のある日、仲谷が小言を言ったのに腹を立て、小南は仲谷の首を絞めようとした。愛想を尽かした仲谷は部屋を引き払うと、五百田の住む〈ビッググリーン牟黒〉の301号室に転がり込んだ」

——そのときは本当に、ただの友だちだったんですよ。

仲谷はそう強調していたというが、本当のところは分からない。

「小南は何度も〈ビッググリーン牟黒〉を訪れ、仲谷を連れ戻そうとした。だが五百田は断固として小南を部屋に上げなかった。百貫でぶに押し返されたら、ひょろひょろの小南には打つ手がない。そのうち五百田と仲谷は公然と交際を始め、恋人を奪われた格好の小南はキャンパスに姿を見せなくなった。〈ビッググリーン牟黒〉が単身者向けアパートだったこともあり、仲谷は二週間ほどで部屋を出たが、その後も五百田との交際は続いていたらしい」

「恋人を奪われた小南には、五百田を憎む理由があったわけだな」

「殺すのは無理だけどね。五百田が殺されたとき、小南はすでに死んでたんだから」

小南が死んだのは三十一日の午後十時二分。スマートウォッチの記録が残っているから間違いない。一方の五百田は、午前零時ごろ、〈ホカホカライフ〉北牟黒店で買い物をする姿が目撃されている。

「逆はどうだ。五百田が恋人に付きまとっていた小南を殺したんじゃないか」

「時系列上は可能だけど、その場合は誰が五百田を殺したの？」

「自殺だよ。罪を後悔して、自らも命を絶った」

「五百田は他殺だね。頭には打撲傷があったし、首にはビニール紐を解こうと喉を引っ掻《か》いた傷が残っていた」

秋葉は食い下がった。

「仲谷はどうだ？　ろくな男がいないことに絶望して、元カレと今カレをまとめて殺したのかもしれない」

「激情的だね」

「彼女のアリバイは？」

「ない。三十一日の午後十時から自宅でドラマを観て十一時過ぎに寝たと言ってるけど、後から録画を見た可能性もある。でもどうかな。元カレの小南を殺すのは分からなくもないけど、その元カレから自分を守ってくれた五百田を殺す理由はないと思うよ」

まったくその通りだ。秋葉は返事の代わりに、喉の奥でげっぷをした。

「いずれにせよ、あんたと事件を結びつける証拠はない。ちゃんこを煮込んでるのを見たって証言でも出ない限り大丈夫だと思うよ」

五百目は励ますように言って、生焼けの秋刀魚《さんま》を口に放り込んだ。

4

明くる八月五日、午前十一時。赤麻組事務所のラウンジで大富豪をしていると、スマホに電話がかかってきた。

「まずいことになった」

互目だった。署内でこっそり電話をかけているらしく、囁《ささや》くような声が聞き取りづらい。

「ちゃんこの証言が出たのか?」

「違う。事件当日の午前零時ごろ、五百田が〈ホカホカライフ〉で買い物をしてたって話はしたよね。その供述をした店員から、今朝、連絡があって。事件の三日前、怪しい男が店に来たのを思い出したっていうんだ」

「怪しい男?」

「スーツにサングラスの、いかにも柄の悪そうな兄ちゃんだったらしい。本当は忘れていたんじゃなく、怖くて言い出せなかったんだと思う。そいつは太った男の写真を店員に見せて、最近見かけなかったかと聞いて回っていたそうだ」

「太った男って――」

「五百田貫平だろうね。スーツの男はどう考えても借金取りだ。五百田は須藤から金を借りていた。須藤が取り立てを任せてるのは赤麻組だ。その赤麻組の組員らしき男が、事件の直前、現場のすぐ近くで五百田を探していた。点と点がつながった」

「おれじゃないぜ」

「状況は厳しい。今、阿藤と大越が赤麻組の事務所に向かってる。きみが任意同行に応じなければ、下村慎平を脅した容疑で令状を取る気だ」

秋葉が五百田を殺した容疑で捕まれば、小南に金を貸していた下平々にも疑惑が飛び火してしまう。下手をすれば番組は休止だ。

秋葉は通話を切ると、幹部たちに事情を説明し、事務所をずらかることにした。

「待て。サツがガサ入れに来たらどうすんだよ」

若頭が怒鳴って、カードを叩《たた》きつける。

「大丈夫です。おれに任せてください」

秋葉は事務所の階段を駆け下りると、流しのタクシーを捕まえ、後部座席に乗り込んだ。

*

「で、ぼくを頼ってきたんですね」

青森山太郎はそう言うと、悠長にカメラのシャッターを切った。

目当ての推理作家は、鳴空《なきがら》山山中の天台宗牟黒寺の本堂で、カメラマンの真似事をしていた。執筆中の短編――『憎い坊主は袈裟《けさ》まで燃やせ』が寺を舞台にしているとかで、実物を撮影しに来たのだという。平日の真っ昼間から大層なご身分である。

「お前が自殺しようとしたのをおれが救ってやっただろ。だから今度は、お前がおれを助けてくれ」

秋葉は賽銭《さいせん》箱に尻を載せて青森を説得した。釈迦坐像《しゃかざぞう》が呆《あき》れたような目でこちらを見ている。

青森は天井に向けていたレンズを下ろすと、

「分かりました。百万円で引き受けましょう」

平然と言った。イラカカホテルの事件から値段が倍に跳ね上がっている。

「恩を仇《あだ》で返すのか？」

「あのときの恩はお釣りをつけて返しましたよ。それとこれとは別の問題です」

青森は他人事のような顔をしている。境内へ引き摺《ず》り出して手水鉢《ちょうずばち》に頭を突っ込んでやりたいのを堪《こら》え、秋葉は「分かった」と頷いた。こいつばかり甘い汁を啜るのは癪《しゃく》だが、背に腹は代えられない。

「一日の朝、フリーターの男のところへ借金の取り立てに行ったんだ」

秋葉は事件の経緯を細大漏らさず説明した。青森の双眸《そうぼう》は話が進むにつれ輝きを増し、最後はケーキを前にした子どもみたいになっていた。

「うふふ。良いですねえ。ご飯と命、粗末にしてはいけないものを同時に粗末にしているのが印象的です。猟奇とはつまり、禁忌《きんき》を踏み躙《にじ》ること。この事件からは新しい猟奇性への渇望が感じられます。犯人とはうまい酒が飲めそうですよ」

「何だか知らねえけど、事件の三日前に借金取り風の男が被害者の一人を探していたらしい。犯人はおれを嵌《は》めようとしてるみたいだ」

「いえ、違いますよ。真相はだいたい分かりました」

青森はふいに真顔に戻ると、フォーカスリングをくるくる回し始めた。

「早く教えろよ」

「待ってください。もうちょっとで撮影が終わるので、その間に調べておいてほしいことがあります」

午後三時。秋葉は伊達《だて》眼鏡を掛け、口にガーゼを詰め込んで別人に成りすまし、五百田貫平が殺された〈ビッググリーン牟黒〉を訪れた。

「うぷっ」秋葉を見つけるなり、互目はそっぽを向いて笑いを堪えた。「すごい。就活初日の大学生みたいだね」

互目を無視して階段を上り、規制テープをくぐって301号室に入る。デバネズミによく似た巡査がなぜか秋葉に敬礼した。追いかけてきた互目がドアを閉め、ふうと息を吐く。

「で、何が見たいの？」

秋葉は返事をせずに、眼鏡を外して玄関を眺めた。土間にスニーカーとブーツが一足ずつ、爪先を室内に向けて並んでいる。どちらも長く履いていたのだろう。ソールが削れ、踵《かかと》が大きくへこんでいた。

「トイレを借りるぜ」

遺体が見つかった六畳間を横目に、ユニットバスのドアを開ける。黴《かび》の生えた浴槽に水垢《みずあか》まみれの洗面台、それに黄ばんだ洋式便器が並んでいた。シャンプーと黴と小便の臭いがせめぎ合っている。

便器の蓋を開け、レバーを手前に引いた。水が渦を巻いて、排出口へ流れ込んでいく――と思いきや、水は溜《た》まるばかりで水位がぐんぐん上がり出した。

「うわっ。溢れるよ」

五目が鼻を摘んで渋っ面をする。便器の縁から数センチのところでようやく水が停《と》まった。

「五百田は大食漢だからな。でかすぎて詰まっちまったんだろ」

このままでは不便だろうが、その気になれば小便は浴槽でもできる。大便はキャンパスでしていたのだろう。

秋葉は青森に電話をかけると、調査の結果を報告した。

「ありがとうございます。これで犯人が分かりました」

受話口の向こうで、青森が声を弾ませた。

5

午後十一時三十分。秋葉はマンションの廊下の暗がりで息を潜めていた。

建物の前にパトカーが停まる。若い巡査に見送られ、目当ての人物が姿を見せた。警察署で取り調べを受けていたのだろう。こんな時間まで粘っても化けの皮を剝がせないのだから連中はぼんくらだ。

エレベーターが開く音に、忙《せわ》しない足音が続く。ガチャン、と錠が外れた音を合図に、秋葉は廊下から飛び出した。

「ひえっ」

相手の口と首を押さえ、部屋の中へ引き摺り込む。玄関の床に押し倒すと、後ろ手に錠を閉めた。

「運が悪かったな」

大学生は秋葉を睨み付けていたが、胸の刺青を見るや表情が凍り付いた。まさかやくざに襲われるとは思わなかったのだろう。彫ってあるのがラジオ番組のロゴとは夢にも思うまい。

「お前がやったことは分かってる。一発もぶん殴ってやれないのが残念だ」

秋葉はポケットからライトバンの鍵を取り出し、相手の胸へ放り投げた。

「運転免許は持ってるか？　車を用意してやったから、さっさと警察へ行け」

＊

遡ること六時間前——午後五時三十分。秋葉、五目、青森の三人は、〈破門屋〉の二階で座卓を囲んでいた。

「小南さんと五百田さんは、なぜ奇妙な死に方をしたのか。謎を解く鍵は、五百田さんの不可解な行動にあります」

めいめい注文したビールとつまみが届いたところで、青森が本題を切り出した。

「猛烈に腹を空《す》かせていたはずなのに、なぜ食べ物を買わなかったのかってこと？」

「はい。実は話を聞いた時点である仮説が浮かんだんですが、確信は得られませんでした。そこで秋葉さんに五百田さんのアパートの部屋を調べてもらったんです。

五百田さんの行動を具体的に振り返ってみましょう。殺される直前——八月一日の午前零時ごろ、五百田さんは〈ホカホカライフ〉北牟黒店に姿を現します。十五分ほど店に滞在し、週刊誌を読んだりトイレに入ったりしてから、缶ビールを買って店を後にしました。

気になるのは五百田さんがトイレに立ち寄ったことです。五分ほど個室に籠っていたそうですから、小用ではありません。でも五百田さんは久しく食事を摂っておらず、お腹の中は空っぽだったはずです。大きいものを催すはずがありません。五百田さんはなぜトイレに入ったんでしょうか」

秋葉は互目と顔を見合わせた。なんでだ？

「難しく考えることはありません。週刊誌を立ち読みしていたことからも、五百田さんが時間を持て余していたのが分かります。五百田さんには〈ホカホカライフ〉から出られない事情がありました。でも店内をうろついているだけでは居心地が悪い。そこで時間を潰すためにトイレに入ったんです」

「誰かを待ってたってこと？」

「それなら人が見えないトイレには入らないはずです。三十一日の夜——正確には日付が変わった後、何があったか覚えてませんか？」

青森がもったいつけて言う。秋葉の耳に、ノイズの交じったジングルがよみがえった。警察無線を傍受していたのではない。深夜ラジオだ。

「豪雨か」

「はい。五百田さんは通り雨に遭《あ》い、〈ホカホカライフ〉で雨がやむのを待っていたんです」

「店員の証言だと、五百田は傘を持っていたはずだよ」

「そこが大事なところです。五百田さんは傘を持っていたにもかかわらず、ある事情により雨の中へ出ることができなかったんです」

青森は手品師みたいな得意顔をした。

「傘にでかい穴が空いてたってこと？」

「そんな傘を持ち歩く人はいません」

「傘の中にやばいものを隠していたとか」

「そんなものがあるならバッグに入れるはずです」

「分かんない」互目は枝豆を口に放り込んだ。「雨で靴が濡れるのが嫌だったんじゃない？」

「ぼくもそう思います。ただし〈ビッググリーン牟黒〉の３０１号室で見つかった靴は、ソールが削れ、踵がへこんでいました。五百田さんが靴に愛着を持ち、丁寧に扱っていた様子はありません。それなのになぜ、彼は靴が濡れるのを避けようとしたのでしょうか」

秋葉と互目は揃って首を振る。

「五百田さん――いえ、五百田さんのふりをした人物は、〈ビッググリーン牟黒〉の３０１号室で、雨に濡れていない靴が見つかることを知っていたんです。もしも大雨の中を歩いていくところを店員に見られたら、自身が３０１号室で殺された五百田さんとは別人であることがばれてしまう。だからその人物は、雨がやむのを待たなければならなかったんです」

五目が目をひん剝《む》いて、喉に詰まったらしい枝豆をビールで腹へ流し込んだ。

「〈ホカホカライフ〉に現れたのは、五百田さんのふりをした別人でした。百貫でぶの変装ができた人物は一人しかいません。ぽちゃかわでぶこと仲谷香奈枝さんです。彼女が五百田さんのベースボールキャップに瓶底眼鏡、それに付け髭を付けて、五百田さんのふりをしていたんです。食事を買わなかったのは、五百田さんが腹を空かせていることを知らなかったから。年齢確認を拒んだのは、モニターに触れて指紋を残すのを避けたかったからです」

「何のためにそんなことを?」

「五百田さんを殺した犯人を守るためです。本当の犯行時刻――おそらく午後八時ごろ、犯人は〈ビッググリーン牟黒〉を訪ね、五百田さんを殺害しました。そして事前に買っておいた六缶パックを部屋に置くと、現場を離れ、行きつけの居酒屋など人目のある場所でアリバイを作ります。一方、共犯者の仲谷さんは、午前零時ごろに五百田さんの姿で〈ホカホカライフ〉を訪れ、六缶パックを購入します。こうすることで、実際は午後八時ごろ行われた犯行を、翌日の零時以降に行われたように見せかけたんです」

「忙しいトリックだな」

「この計画には一つ弱点がありました。成否が〈ホカホカライフ〉の店員の記憶力に左右されてしまうところです。北牟黒店は夜も客足の絶えない人気店ですから、巨漢というだけで店員の記憶に残るとは限りません。実際は店員の間で五百田さんの知名度は抜群だったようですが、犯人はそんなこと知りません。そこで凶行の三日前、犯人はやくざのような風体で近所のコンビニを訪ね、店員に写真を見せて回りました。数日後に五百田さんの変装をした仲谷さんが現れたとき、その姿をはっきりと記憶してもらうためです。

ただしこの事前工作は危険も孕《はら》んでいました。犯人が本物の五百田さんと鉢合わせすると、計画が露呈しかねないからです。そこで共犯者の仲谷さんから、柄の悪い男が近所を嗅ぎ回っていると五百田さんに伝え、彼をコンビニから遠ざけたんです」

それが本物の借金取りに容疑を向けることになるとは、犯人も思わなかったのだろう。

「そして迎えた犯行当日。犯人が五百田さんを殺すため〈ビッググリーン牟黒〉を訪れると、思わぬハプニングが待っていました。五百田さんはこの日の午後六時ごろ、七月分の返済額を振り込み、借金取りに追われる恐怖から解放されました。それまで仲谷さんの言葉を信じ、三日間、水道水だけで過ごしていたんです。すっかり腹を空かせた五百田さんは、隣町のATMで支払いを済ませた後、大量の食材を買い込んで〈ビッググリーン牟黒〉へ帰りました。そしてちゃんこ鍋を煮込み、三日ぶりの食事に舌鼓を打とうとしたんです」

「そこへ犯人がやってきたんだね」

「そうです。困ったのは犯人の方でした。犯人の計画は、実際は午後八時過ぎに起こした事件を、翌日の午前零時以降に起きたように見せかけるというものです。でも現場にちゃんこ鍋が残っていたら、深夜遅くに殺されたようには見えません。被害者が夕食の時間帯に殺されたことがばれてしまうんです。

鍋を冷蔵庫に入れてしまえば、食事の形跡を消し去ることはできるでしょう。でも死体の腹を開ければ、五百田さんがちゃんこを食べていないことはすぐに分かります。ちゃんこを食べようとした時間の前に殺されたことは一目瞭然です。

部屋にはゴミ袋くらいあったでしょうから、ちゃんこを袋に移して持ち去り、どこかに捨てるという手も考えたでしょう。でも残念なことに、牟黒市では透明でないゴミ袋の使用が禁止されています。大量のちゃんこが入った透明な袋が集積所に捨ててあれば、住人の奇異の目は避けられません。自宅に持ち帰るにしても、人とすれ違ったら終わりです。

あるいはちゃんこを便所に流してしまうという手もありますね。でも五百田さんの部屋の便所は詰まっていて、水が流れませんでした」

「運のない犯人だ」

互目が気の毒そうに眉尻を下げる。

「追い詰められた犯人は、やむをえず、自分一人でちゃんこ鍋を食べました。五百田さんを殺した犯人は小南さんです。

でも百貫でぶこと五百田さんの食事は、小南さんには多すぎました。通信記録が残ってしまうので、携帯電話で共犯者の仲谷さんに助けを求めることもできません。ちゃんこを食べ終える頃には、小南さんの身体《からだ》は危険な状態になっていました。

アリバイ作りで人と会う時刻まで余裕があったんでしょう。それまで身体を休ませておこうと、小南さんは自宅へ向かいます。なんとか〈スモールハイツ牟黒〉へたどり着いたものの、破裂した胃壁から食物が溢れ出し、血圧が下がって命を落としてしまったんです」

「仲谷は小南に首を絞められて五百田の元へ逃げたはずだろ。なんで小南に手を貸したんだ？」

「そう証言したのは仲谷さんだけです。小南さんとの共犯関係を隠すために嘘《うそ》を吐《つ》いたんでしょうね。実際は五百田さんが仲谷さんを自宅へ連れ込み、交際を強要したんじゃないでしょうか。エンタメ研究会の会長で、人気YouTuberでもある五百田さんに嫌われたくないという思いから、仲谷さんは五百田さんの好意を受け入れました。でもそんな関係が上手《うま》くいくはずもありません。五百田さんの身勝手な振る舞いに耐えかねた彼女は、本来の交際相手である小南さんと共謀し、五百田さんを殺す計画を立てたんです」

青森は寒くもないのに肌を擦ると、店員を呼んで特製鍋を注文した。

「仲谷香奈枝をしょっ引いて吐かせれば解決ね」

「いや、待ってくれ」

秋葉は右手を突き出した。危うく逮捕されかけたことを思うと、事件が解決しただけでは満足できない。

「おれに良い考えがある」

＊

「車を用意してやったから、さっさと警察へ行け」

秋葉は仲谷香奈枝にライトバンの鍵を放り投げた。パトカーが走り去る音が外から聞こえる。マンションの薄暗い部屋には仲谷の汗の臭いが漂っていた。

「わ、分かりました。自首します」

「自首？」秋葉はどら声で叫んだ。「あほか。そんなことしたら一生、前科者として生きることになるぞ」

仲谷は戸惑った様子で、しきりに鼻や耳を撫でた。「それじゃ、どうしろと？」

「いいことを教えてやる」

秋葉はポケットから写真を取り出した。

「牟黒警察署にまともな刑事はほとんどいない。この事件を本気で解決しようとしてるのは一人だけだ。こいつさえいなくなればお前のやったことは闇に葬られる」

そう言って仲谷に写真を握らせた。

「事故に見せかけてこいつを轢《ひ》き殺せ」

折り畳まれた死体

2日午後11時半ごろ、南牟黒7丁目の私設遊戯公園・摩訶大大パークで男性の遺体が見つかった。詳しい状況は分かっていないが、遺体は背面方向へ大きく折れており、腰椎と骨盤が開放骨折を起こしていたという。

テーマパークに詳しいミステリー作家の袋小路宇立氏(33)は、「遊具や展示物などで何らかの事故が起きたのではないか」と話した。

牟黒日報二〇一六年十二月三日付朝刊より

1

「ここは犯人当ての舞台にぴったりだね」

洞窟の壁を覆うように展示された武器や拷問具を眺めながら、青森山太郎は目を輝かせた。

「犯人当て?」

「そう。前から思ってたんだけど、人間はもうちょっと簡単に殺せた方がいいと思うんだ」

青森は物騒なことを言って、真鍮《しんちゅう》製の牛の背中を叩《たた》いた。中が空洞らしく、涼しげな音が響く。

〈ファラリスの雄牛〉なる拷問具で、人を炙《あぶ》るのに使うらしい。

「気楽に殺《や》ろうよってやつですか」

「いや、気持ちじゃなくて、もっと物理的な話。人間の身体《からだ》は頑丈すぎると思うんだ。歩波さんはぼくを殺せると思う？」

「はい」

歩波は即答した。青森はそよ風でも飛んで行きそうなひょろひょろのもやし男である。顔に二、三発ほど鉄棒を叩き込んでやればすぐに殺せるはずだ。

「じゃあ歩波さんがこれまでに殺した一番大きい動物は何？」

青森が嬉《うれ》しそうに牛の頭を撫《な》でる。

「牛蛙《うしがえる》ですね。自転車で走ってて轢《ひ》いちゃったんです」

「絶対に死んだって断言できる？　動物はそう簡単に死なないよ」

「できます。尻から内臓が出てましたから」

「ぼくのお爺ちゃんは尻から腸が出てたけど元気だったよ。その蛙もお土産を提げておうちに帰ったんじゃない？」

そう言われると自信がなくなってくる。蛙は元からふにゃふにゃしているから、轢かれたくらいでは死なないかもしれない。

「蛙の一匹も殺せないのにぼくを殺せるとは思えないなあ」

青森が調子づく。それはさすがに屁《へ》理屈だ。

「殺せないんじゃなくて殺す理由がなかっただけです。理由があればいつでも殺しますよ」

「じゃあ近所の柴犬《しばいぬ》を殺せば百万円もらえるとしたら、できる？」

歩波は柴犬を思い浮かべた。犬小屋に座り込んでいるところに近づき、頭上から首に手を伸ばす。毛並みが滑ってうまく摑《つか》めない。ならばとナイフを取り出し、首の裏へ振り下ろす。骨だか筋肉だか分からないものに当たってうまく刺さらなかった。そうこうするうちに柴犬が飛び上がり、歯茎をひん剝《む》いて吠《ほ》える。首が激しく揺れ唾液が迸《ほとばし》る。こうなると手が出ない。

「……なかなか難しいですね」

「でしょ？　動物一匹殺すだけで一大事なんだよ。そこでぼくだ。人間の中では小柄だけど、蛙や犬よりはずっと大きい。おまけに知能がある。言葉は喋《しゃべ》るし反撃もする。もう一度聞くよ。歩波さんはぼくを殺せると思う？」

目の前のおっさんが動物の王様のように見えてきた。

「分かりません」

「ほらね。喧嘩《けんか》慣れしたやくざならさておき、普通の人が人を殺すのは簡単じゃないんだ」

「何の話でしたっけ？」

「もうちょっと簡単に人を殺せる世の中になってくれないと、犯人当ての面白さが味わえないってこと。人を殺せるのが知性と体力と根性を兼ね備えたエリートだけなら、わざわざ手掛かりを集めて推理しなくても犯人が分かっちゃうからね」

確かに牟黒市ではうんざりするほど人が殺されているが、名探偵が名乗り出ることもなく大半の事件は解決していた。

「世界は謎解きのためにあるんじゃないですよ」

「もちろん。でもこの洞窟はどうだろう。ここには人殺しの道具が揃《そろ》ってる。銃器も刃物も拷問具も選び放題。リウマチのお婆ちゃんでもその気になれば一人二人殺せそうだ。ここで人が殺されたら知性も体力も根性も関係なく純粋な犯人探しができる。推理小説の舞台にぴったりでしょ」

　青森はにっこり笑って、壁に掲げられた三八式歩兵銃を構えるふりをした。

　何だかよく分からないが、新作の舞台が見つかったのなら結構なことだ。青森が〈摩訶大大《まかだいだい》パーク〉へ足を運んだのは、スランプを脱する足掛かりを見つけるためだった。

〈摩訶大大パーク〉は南牟黒区の外れに位置する自称アミューズメントパークだ。来園客は〈阿《あ》鼻叫喚《びきょうかん》地獄巡り〉〈ロズウェルUFO館〉〈キリストの墓〉〈河童《かっぱ》の池〉〈人面豚牧場〉〈松脂《まつやに》組総本部〉〈テレクラリンリハウス〉などの悪趣味な施設を楽しむことができる。かつて道路建設で財を成した実業家の真加内善哉《まかないぜんざい》がバブルの真っただ中に建設したもので、現在は二人の息子が経営を引き継いでいるという。入場料は五百円。採算が取れるとは思えないが、半分趣味のようなものだから構わないのだろう。

　そんな〈摩訶大大パーク〉に、今月、新しい展示施設がオープンした。それが〈麻林《あさばやし》拷問窟《くつ》〉である。大正時代、十七人の若い女を鳴空山中の屋敷に連れ込んで監禁、拷問し、「牟黒の監禁王」と呼ばれた麻林龍吉《りゅうきち》の蒐集《しゅうしゅう》品を公開したもので、彼が世界から買い集めた武器や拷問具が六十点余り展示されていた。

六月に『寝耳に死す』を脱稿してから半年間、青森は月に二、三作のペースで短編を書き続けてきた。だが先週末、青森の筆が——正確に言うと口が、ぴたりと止まってしまったのである。

青森は文章が読めないので、他の作品や資料を参考にアイディアを練ることができない。この半年は頭に蓄えていたネタを吐き出し続けてきたが、ついにその弾が底をついたのだろう。ラジオでニュースを聞いたりミステリー映画を観《み》たりやくざと酒を飲んだりしてアイディアを探したが、なかなか良いものが浮かんでこないようだった。

歩波の家庭にはのっぴきならない事情があり、金を稼がないとまともな生活ができない。このまま青森の頭にアイディアが湧かなければ、歩波の銀行口座も干上がってしまう。そんな矢先、〈摩訶大大パーク〉に胡散臭《うさんくさ》い施設がオープンしたと聞いて、歩波は気晴らしも兼ねて雇い主を取材に誘ったのだった。

「次回作は『拷問窟の殺人』でどうですか」

「うふふ。犯人当ての短編かな。面白そうだね——」

ぎゃああっ、と洞窟の先から悲鳴が聞こえた。

青森と歩波は顔を見合わせた。嫌な予感がする。本当に殺人が起きたら『拷問窟の殺人』はお蔵入りだ。

「行ってみましょう」

案内板によると、〈麻林拷問窟〉には通路に沿って四つの展示室があった。二人がいるのが第一展示室、声が聞こえたのは第四展示室だ。二人は天井の低い通路を抜けて最奥の展示室へ向かった。

そこには少年が四人いた。銀縁眼鏡の少年が蹲《うずくま》っているのを、残りの三人が落ち着かない様子で眺めている。眼鏡の少年は苦しそうに首を押さえていた。

少年たちの後ろには巨大な棺桶《かんおけ》のようなものが直立していた。ポンチョを着た女みたいな装飾が施され、内側には長さの同じ鉄釘《くぎ》が等間隔に並んでいる。展示品の目玉の一つ、中世ヨーロッパで人を穴だらけにするのに使われたという〈鉄の処女〉だ。

三人の少年たちがふざけて眼鏡の少年を中に入れ、蓋を閉じて怪我をさせたのだろう。首の右側に赤い点が浮いていたが、さいわい傷は浅そうだった。

「馬鹿なことはやめなさい。怪我で済まなかったらどうするんだ」

青森がもっともらしい顔で言う。歩波も深く頷《うなず》いた。こんな頭の悪そうなガキどものせいで『拷問窟の殺人』がボツになったら堪《たま》らない。

「すいやせん」

親玉らしい五分刈りの少年が不服そうに言って、三人は展示室を出て行った。眼鏡の少年はハンカチで首の傷を押さえると、顔を伏せたまま後に続いた。

「子どもはおっかないですね」

「ここにある道具が本当に使えるのが分かったけどね。——ん？」

青森は〈鉄の処女〉の隣りの道具に目を向けた。二枚の鉄板をつなげたベッドで、左右の手首

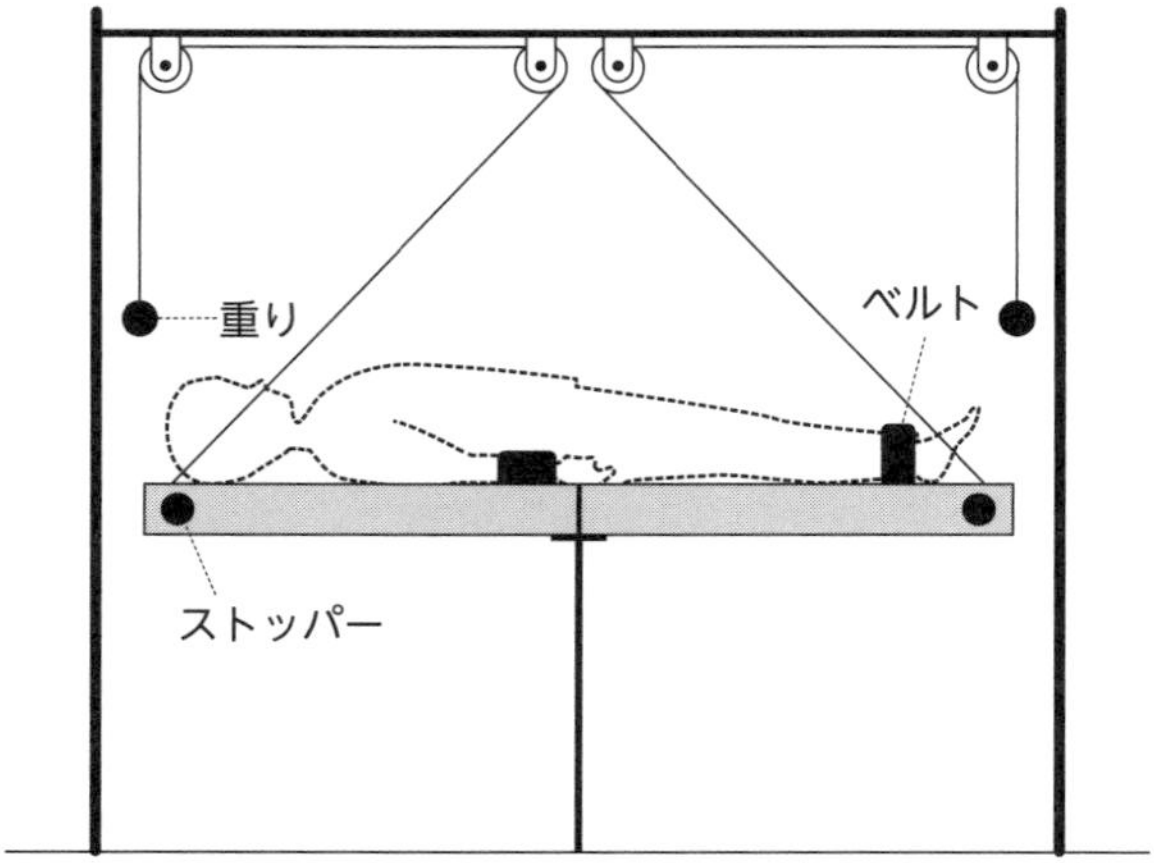

図5

と足首の計四カ所にベルトの輪が付いている。人を寝かせて拘束するのだろう。板は左右からワイヤーで吊《つ》られていて、滑車を挟んだ先に鉄の重りが下がっていた（図5）。

「〈死者のベッド〉というそうですよ」

　歩波は貼り紙の説明文を読み上げた。麻林龍吉が発明した殺人具の一つで、一般に公開されるのは初めてだという。

　青森はベッドの裏を覗《のぞ》き込んでいたが、

「やっぱり。この絵、間違ってるよ」

　そう呟《つぶや》いて貼り紙のイラストを指した。

　ベッドの左右のストッパーを外すと、鉄板が両側から跳ね上がって身体が二つ折りになる——ということらしいのだが。

「鉄板の左右が持ち上がるんなら、ベッドの表に蝶番がないとおかしいでしょ。でも蝶番があるのはベッドの裏だ。この鉄板は左右が落ちるんだよ。ワイヤーと重りはただのクレーンだ」

言われてみると、確かにイラストと実物では機構が異なっていた。貼り紙の解説では人間を谷折りにしているが、実際は山折りにする仕組みのようだ。

かつて山折りにされた女たちに思いを馳《は》せていると、通路から五十代半ばのおっさんが駆け込んできた。黄ばんだシャツによれよれのジャケット。胸元のバッジに「スタッフ」とある。さきほどの悲鳴を聞いて駆け付けてきたのだろう。

「良いところにいらっしゃいました。実は〈死者のベッド〉の解説が間違ってるみたいなんです」

青森はさっそく声を掛け、同じ説明を繰り返した。おっさんは気もそぞろな様子だったが、青森の指摘も的を射ていたらしく、

「本当だ。直しておこう」

貼り紙を剝がしてポケットに入れ、そそくさと部屋を出て行った。

「せっかく世界の拷問具が揃ってるのに、〈摩訶大大パーク〉の大人たちは一度も味見をしてないみたいだね」

青森が残念そうに呟いた。

一時間ほどかけて各部屋の展示を堪能してから、〈麻林拷問窟〉を出た。

〈河童の池〉から湿気を含んだ風が吹きつける。入場ゲートの時計は六時四十五分を指していた。閉園まであと十五分だ。広場では見送りのパレードが始まっていた。

バスを改造したパレードカーの上で、着ぐるみのネズミが手をぶんぶん振っている。マスコットキャラクターの摩訶大吉《だいきち》さんだ。クリスマスが近いからか、ネズミの被《かぶ》り物の上にトナカイの頭を載せている。首が痛くなりそうだった。

「落ちろ、摩訶大吉！　落ちて、死ね！」

〈ロズウェルＵＦＯ館〉から出てきた小学生がパレードカーに向けて叫んだ。周囲の大人たちからも歓声が上がる。

この暴言にはわけがあった。十一月のある日、着ぐるみを身にまとったパフォーマーがパレード中に転落し、重傷を負ったのだ。再発防止のためか、今日の摩訶大吉さんはパレードカーの上の柵に腰を縛り付けられていた。

罵詈雑言《ばりぞうごん》もどこ吹く風で摩訶大吉さんは精一杯手を振っている。パレードカーは園内を一周して車庫へ戻っていった。

「二度と出てくるな！」

少年がひときわ声を張り上げたとき、歩波は靴の裏に柔らかな感触を覚えた。思わず足元を見る。

蛙がぺしゃんこに潰れていた。誰かに踏まれたか、パレードカーのタイヤに轢かれたのか。

「青森さん。やっぱり蛙は潰れると死ぬんですよ」

歩波は千切れた蛙の上半分を摘み上げ、青森の脇腹をつついた。

「なに――」青森は振り返ると、「うわあ！」と叫びながら跳び上がって、〈河童の池〉に落ちた。

ドポンと音を立てて水が跳ね上がる。青森は河童に足を摑まれたみたいに暴れていたが、歩波の手を握るとようやく落ち着きを取り戻した。

「もう。びっくりしたなあ」

そう言って水を吐く。ふと広場を見ると、集まった来園客が揃ってこちらを見ていた。

2

「男の子がいなくなった？」

事務所のドアを開けると、半乾きの青森としょぼくれたおっさんがガスストーブを囲んでいた。

「五人で遊びに来ていた中学生の一人が、パレードの間にいなくなってしまったんです」

おっさんが不安そうにボールペンをカチカチ鳴らした。ボディにはMakadaidai Parkとぎゅうぎゅうに印字されている。

副園長の真加内哲二《てつじ》は〈摩訶大大パーク〉を開いた善哉の息子で、現園長の一諄《さねあつ》の弟にあたる。肩書きは中途半端だが、実務を担っているのはこの男だと聞いたことがあった。

「行方不明になったのって、銀縁眼鏡の子じゃないですか？」

哲二が頷く。〈鉄の処女〉でいじめられていた、あの子だ。

「110番は？」

「まだです。兄と四人の中学生で園内を探しているところです」

五十過ぎのおっさんが叱られた子どもみたいに眉を下げる。

「どうして警察を呼ばないんです?」

「兄が通報するなと言ってまして。先月の転落事故で警察に絞られたのがこたえたみたいです」

哲二は長いため息を吐《つ》くと、歩波を見て「ご苦労さんです」と頭を下げた。歩波はびしょ濡れの青森に代わってコンビニで着替えを買い、〈摩訶大大パーク〉へ戻ったところだった。

「ぼくらも手伝いましょうか?」

「いえ、お構いなく。行方不明になった中学生というのは、実は――」

パン、と大きな音が耳を打った。哲二の顔がさらに青くなる。

「今のは何ですか?」

「分かりません。でも嫌な予感がします」

哲二がボールペンを放り投げ、事務所を飛び出す。歩波たちも後を追った。

〈摩訶大大パーク〉には夜の帳《とばり》が下りていた。午後七時三十五分。パレードの騒ぎが嘘《うそ》のように閉園後の広場は静まり返っている。〈人面豚牧場〉の方から微《かす》かに豚の鳴き声が聞こえた。

三人が立ち尽くしていると、広場から見覚えのある男が走ってきた。黄ばんだシャツによれよれのジャケット。青森が貼り紙の間違いを指摘したスタッフのおっさんだ。

「兄さん、さっきの音はいったい――」

「おれに聞くんじゃねえよ」

おっさんが唐突に怒鳴る。哲二の兄ということは、こいつが園長の真加内一諄だったのか。

「銃声だとすると〈松脂組総本部〉か〈麻林拷問窟〉ですね」

哲二は兄の罵声に首をすくめたが、反論もせずに続けた。〈松脂組総本部〉は事務所の隣りだが、〈麻林拷問窟〉は広場の向こう側だ。四人はまず〈松脂組総本部〉へ向かった。

一諄が重々しい扉を開ける。部屋の中は真っ暗だった。

「事務所以外は七時半を過ぎると自動で照明が落ちるんです」

哲二が気を利かせて窓のブラインドを開けた。月明かりが赤い絨毯《じゅうたん》を照らす。和装の男たちが日本刀を振り上げたり拳銃を構えたり指を詰めたりしていた。どれも顔がのっぺらぼうだ。安っぽいマネキンばかりで本物の人間は見当たらない。

「あとは〈麻林拷問窟〉か」

一諄がざらついた声で呟く。

「電気室のブレーカーを起こしてきますね。兄さんたちは先に行ってください」

哲二が引き返し、残りの三人で〈麻林拷問窟〉へ向かった。

〈麻林拷問窟〉は鳴空山の斜面を掘って造られた人工洞窟だ。もちろん窓は一つもない。内部は完全な暗闇である。

三人が入り口で立ち止まっていると、あちこちから四人の少年が集まってきた。眼鏡の少年をいじめていた三人組に、新しい顔が一人。

「凄《すご》い音が聞こえたんですけど。何かあったんですか？」

大人たちが返事に窮していると、睫《まつげ》毛の長い少年がスマホのライトで洞窟を照らした。その手があったか。青森と歩波もスマホを取り出し、七人でぞろぞろと〈麻林拷問窟〉に入った。

第一展示室には〈ファラリスの雄牛〉や〈苦悩の梨〉などの拷問具に加え、多くの銃火器が展示されている。眼鏡の少年が撃たれているのではないかと身構えたが、中には誰もいなかった。一諄の引き結んだ唇がわずかに緩む。

狭い通路に出て、第二展示室を覗いた。誰もいない。第三展示室。いない。第四展示室に入ったところで、嗅ぎ覚えのある臭いに気づいた。

がちゃっ。何かを踏んだ感触。この硬さは蛙ではない。

スマホで足元を照らすと、見覚えのある銀縁眼鏡がつるを畳んで置かれていた。

「か、かずや――」

八重歯の少年が呟く。睫毛の少年がスマホで部屋を照らしていた。歩波もライトの先に目を向ける。

〈死者のベッド〉が二つに折れていた。青森が言った通り、鉄板の左右が下がって山折りになっている。そこに手足を拘束された少年が横たわっていた。仰向《あおむ》けで身体を折られ腰椎か骨盤が潰れたのだろう、腰の辺りから流れた血がベッドの周囲に溜《た》まっている。

「こんな死体、ありですか」

濃密な血の臭いで声が歪《ゆが》んだ。

それは〈鉄の処女〉でいじめられていた少年だった。やけに丈の長いネルシャツに薄汚れたジーンズ、手にはニットの手袋。首には〈鉄の処女〉でできた傷を隠すようにハンカチを巻いている。そのすべてが赤く染まっていた。

二つに折れる前よりも背が伸びたように見えるが、もちろん錯覚だろう。何かから目を背けるように横を向いた顔は、苦しげに歯を噛《か》みしめている。

青森はスマホを片手に〈死者のベッド〉を見つめていた。珍しい遺体の話を聞くと勝手な論評を始めるこの男も、実物を前に言葉がないようだ。

「ん？」

青森は足元の血溜まりを照らすと、紙幣を短くしたような紙切れを手に取った。摩訶大吉さんのイラストがランドセルを背負っている。〈摩訶大大パーク〉の小中学生用チケットだ。不思議なことに、撥水《はっすい》紙でもないのにほとんど血がついていなかった。床を見ると、こちらも紙のあったところだけ血がついておらず、長方形の跡ができている。

「殺人事件だ。牟黒日報に載るかな」

左腕に包帯を巻いた少年がピントのずれたことを言う。

「一面だろ。早く警察を呼ばなきゃ」

睫毛の少年がスマホをタップしながら〈死者のベッド〉に近づいた、そのとき。

「やめろ」

通路から低い声が響いた。包帯の少年が振り返り、はっと息を呑《の》む。

一諄が三八式歩兵銃を構えていた。

「警察は呼ぶな」

銃身を振り、睫毛の少年の手からスマホを叩き落とす。

「これは殺人事件ですよ」

青森が柄にもなく反論した。

「おれは〈摩訶大大パーク〉の園長だ。ここで罪を犯した人間はおれが処罰する。警察にも記者にも邪魔させない」

「名前も知らない子どもの敵討《かたきう》ちですか?」

一諄はふんと鼻を鳴らし、銃口を〈死者のベッド〉に向けた。

「知らない子じゃない。かずやはわたしの息子だ」

3

一諄は三八式歩兵銃を構え直すと、捕虜を収容する日本兵のように、一同を〈麻林拷問窟〉から〈松脂組総本部〉の広間へ連行した。

「かずやを殺したのは誰だ」

抑揚のない声で尋ねる。少年たちはばらばらに首を振った。

「誰も名乗り出ないなら全員で罪を贖《あがな》ってもらおう」

細長い銃身が五分刈りの少年を向く。

「お、おれじゃない! 犯人はさとしだ!」

「おれは無理だよ。たかしじゃないの?」

「馬鹿言うな。なんでひろしはそんなに冷静なんだよ」

「お前らこそ落ち着け。おれはふとしが一番怪しいと思うね」

中学生たちは疑惑を押し付け合った。これでは埒《らち》が明かない。

「そもそもおれたちの中に犯人がいるって証拠はあるんですか?」

八重歯のたかしが言った。得意げに教師をおちょくる姿が目に浮かぶ。

「あるよ」

青森が横から口を挟んで、両手に紙切れを広げた。

「このチケットが現場に落ちてたんだ。ぼくたちは閉園の少し前まで〈麻林拷問窟〉にいたんだけど、そのときは何も落ちてなかった。だから犯人が落としたんだと思う」

「おじさんたちだってチケットは持ってるでしょ」

「大人用のをね。これは小中学生用のチケットだ。閉園後も〈摩訶大大パーク〉に残っていた面々の中で、小中学生用のチケットを持ってるのはきみたちだけだよ」

「かずやが自分のを落としたのかも」

「園長さんの息子が一般向けのチケットを買うとは思えないけどな」

少年たちはぐうの音も出なかった。

今しかない。歩波は手を打って注目を集めると、

「提案があります。この生乾きの男は推理作家なんです。奇妙な死体のことばかり年中考えてい

るせいで脳が変になったのか、これまでに何度も奇妙な死体に関する謎を解き明かしています。ここはひとつ、この男に事件を調べさせてみませんか」

青森の肩に手を置いて言った。

「かずやを殺した犯人を当てられると?」

一諄がさらに声を低くする。

「もちろん。犯人が分かったら煮るなり焼くなり蜂の巣にするなりお好きにどうぞ」

青森が息を吸う前に歩波が答えた。いちいち謙遜していたら前に進まない。さんざん犯人当てに持論を語っていたのだから、これしきの謎を解けなければ赤っ恥だ。青森は「いや」「なんで」「ちょっと」などと囀《さえず》っていたが、

「やってもらおうか」

一諄に凄まれるや大人しくなり、「分かりました」と背筋を伸ばした。

「それじゃ聞くけど、きみたちはなんで〈摩訶大大パーク〉に来たの?」

四人は目配《めくば》せし合っていたが、やがて睫毛のひろしが口を開いた。

「ふとしが〈テレクラリンリハウス〉に行きたがってたんすよ。試験が午前で終わって暇だったんで」

中学生らしい動機だった。五分刈りのふとしが目を泳がせる。

「ここへ来たのは、きみたちにかずやくんを加えた五人だね?」

「ええ。たかしは妹を保育園に迎えに行ってて遅れてきたんですけど」

確かに〈麻林拷問窟〉で出会ったとき、少年たちはかずやを含めて四人だけだった。

「かずやくんのお父さんが〈摩訶大大パーク〉の園長ってことは知ってたの」

「知ってたら一緒に来ません」

「きみたちはかずやくんをいじめてたんでしょ？　なんでわざわざ連れてきたの」

「旅行にトランプを持って行くようなもんです。あいつが一緒だと盛り上がるんすよ」

ひろしはすぐに笑みを引っ込め、気まずそうに一諄を見た。一諄は三八式歩兵銃を床に置いて、扉の前で仁王立ちしている。

「かずやくんがいなくなった経緯を教えてくれるかな」

「六時過ぎにたかしが合流して、五人で〈松脂組総本部〉へ行きました。日本刀で遊んでたらパレードが始まったんで、摩訶大吉さんを見に行きました。このとき五人一緒だったのは間違いないです。それがパレードが終わってふと気づいたら、かずやがいなくなってたんです」

閉園前の見送りパレードは六時四十分から五十分まで。かずやはこの十分の間に姿を消したのだ。

「黙って帰っちゃっても良かったんですけど、いちおう入場ゲートでそのおじさんに話したんです」

ひろしは哲二を指した。副園長は壁にもたれ、ぐったりと肩を落としている。甥《おい》が二つ折りにされ、兄が犯人を殺そうとしているのだから無理もない。彼は一足遅れて電気室から〈麻林拷問窟〉へ行き、引き返してきたところだった。

「そしたらすぐに園長さんが出てきて、手分けして園内を探すことになりました。おれが見に行ったのは〈阿鼻叫喚地獄巡り〉です」

一諄の指示で、五分刈りのふとしが〈ロズウェルUFO館〉、左腕に包帯を巻いたさとしが〈人面豚牧場〉、八重歯のたかしが〈テレクラリンリハウス〉へ向かったという。当の一諄は〈キリストの墓〉や〈河童の池〉の辺りを見回っていたらしい。

「地獄巡りを始めて十分くらいで、いきなり電気が消えました。いたずらかと思って腹が立ちましたよ。仕方ないのでスマホのライトを頼りに暗闇をうろついてたら、今度は外からパン！っていう大きな音が響いてきました」

歩波たちが聞いたのと同じ、〈死者のベッド〉が二つに折れる音だろう。

「なんとか出口を探り当てて、音が鳴った方へ行ってみたら――あとはご存じの通りです」

残りの三人が〈麻林拷問窟〉へ駆けつけた経緯も似たようなものだった。もっとも誰か一人は嘘を吐いているはずなのだが。

青森は四人の話を聞き終えると、無精髭《ひげ》をさすりながら一諄と哲二を見た。

「お二人はかずやくんがいじめに遭ってるのに気づいてましたか？」

数秒の沈黙。哲二が兄の表情を窺《うかが》ってから、

「感づいてはいましたよ。この数カ月、不自然な痣《あざ》や傷が増えてましたから。胸とかお腹《なか》とか、見えづらいところばかり怪我をしてくるんです」

いじめっこたちも中学生なりの悪知恵を働かせていたようだ。〈鉄の処女〉で首に傷を負わせ

たのは失敗だったのだろう。

「〈摩訶大大パーク〉には今日、何名のスタッフがいましたか？」

「わたしたち二人の他にはアルバイトが二人です。一人は浜舞衣子《はままいこ》さん。東京のテーマパークでマネージャーをやっていたこともあるベテランのスタッフです。もう一人は辻万大《つじばんだい》くん。鹿羽学院大学の学生さんで、ストリートダンスのサークルに所属してます。チケットの販売や清掃業務、それに着ぐるみのパフォーマンスもやってくれてます」

「アルバイトさんが展示の企画や準備に携わることはありますか？」

「ないですね。その辺はすべて兄が取り仕切ってますから。展示品には触れることもないはずです」

哲二は返事をするたびに兄の顔を窺う。

「辻さんというのは、先月、パレードカーから落ちて怪我をした方ですか」

「いえ、それは別の子です。辻くんと同じサークルの学生さんだったんですが、事故がきっかけで辞めてしまいました」

今日のパレードでも、摩訶大吉さんはネズミの被り物にトナカイの頭を載せて熱心に手を振っていた。怪我をしてまであんな重労働を続ける理由もないだろう。

「辻さんはよく辞めませんでしたね。同僚が重傷を負ったのに」

「子どもが好きで、子どもと触れ合える仕事が気に入ってくれてたみたいですよ。かずやとも仲良くしてくれてましたし」

「ひょっとして辻さんは、かずやくんにダンスを教えてたんじゃないですか?」

突然の台詞《せりふ》に、一諄と哲二が揃って目玉をひん剝いた。

「その通りです。ダンサーの素質があると言って、アイソレーションの動作を覚えさせたりしていました」

「素質というのは」

「かずやは身体が柔らかいんですよ。首や腕がぐにゃぐにゃ曲がるので心配になるくらいでした。なぜ分かったんです?」

青森は哲二の問いを無視して、首に生えた短い毛を引っこ抜いた。

「事件の真相が分かりました」

4

部屋の中の時間が停《と》まったような気がした。誰もが青森の次の言葉に耳を澄ましている。

「結論を言うと、この四人の中に犯人はいません」

一諄は眉を顰《ひそ》め、少年たちは万馬券でも拾ったように沸き立った。

「ついさっき四人の中に犯人がいると言ったのはあなたですよね」

哲二はこの部屋へ来たときよりもさらにやつれた顔をしていた。厄介者がさらに増えたとでも言いたげだ。

「ええ。小中学生用のチケットが落ちていたことから、犯人は四人の中学生の中にいると考えました。でもこの四人は、誰も〈死者のベッド〉を使うことができなかったんです」

青森は記憶をたどるように宙を見上げた。

「かずやくんが〈鉄の処女〉でいじめられていたとき、第四展示室にいたのはふとしくん、ひろしくん、さとしくんの三人でした。たかしくんはまだ到着していません。ぼくが注意すると、きみたちはばつが悪そうに部屋を出て行きました。

その直後、ぼくは〈死者のベッド〉の説明のイラストが間違っていることに気づきました。人を山折りにする機械なのに、谷折りにするように描かれていたんです。ぼくは一諄さんにそれを伝え、一諄さんは紙を剝がして持って行きました。あのイラストの修正はまだですよね？」

「それどころじゃなかったからな」

一諄が答える。

「〈死者のベッド〉は牟黒の監禁王こと麻林龍吉の発明品です。〈ファラリスの雄牛〉や〈鉄の処女〉のように広く知られた拷問具ではありません。説明が間違っていたら来園客が使い方を知ることはできませんし、ましてやかずやくんを殺すこともできないはずです」

「そうでしょうか？」

哲二は溺れた仔犬《こいぬ》みたいに両手で宙を掻いた。

「少なくともたかしくん以外の三人は、間違った説明を見る機会はあったんですよね。ベッドの折れる向きを誤解していても、ストッパーを抜けば鉄板が折れるという仕組みが分かれば犯行は可能でしょう。失敗したら身体の表裏を逆にして、もう一度やり直せばいいんですから」

「いえ。ぼくたちは〈死者のベッド〉が折れる、パン、という音を一度しか聞いていません。犯人は一度もやり直しをせずにかずやくんの命を奪ったんです。〈死者のベッド〉の正確な仕組みを知る機会のない彼らは犯人ではありません」

「それじゃ小中学生用のチケットは？」

「彼らに濡《ぬ》れ衣《ぎぬ》を着せるための偽の手掛かりです」

哲二は「な、なるほど」と首の裏を揉《も》んだ。

「この四人を除くと、閉園後の〈摩訶大大パーク〉に残っていたのは、ぼく、歩波さん、園長の一諄さん、副園長の哲二さん、それにアルバイトの浜さんと辻さんの六人です。

もっともぼくと歩波さんと哲二さんの三人は、〈死者のベッド〉が折れる音を事務所で一緒に聞いていました。哲二さんはぼくらと初対面ですし、ぼくが〈河童の池〉に落ちて事務所で暖を取るのを予測できたとも思えません。この三人にはアリバイが成立します。

では二人のアルバイトさんはどうでしょうか。彼らが担当するのはチケットの販売や園内の清掃、パレードのパフォーマンスなどです。展示の企画や準備に関わることはありませんし、展示品に触れることもありません。〈死者のベッド〉の正しい使い方を知る機会がなかったという点では、彼らも四人の少年たちと変わらない。この二人もシロです」

哲二は目を丸くして、おずおずと兄の顔を見た。

「残る一人は一諄さんです。ぼくは〈麻林拷問窟〉でイラストの間違いに気づいたとき、すぐに一諄さんにそれを伝えました。一諄さんだけは〈死者のベッド〉の正しい使い方を知っていましたから、犯人の条件に該当します」

「おれが自分の息子を殺したと？」

一諄がいやに粘っこい仕草で、三八式歩兵銃を拾い上げる。たかしがごくりと唾を呑んだ。

「いえ。ぼくたち三人が物音を聞いて事務所を飛び出したとき、すぐに一諄さんが駆けてきました。〈麻林拷問窟〉は広場を挟んだ向こう側ですから、かずやくんを殺してすぐに走って来られる距離ではありません。一諄さんもアリバイが成立します」

「それじゃ犯人がいなくなっちゃいますよ」

ふとしが唇を尖《とが》らせる。

「その通り。かずやくんは自殺したんです」


「それは無理でしょう」

哲二の声には落胆が滲《にじ》んでいる。歩波も同じ気分だった。

「かずやは手と足をベルトで固定されていたはずです。〈死者のベッド〉を使うには左右のストッパーを同時に抜く必要がある。自殺はできませんよ」

「そう思わせるのがかずやくんの狙いでした」

青森は平然と応じる。

「確かに〈死者のベッド〉には二つのストッパーがあります。枝を折るように人体を折り畳むには左右同時に抜く必要がありますが、ただ死なせるだけなら片方ずつでも問題ありません。

かずやくんがやったことを整理しましょう。まず下半身側のストッパーを外し、垂直に落ちた鉄板にベルトで両足を固定します。腰を後ろに反らせ、水平のままの鉄板に上半身を仰向けに寝かせます。身体が硬い人はこの時点で激痛を感じるでしょうが、身体の柔らかいかずやくんなら十分可能でしょう。それから片方の手をベルトで固定し、残った手で上半身側のストッパーを外したんです」

一諄が微かに頬を歪める。

「上半身側の鉄板が落ち、身体が真っ二つに折れます。貼り紙の誤ったイラストを見ていたとしても、一つ目のストッパーを外した時点で鉄板が下に落ちることは分かっているので、身体の向きを間違えることはありません。最期にかずやくんは、激痛を堪《こら》えながら力を振り絞って、残った手をベルトに押し込んだんです」

「それだとベルトと手首に隙間ができませんか？　両手ともきつく閉まっているように見えましたけど」

さとしが包帯を巻いた腕を持ち上げる。

「親指を折って関節を外して、ベルトの輪に手を入れたんだろうね。胴が折れた痛みに比べれば蚊に刺されたようなものだよ」

「かずやはなぜそんなことを？」

「もちろんきみたちに濡れ衣を着せて、人生を台無しにするためさ。小中学生用のチケットを落としておいたのがその証拠だ」

青森は言葉を切ると、一諄に向き直った。

「かずやくんも本当はこの子たちを撃ち殺したかったはずです。でもそうしたら同じ穴の狢《むじな》だと思って、こんなに手の込んだ策を講じたんです。園長さんがこの子たちを撃ったら天国のかずやくんが怒りますよ」

一諄は三八式歩兵銃を抱えて黙り込んでいたが、やがて痰《たん》を吐くように言った。

「そうだな」

少年たちから安堵《あんど》の息が洩れる。

「ちょっと待って」

歩波は耐えきれず口を挟んだ。せっかく犯人当てにふさわしい事件が起きたのに、こんな反則技では満足できない。

「一件落着みたいな雰囲気になってるけど、違うでしょ」

四人の少年と三人のおっさんが揃ってこちらを見る。歩波は啖呵《たんか》を切った。

「かずやくんは自殺じゃないよ」

5

「そ、そうなんですか？」

哲二の舌足らずな声が沈黙を破った。

「青森さんの推理では、現場にチケットを落としたのはかずやくんなんですよね。するとまずチケットが床に落ちて、そこに血が流れたって順序になります。撥水紙でもない限りチケットは血でびしょびしょになるはずですよ。でも紙にはほとんど血が付いてませんでした」

青森は何も言わずに口をぱくぱくさせている。

「つまりどういうこと?」

たかしが八重歯を鳴らした。

「素直に考えるなら、かずやくんが殺されて少し時間が経《た》ってから、犯人が血の上にチケットを落としたことになるね」

「でもおれたちは犯人じゃないんでしょ?」

ふとしが声を張る。

「残念。犯人はあんたたち四人の中にいるよ」

歩波は断言した。こうでなければ話にならない。

「おれたちは〈死者のベッド〉の使い方を知らないんですから、かずやを殺したくても殺せないはずです」

「犯人には殺意がなかったの」

黙り込んだままの青森を尻目に、歩波は説明を続けた。

「ちょっと考えてみてほしいんですけど。犯人が初めからかずやくんを殺そうとしていたなら、こんなときに、こんな方法で犯行に及ぶと思いますか？　七時の閉園以降、〈摩訶大大パーク〉に残っていたのはスタッフと数名の来園客だけです。こんなタイミングで人を殺せば、容疑者はこの数名に絞られてしまいます」

青森の言葉を借りるなら、この状況は犯人当てに向きすぎているのだ。

「おまけに少年たちは、わずか二時間ほど前、〈鉄の処女〉でかずやくんをいじめているところを見られていました。そのかずやくんが別の道具で殺されれば、当然、自分たちが疑われることになる。馬鹿な中学生でもそれくらいの想像はできるはずです」

「それじゃどうして犯人はかずやを殺したんです？」

哲二は議論に疲れたのか、締め切り前の作家みたいにくたびれた目をしていた。

「だから犯人には殺意がなかったんですよ。かずやくんが展示室に隠れているのを見つけて、懲らしめてやるつもりで拷問の真似事《まねごと》をしたんです。軽い悪ふざけくらいの気持ちで〈死者のベッド〉に寝かせ、鉄板のストッパーを外したんだと思います。

青森さんが説明した通り、犯人は貼り紙のイラストを見て、〈死者のベッド〉の仕組みを誤解していました。かずやくんは仰向けに寝かされていましたから、もし貼り紙の通りに鉄板の左右が持ち上がったら、身体測定の長座体前屈《ちょうざたいぜんくつ》のような格好になります。身体の硬いおっさんなら腰を痛めそうですが、身体の柔らかいかずやくんなら危険はありません。犯人はそのつもりでストッパーを抜いたんです」

ところが鉄板は左右に落下し、かずやは背面方向に二つ折りになった。誰よりも驚いたのは犯人だったのだ。

「見てきたように言ってますけど、根拠はあるんですか？」

「第四展示室の床にはかずやくんの眼鏡が置いてありました。犯人が〈死者のベッド〉を使う前に、眼鏡を取って床に置かせたんです。

こいつらはかずやくんを暴行するとき、いじめが見つからないように胸やお腹を狙っていました。今回も同じように考えたんでしょう。貼り紙の通りに身体が谷折りになると、顔と足がぶつかって眼鏡が壊れかねない。だから眼鏡を取らせたんです。犯人が〈死者のベッド〉の仕組みを誤解していなければこの行為は説明できません」

「なぜ犯人が眼鏡を取らせたと分かるんです？　かずやが抵抗した拍子に顔から落ちたのかもしれませんよ」

「いいえ。床にあった眼鏡はつるが折り畳まれていました。意図せずに顔から落ちたのならつるは開いているはずです」

哲二が黙り込んだのを見て、一諄は再び三八式歩兵銃を手に取った。

「犯人は誰だ」

「今言ったような手口から考えて、やはりかずやくんをいじめていた四人の誰かということになります。もっとも犯人が貼り紙のイラストを見ていなければ、ベッドの左右が持ち上がると思い込むこともないはずです。一諄さんが貼り紙を持ち去った後に遅れてやってきたたかしくんは犯人ではありません」

たかしは頬を緩め、キツツキのように首を縦に振った。

「ところで〈死者のベッド〉には二本のストッパーがあります。確かに一本ずつ順に抜いても人を殺すことはできる。とはいえ二本同時に抜いた方が身体を豪快に折ることができます。

では犯人はどんなふうにストッパーを外したんでしょうか。何度も言っている通り、犯人は〈死者のベッド〉の仕組みを誤解した結果、かずやくんを殺してしまいました。でもストッパーを一本ずつ抜いたら、一本目を抜いた時点で鉄板が下へ落ちることに気づくはずです。そこで拷問をやめるか、身体の向きを逆にすれば、間違ってかずやくんを殺すことはありません。よって犯人は二本のストッパーを同時に抜いたことになります。

さとしくんは左腕を骨折しているので、二本の鉄棒を同時に抜くことができません。よって彼は犯人じゃありません」

さとしはほっと息を吐き、包帯で太くなった腕を抱き締めた。

「ここでチケットに話を戻します。血溜まりの中にあった例のチケットは、いつ床に落ちたんでしょうか。初めに説明した通り、かずやくんが殺される前からチケットが落ちていたとは思えません。大量の血が流れてきたら紙がびしょびしょになるはずだからです。

では血が乾き始めてから床に落ちたんでしょうか。血溜まりをよく見ると、チケットがあったところだけ血がついておらず、長方形の跡ができていました。血が流れる前から物が落ちていないとこんな跡はできないはずです」

「変ですねえ。どちらでも説明がつかない」

哲二の顔はぐったりと萎《しお》れ切っている。

「血溜まりに跡が残っている以上、そこに物があったのは確かです。でもそれはチケットの紙切れではない。何か別のものが落ちていたんです。

それは犯人に都合の悪いもの――すなわち犯人の正体を示すものでした。犯人は現場に駆け付けた後、闇の中の混乱に紛れてそれを拾ったんです。ところがそれのあったところには長方形の跡が残っていた。床を見れば犯人が何かを拾ったのは明らかです。犯人はその跡をごまかすため、チケットを床に置いたんです」

「何が落ちていたんだ」

一諄が問う。三八式歩兵銃の銃口が二人の少年の間を揺れていた。

「あたしたちが〈死者のベッド〉が折れる音を聞いたのは七時三十五分のことです。このときすでに園内施設の照明は消えていました。洞窟の中は完全な暗闇です。かずやくんの手足を拘束したり、ストッパーを外したりするには明かりが要る。犯人はスマホのライトで辺りを照らしたんだと思います。

犯人は二本のストッパーを同時に抜いていますから、当然、両手を同時に動かしたことになります。スマホを持ったままでは手が足りません。犯人はスマホを床に置いたんです。

予想に反してかずやくんは山折りになり、大量の血が噴き出します。動揺した犯人は、スマホを置いたまま展示室を飛び出してしまいました。ライトは一定の時間で消えますが、誰かにスマホを見つけられたらお終いです。そのことに気づいた犯人は、あたしたちと一緒に何食わぬ顔で現場へ戻り、暗闇に紛れてスマホを回収したというわけです」

「死体を見つけたとき、血溜まりの近くにいた人間が犯人ってことか」

一諄が一同を見回す。声を上げる者はいない。

「あたしも誰がどこにいたかまでは覚えてません。暗闇の中の状況を突き止めようとしても水掛け論になるだけです。

その少し前のことを思い出してください。あたしたちが〈麻林拷問窟〉へかずやくんを探しに来たのとほぼ同時に、園内のあちこちから四人の少年が集まってきました。洞窟を覗き込むと、ひろしくんはすぐにスマホのライトで中を照らしました。このときスマホを持っていたひろしくんは犯人ではありません」

ひろしが胸を撫で下ろす。隣りで五分刈りの少年が凍り付いた。

「残る容疑者は一人。〈死者のベッド〉でかずやくんを殺した犯人は、ふとしくん、きみだね」


爆音が轟《とどろ》いた。

一諄の手の中で銃身が跳ねる。煙の臭いが鼻をついた。

振り返ると、ふとしが仰向けに倒れていた。

「そんな」

たかしが少女みたいな声を出す。ひろしがふとしの元へ屈《かが》み込んだ。

青森はふとしから目を逸《そ》らし、残念そうに首を振った。この小説家は少年たちを守るために、誰も犯人にならない嘘の推理を披露したのだろう。

「――あれ？」

聞こえるはずのない声が聞こえた。

青森が目を戻し、あんぐりと口を開ける。歩波も思わず床を見下ろした。

「おれ、死んでない？」

ふとしが泣きながら自分の身体を撫で回していた。どういうことだ。

「やっと茶番が終わりましたね」

哲二が今日一のため息を吐き、一諄に顔を向けた。

「かずやは生きてるんでしょ、兄さん？」

「か、か、か、い、い、い、い」

6

「一つ確認しておきたいんですが」

哲二は壁にもたれたまま、けだるそうに続けた。

「皆さんが〈麻林拷問窟〉でかずやを見つけたとき、わたしは電気室にいました。なぜ皆さんは〈麻林拷問窟〉から〈松脂組総本部〉へ移ってきたんですか？」

「見れば分かるじゃないですか。あなたの兄さんに脅されたんですよ」

たかしが大粒の唾を飛ばす。

「もう少し詳しく教えてください」

「ひろしが警察を呼ぼうとして、スマホを持って〈死者のベッド〉に近寄りました。そしたら園長さんが突然銃を向けてきて、おれたちを展示室から追い出したんです」

「やはり思った通りだ」

哲二は再び一諄に向き直った。

「大量に出血していたとはいえ、まだかずやには息があったかもしれない。なぜひろしくんが死体に近づくのを妨害したんですか。死体に秘密があったとしか思えませんよ」

「かずやが死んだふりをしていたって言うんですか？　それは無茶ですよ。かずやの身体は真っ二つに折れてたんですから」

一諄に撃たれたはずのふとしが、なぜか一諄に味方した。

「わたしも初めはそう思いました。人間の骨格は後ろへ反るようにできていません。どんなに身体の柔らかい子どもでも、後ろへ真っ二つに折られたらただではすまないはずです。

ところでかずやは〈死者のベッド〉に寝かされる二時間ほど前、〈鉄の処女〉で首に怪我をしたそうですね。よく考えるとこれは妙です。うちの〈鉄の処女〉は長さの同じ針が等間隔に並んでいますから、首に刺さるなら顔や肩にも刺さっていないとおかしい。その傷はかずやがボールペンを刺してつくった偽物です」

「どうしてそんなことを？」

「首にハンカチを巻くためです」

「なんで？」

「首を捻《ひね》っているのがばれないようにするためです」

「……は？」

哲二は咳払《せきばら》いをして、

「かずやの首の柔らかさは心配になるほどでした。あの子は首を大きく曲げ、身体の表と裏を逆に見せかけたんです。仰向けで背面方向へ身を折られていたのではなく、うつ伏せで正面方向へ身を折っていいたんですよ」

記憶の中の光景がぐらりと歪んだ。

「歩波さんの言った通り、身体測定の長座体前屈とよく似た格好ですね。人間の身体は正面になら曲がるようにできています。身体が柔らかければ上半身と下半身をぴったり重ねることもできる。かずやはシャツとズボン、ニットの手袋を後ろ前に着て、腰を正面に折り、首を大きく捻って斜め後ろを向いていたんです」

「子ども騙《だま》しの手品ですか」

青森が精一杯の負け惜しみを言う。

「まったくその通り。かずやは鉄板の上で軟体技を決めていたんです。丈の長いネルシャツを着ていたのは、身体を折っても背中が出ないようにするため。腹だと思ったところに臍《へそ》がないと本当の姿勢がばれてしまいますからね。靴だけは後ろ前には履けないので、中に詰め物をして爪先に括《くく》りつけていたんだと思います」

第四展示室でかずやを見つけたとき、背が少し伸びたように感じたのを思い出す。錯覚ではない、本当に身体が長くなっていたのだ。

「そうやって工夫を凝らしても、どうしても誤魔化せないのが首を曲げたときにできる皺《しわ》でした。〈摩訶大大パーク〉へ連れ出された以上、〈麻林拷問窟〉で暴行を受けることは想像がつきます。かずやはそこで怪我をしたふりをして、ハンカチを首に巻くことにしたんです」

「どれだけ首が柔らかくても、曲げた状態で動きを止め続けるのは難しいと思いますが」

「だから消灯後の暗い洞窟を舞台に選んだんですよ。兄さんが一同を外へ追い出したのは、照明が灯《とも》る前に現場から離れるためです」

「腰から流れていたのは血糊《ちのり》ですか」

「あの臭いは本物の血だと思います。〈人面豚牧場〉で飼っていた豚の血でも被ったんでしょう。血溜まりにできた長方形はスマホを置いた跡ですね。血を被ったとき、うっかり床に置いたままにしたせいで跡ができてしまい、同級生に濡れ衣を着せるために用意していたチケットでそれを隠したんです」

「貼り紙のイラストが逆向きだったのは？」

「それは兄さんが勘違いして作ったのを直していなかっただけです。そこからこんな推理が出てくるとは考えもしなかったでしょう」

「何のためにこんな手のかかることを？」

ふとしは目が裏返りそうなほど瞬《まばた》きをしている。

「それはきみたちを懲らしめるためだよ」

哲二は一諄に手を伸ばし、素早くモデルガンを奪い取った。

「もう十分でしょう。腹が立つのは分かりますが、無関係な人たちまで巻き込むのはやりすぎですよ」

一諄は無表情のまま一同を見回すと、

「かずや、終わりだ」

あっさりと言った。

扉が静かに開く。血を被ったかずやが気まずそうに顔を出した。

「ああ、良かった――」

ふとしが鼻を啜《すす》る。

「今日のことを一生忘れるなよ」

一諄は捨て台詞を吐いて、〈松脂組総本部〉を出て行った。

7

やけに明るい月が空のてっぺんに浮かんでいた。

「ひどい一日だったよ」

〈摩訶大大パーク〉から住宅街へ伸びる遊歩道を歩きながら、青森がため息を吐いた。犯人当てに熱い持論を語っておきながら、子ども騙しの茶番に巻き込まれ、見当はずれな推理を披露したのだ。穴があったら当分潜りたい気分だろう。

「これでアイディアも溜まったんじゃないですか。明日からさっそく『拷問窟の殺人』が書けますね」

歩波は自転車を押しながら茶化した。

「冗談じゃない。今日のことが読者に知られたらぼくは恥ずかしくて死んでしまうよ」

青森が真面目な顔で言ったそのとき、風に乗って子どもの叫び声が聞こえた。

足を止めて振り返る。〈摩訶大大パーク〉の入場ゲートから少年が駆けてくるのが見えた。左腕に包帯を巻いている。さとしだ。

「どうしたの？」

さとしは二人に追い付くと、膝に右手をついて深呼吸をした。

「ふ、副園長のおじさんが、二人を連れ戻してこいって」

青森は目を擦った。

「……どうして？」

さとしは舌をもつれさせ、絞り出すように言った。

「よく分かんないんですけど、アルバイトのスタッフさんが死んじゃったみたいなんです」

辻万大の死体はくの字に折れ曲がっていた。

「どうしてこんなことに――」

同僚の浜舞衣子が、ひしゃげたボンネットにもたれて嗚咽《おえつ》を洩《も》らしている。車庫にはガソリンと血の混ざった臭いが充満していた。

哲二が聞き出したところによると、浜はパレードカーの運転中に事故を起こしたのだという。パレードが終わり車庫に戻った矢先、彼女はなぜかブレーキを踏み忘れた。庫内の壁にボンネットがぶつかる寸前でブレーキを踏んだが、彼女の身体はシートから吹っ飛び、頭をフロントガラスに打ち付けた。そこで彼女の記憶は途切れている。

十一時過ぎに意識を取り戻した彼女は、車体の上のデッキで着ぐるみが二つに折れているのを見つけた。デッキに上り、被り物を取ると、そこには冷たくなった辻の頭があった。

「不幸な事故ですね」

青森がパレードカーの梯子《はしご》を下りながら呟く。殺人や自殺、あるいは死んだふりなどの可能性はない。辻の死はいくつかの不幸が重なった結果だった。

パレードの最中、辻はネズミの被り物にトナカイの頭を載せていた。被り物はかなりの重量になっていただろう。これが一つ目の不幸。

十一月にパフォーマーがパレードカーから転落する事故が起きたせいで、辻はデッキの柵に腰を縛り付けられていた。これが二つ目の不幸。

パレードカーを運転していた浜が、不注意により速度を落とさずに車庫に入ってしまった。これが三つ目の不幸だ。

この車庫はパレードカーを収容するために設計されたものではない。パフォーマーがデッキに立ったまま車庫に入ると、天井に頭をぶつけてしまう。そのため車庫に入る前に速度を落とし、パフォーマーが身を屈めるのが慣例になっていた。だが今日は浜がブレーキを踏み忘れたため、辻の頭が天井に激突したのだ。

被り物が落下する力も相まって、辻の上半身は強く後ろへ引っ張られた。全身が倒れれば軽い怪我で済んだだろうが、腰が柵に縛られているから下半身は動かない。その結果、腰を折り目にして身体が二つに折れてしまったのだ。

「これは牟黒日報の一面に載りそうですね」

そんな歩波の軽口は耳に入らなかったらしい。青森は掌についた汚れを払いながら、浜に声を掛けた。

「警察にも聞かれると思うんですけど、どうしてブレーキを踏み忘れたんでしょうか?」

浜は涙でぐしゃぐしゃの顔をさらに歪めて、軋《きし》んだ声を出した。

「よく覚えていないんですが、〈河童の池〉の方から大きな音が聞こえたんです。それに気を取られてしまって」

青森の顔がみるみる青くなった。自分の顔からも血の気が引くのが分かる。

パレードが終わった直後、歩波は蛙の死骸を摘《つま》んで青森に見せた。青森は悲鳴を上げて跳び上がり、〈河童の池〉に落ちた。その音がパレードカーの運転席まで届いたのだ。

「参ったな。犯人はぼくたちじゃないか」

街からパトカーのサイレンが聞こえた。

屋上で溺《おぼ》れた死体

9日午後、北牟黒8丁目の牟黒一神教本部で、同教代表の福光天道（本名・福田弘道）氏が遺体で発見された。福光氏は多量の水を摂取したことで窒息死したとみられる。同氏は本部施設の屋上で6日から瞑想を続けていた。

新興宗教に詳しいミステリー作家の袋小路宇立氏（34）は、「福光氏は水を使った儀式を行っていたのではないか」と話した。

牟黒日報二〇一七年八月十日付朝刊より

1

「わたしたちは犯罪集団ではありません」

雨貝鈍息《あまがいどんそく》は控えめに胸を反らした。丁寧な口調がかえって不愛想に響く。頭髪がないせいで年齢が分かりづらいが、三十を過ぎたあたりだろう。生真面目なくせに高慢で鼻持ちならない、学校で生徒会長などをやっているタイプだ。

「お天道《てんとう》様に顔向けできないことはしておりません」

霧窪古水《きりくぼこすい》が言葉を重ねる。こちらも坊主頭で、年齢は二十代半ば。いつも生徒会長の顔色を窺《うかが》っている会計係と言ったところか。

「あんたたちを疑ってるわけじゃない。話を聞きに来ただけだよ」

八月六日、午後三時。互目魚々子は北牟黒通りの酒屋〈ますや〉で発生した侵入窃盗事件の捜査のため、牟黒一神教《いっしんきょう》の本部〈コリカンチャ〉を訪れていた。

「昨夜遅くから今朝にかけて、〈コリカンチャ〉にいた人の数は?」

二人の幹部は顔を見合わせた。言動は優等生じみているが、揃《そろ》いのつなぎ服は一昔前のヤンキーを思わせる。

「昨日はインティ・ライミの最終日でしたから、夜更けまで四十名ほどの信者が酒を飲んでいました」

「インティ・ライミ?」

どことなく虫唾《むしず》の走る語感だった。

「太陽祭りのことです。わたしたち牟黒一神教は太陽を崇拝しています」

「古典的だね」

「信者たちはべろべろに酔っていましたから、証言は当てになりません」

「教祖は?」

「天道《てんどう》様も同じです。現在は屋上で交信に入られています」

「話を聞かせてくれる?」

「よそ者の立ち入りは許可できません」

「牟黒一神教が大麻を売ってるって噂《うわさ》を聞いたんだけど、本当かしらね」

「ご案内しましょう」

雨貝の頬は引き攣《つ》っていた。


牟黒一神教の本部〈コリカンチャ〉は、教祖の福光《ふくみつ》天道が牟黒中学校の旧校舎を買い取り改装したものだった。築四十年ほどだから二宮金次郎《にのみやきんじろう》が歩き回るほど古くはないが、幽霊の一つ二つ出そうな雰囲気がある。

信者たちはモップをかけたり窓を拭いたり椅子の足の裏をほじくったりしていた。気の早い大掃除だろうか。

二階の廊下を歩いていると、窓から水を張った屋外プールが見えた。

「水泳大会でもやるの？」

互目が茶化すと、

「水には太陽の力が宿っています。水はわたしたちを清め、悪魔から守ってくれる大切な存在なのです」

霧窪は憐《あわ》れむように眉を下げた。互目を未開人とでも思っているのだろう。

台風で濁った水を眺めていると、ふいに窓ガラスの数センチ先を黒い影が横切った。カラスだろうか。霧窪に聞こうとすると、彼女は数メートル先を歩いていた。

霧窪が校内放送を流すと、坊主頭の信者たちがぞろぞろと体育館に集まった。大半は若い男で、お揃いのつなぎ服を着ている。

「出家した信者が十人、在家の信者が三十人ほどおります」

集まった信者は十五人ほどだった。

「お釈迦《しゃか》様は拝んでないのに坊主なんだね」

「わたしたちが頭髪を剃《そ》るのは、太陽の力を全身で受け止めるためです」

雨貝は禿げているだけのように見えた。

互目は教師になった気分で壇上から信者に質問を浴びせたが、めぼしい収穫は得られなかった。祭典の疲れに酒の力も加わり、深夜一時を回る頃にはほとんどの信者が意識を失っていたという。窓から〈ますや〉を見ていた変わり者はいなかった。

「もう結構でしょう。お引き取りください」

「あと一人いるよ。教祖はどこ？」

雨貝は眉がつながるほど眉間を寄せた。

「天道様の交信を遮ることは戒律で禁じられています」

「太陽と話せるんなら泥棒の行き先くらい分かるんじゃないの」

「どんな理由でも戒律を破ることはできません」

「あんたら、赤麻組の息が掛かった売人とつるんでるでしょ。証拠はいくらでもあるよ」

「…………」

「不審な物音を聞いてないかだけでも知りたいんだけど」

「分かりました」

雨貝は信者たちに掃除へ戻るよう指示すると、霧窪に監督を任せ、本館の三階へ向かった。互目も後に続く。

「天道様は太陽に浮かぶメッセージを見逃さないように神経を研ぎ澄まされています。どうかお静かに」

踊り場で待つよう互目に命じて、雨貝はさらに階段を上った。屋上へ続くドアがあり、右上に防犯カメラが設置されている。丁寧に両手を合わせ、上半身を深く倒してから、「失礼いたします」とスチールドアを開いた。思わず背筋を伸ばしている自分に気づく。

雨貝は屋上に出るとすぐにドアを閉めた。屋上から畏《かしこ》まった声が聞こえてくる。二分ほどでドアが開き、再び雨貝が姿を見せた。

「天道様は〈コリカンチャ〉のすぐ近くで事件が起きたことを悲しんでおられます」

「――で？」

「当教と赤麻組との関わりを示す証拠があるというのは嘘《うそ》ですね」

雨貝は声を力ませた。さすがは教祖。はったりは効かないらしい。

「令状がないならお帰りください。天道様のお言葉は以上です」

雨貝は吐き捨てるように言った。

〈ますや〉では鑑識課の作業が続いていた。

「なんとか牟黒一神教がやったことにできないかな？」

互目を見つけるなり、刑事課長の豆生田は裏路地へ互目を連れ出した。

「昨夜は信者が集まって酒を飲んでいたそうです」

「組織ぐるみの犯行ってことか」

「犯人像が違いすぎますよ。黙っていてもお布施が転がり込んでくる連中がわざわざ酒屋に押し入るとは思えません」

「理不尽なことをやるのが宗教でしょ」

「牟黒一神教をしょっ引いたとして、明日も〈台風のフー助〉が現れたらどうするんです？」

豆生田は何も言わず、山羊《やぎ》のように上下の歯を擦り合わせた。

この数年、牟黒市では台風のたびに侵入窃盗の被害が発生している。暴風雨で人通りが減ったところを狙って店舗に押し入る手口から、犯人は〈台風のフー助〉なる渾名《あだな》で呼ばれていた。ちなみに牟黒市には他に〈雨上がりのダンボ〉〈熱帯夜のでこ八〉〈団地のキヨ〉〈花金のキンタ〉などの盗《ぬす》っ人《と》がいる。

今年は七月末から立て続けに台風が発生していて、〈ますや〉が被害に遭った五日から六日の夜も、超大型の台風十三号が総量四百ミリを超える猛烈な雨を降らせていた。今日、六日は台風一過の秋晴れだが、明日は同規模の台風十四号が再び牟黒市を直撃するというから気が休まらない。

「週に二度もやられたらはげだるまに殺されちゃうよ」

「台風が来ないようにお天道様に祈ってください」

互目が皮肉を言うと、豆生田は後退した髪を撫《な》でて、はあ、と鳴いた。

刑事課長の願いが通じたのかは分からないが、七日の早朝、台風十四号は北へ大きく進路を変えた。牟黒市では日暮れまで快晴が続き、〈台風のフー助〉が再び事件を起こすこともなかった。

だが豆生田の憂鬱が晴れたのはほんの束《つか》の間《ま》だった。

九日の午後、〈コリカンチャ〉で福光天道の溺死体が見つかったのである。

2

屋外プールには相変わらず濁った水が溜《た》まっていた。

〈コリカンチャ〉の敷地を観察しながら廊下を進み、鑑識課員に会釈して階段を上る。三日前に足止めされた踊り場を抜け、屋上に出た。

「こちらが現場です」

デバネズミに似た巡査が豆生田に状況を説明している。互目もそこに加わった。

「福光天道は仰向《あおむ》けでこの椅子に倒れていました」

屋上の真ん中に木製のデッキチェアが据えられていた。金持ちが浜辺で日光浴をするのに使うあれだ。天道はこの椅子に横たわって天を見上げ、太陽からのメッセージとやらを受け取っていたという。

「遺体は死後二、三日が経過していました。死亡日は六日か七日のどちらかです」

巡査がポラロイド写真を差し出す。刺繡《ししゅう》の施された赤のつなぎ服にサングラスをかけた福光天道が、デッキチェアにもたれて青白くなっていた。ご利益のありそうな金の杖《つえ》が膝に置かれている。

「ただしある証拠から、天道が死亡したのは六日の午後四時以降と判明しています」

巡査は写真を捲《めく》る。二枚目にも天道が写っていたが、頭が背もたれについておらず、首を持ち上げて太陽を見つめているのが分かった。

「こちらが六日の午後四時の写真です。鹿羽学院大学エンタメ研究会の学生たちがドローンで撮影した映像から切り出しました。彼らは市内で窃盗事件や強盗事件が起こるたびに現場へ駆けつけ、撮影した映像をYouTubeにアップしていたそうです。六日は〈ますや〉の窃盗事件の現場を撮りに来て、ついでに〈コリカンチャ〉にもドローンを飛ばしていました」

三日前に〈コリカンチャ〉を訪ねた際、二階の窓から黒い影を見たのを思い出した。あれは学生が飛ばしたドローンだったのだ。

「この時点で天道は生きていた。死亡推定時刻は六日の午後四時から七日いっぱいということか」

「そうなります。詳しくは解剖待ちですが、外傷が見当たらないこと、咽頭部《いんとう》に水が溜まっていたことから、死因は溺死とみられています」

「神様と交信していたら暴雨に晒《さら》され溺死したんだな」

「いえ。六日の早朝四時には台風十三号が牟黒市を通過しています。それから牟黒市には一滴の雨も降っていません」

七日に台風十四号が牟黒市を直撃する予報が出ていたが、進路がずれて近寄りもしなかった、というのはこの場の全員が知るところだ。

「天道が死んだのは本当にこの屋上なの?」

互目は口を挟んだ。

「六日の午前十一時ごろ、天道らしい人物が杖を片手に屋上へ向かう姿が防犯カメラに写っています。それから一度も屋上を出た様子はありません」

「それじゃ福光天道はどうやって溺死したんだ?」

豆生田は水に溺れたように荒く息を吸った。

「こんな死体ありえないじゃないか」


夜の捜査会議では、四十余名の信者や幹部たちへの聞き込みの結果が報告された。

天道の遺体が見つかったのは九日の午後一時ごろ。雨貝と霧窪が六日から飲まず食わずで太陽と交信を続けている教祖の身を案じ、屋上を訪れて遺体を発見したという。交信の邪魔をすることは戒律で禁じられているため、雨貝が侵入窃盗事件の話を聞きに行った六日の午後三時三十分以降、天道に何が起きたのかを知る者はいなかった。

「信者たちの間では天道が悪魔に殺されたという考えが広まっています。宴が開かれた五日の夜、〈コリカンチャ〉で悪魔が唸《うな》る音を聞いたという証言も出ています」

五日の夜は台風十三号が直撃していたから、築四十年の校舎はさぞかし軋《きし》んだことだろう。その音を悪魔の唸り声と思い込んでいるのだ。

解剖医の報告で死因が裏付けられると、鹿羽学院大学エンタメ研究会のドローンが撮影した動画がスクリーンに映された。動画は二つあり、一つ目は六日の午後三時十五分ごろ撮影されたもの、二つ目は午後四時ごろに撮影されたものだという。デッキチェアの影の向きが変わっていたが、首をもたげた天道の姿勢に変化はない。派手なつなぎ服とサングラスを身にまとい、膝に金の杖を置いた男は、自分の妄想に酔っているようにしか見えなかった。

「犯人はいかに屋上の被害者を溺死させたのか。意見のある者は？」

はげだるまこと丹波管理官はいつも以上に機嫌が悪かった。ねちねちと反論を浴びせられるのが分かっていて手を挙げる者はいない。互目も目を合わせまいと決めたのに、顔を上げるとなぜか目が合った。

「何だ。話せ」

丹波が怒鳴る。珍妙な死体は見慣れていたが、今回ばかりは何が起きたのか見当もつかなかった。

「……プールの水を使ったウォーターショーをやろうとして、失敗したんじゃないですか。水には太陽の力が宿っているらしいですし」

「どうやってプールから屋上へ水を運ぶんだ？」

「でかい放水機を買ったんですよ。それくらいの金はあるでしょう。教祖が働かなくても金は勝手に入ってくるんですから」

「牟黒一神教が大麻を捌《さば》いているって証拠はない。刑事が想像でものを言うな」

結局叱られた。

それから十人ほどの捜査員が犠牲になったが、丹波にも考えがあるようには見えなかった。

会議が終わると、互目は例によって豆生田に資料室へ連れ出された。

「このままじゃ交通課に飛ばされて煽《あお》り運転と追いかけっこだよ。頼む。何とか処理してくれないか」

豆生田は恥ずかしげもなく両手を揉《も》んだ。

「まず屋上で人を溺死させる方法を教えてください」

「イラカカホテルの社長が死んだときも上手《うま》いことやってくれたじゃない」

推理作家のにきび顔が浮かんだ。いくらあの男でも、これほど不可解な謎は解けないのではないか。とはいえ金さえあれば何とでも偽装できる。

「本部から金が出るとは思えませんけど、お財布は大丈夫ですか？」

豆生田はキリキリと前歯を擦り合わせた。

「何とかするよ」

3

「犯人が分かりました」

タブレットで二つの動画を観終《み》えると、青森山太郎は満足げに顔を上げた。

「嘘でしょ」

「本当です」

「屋上で天道を溺死させた方法も？」

「もちろんです。正確には、そう錯覚させた方法ですが」

珍しく客が入っているらしく、〈破門屋〉の一階から酔っ払いの笑い声が聞こえてくる。

「速すぎるよ」

「遅いより良いでしょう」

「金欲しさにはったりを言ってるんじゃないの？」

「そんなやくざなことはしません。ただの溺死と聞いてあまり気が乗らなかったんですが、動画にしっかり真実が写っていたので大丈夫でした」

互目が百五十万の支払いを約束すると、青森はすぐに説明を始めた。

「わざわざ言うのも変ですけど、太陽は動いています。この二つの動画は影の向きが違いますから、ある程度の時間を置いて撮られたことが分かります。それなのに天道さんの首の向きが変わっていません。メッセージを見逃すまいと太陽を見つめていたのなら、首の向きが同じはずがない。このとき天道さんはもう死んでいたんです」

互目は改めて動画を見返した。天道の頭は背もたれから浮いている。首を起こして太陽を見つめているようにしか見えない。

「死体の首を固定してたってこと？　どうやって？」

「その前に天道さんが溺死した経緯を確認しておきましょう。動画に写った天道さんがすでに死んでいた以上、彼が屋上で亡くなったと考える理由はありません。天道さんは神様と交信する前に死んでいたと考えられます。

五日から六日にかけての宴には天道さんも参加していました。教祖も人間ですから、酒を飲めば酩酊《めいてい》します。互目さんは飲みすぎて気持ち悪くなったらどうしますか？」

「吐くよ」互目は顎を引っ込めた。「トイレで」

「教祖も同じです。天道さんはトイレで嘔吐《おうと》し、便器に首を突っ込んだまま意識を失ってしまったんです」

一階から一際大きな酔っ払いの叫びが聞こえた。

「この日は〈ますや〉が〈台風のフー助〉の被害に遭った日です。台風十三号が牟黒市を直撃し、総雨量四百ミリを超える猛烈な雨が降りました。年季の入った建物では、下水道の容量を超える雨が降ると、水が汚水管を逆流し、便器や浴槽から溢《あふ》れ出ることがあります。天道さんが首を突っ込んだ便器からも雨水が噴き出したんでしょう。信者が耳にしたという悪魔の唸り声は、壁の中の管を水が逆流し、空気を押し出す音だったんです」

胃袋の辺りが重くなるのと同時に、濁った屋外プールが脳裏を過《よぎ》った。もしあのプールが空だったら、あちらの排水口から水が噴き出ていたかもしれない。プールに大量の水が溜まっていたため水圧で弁が固定され、行き場を失った雨水が汚水管を逆流したのだ。

「宴が終わり、台風が過ぎ去った六日。犯人――人を殺したわけではないですが、警察や信者を騙《だま》した人物を便宜上そう呼びます――は天道さんが便所で溺死しているのを見つけました。

教祖のカリスマ性が損なわれたら宗教は終わりです。便器で溺死では格好がつきません。さいわい翌日には再び大型の台風十四号が牟黒市を直撃する予定でした。犯人は死体を屋上に運び、交信の最中に溺死したように見せかけることにしたんです。

屋上の出入り口にはカメラが設置されていますから、死体を担いで出入りするわけにはいきません。犯人はまず天道さんのつなぎ服の袖に紐《ひも》を通し、紐の端に重りを付けて、三階の窓から屋上へ重りを投げ込みます。次に同じつなぎ服と杖で教祖に変装して屋上へ上り、紐を引いて死体を運び上げます。そして死体をデッキチェアに寝かせてから、紐を二つに折って手すりに引っ掛け、紐を伝って三階に戻ったんです。片側を引いて回収すれば紐は残りません」

「言ってることは分かるけど、ドローンの動画に写った天道は明らかに首を持ち上げてる。生きてるようにしか見えないよ」

「それはこういうことです」

青森は紙ナプキンにペンを走らせた（図6）。

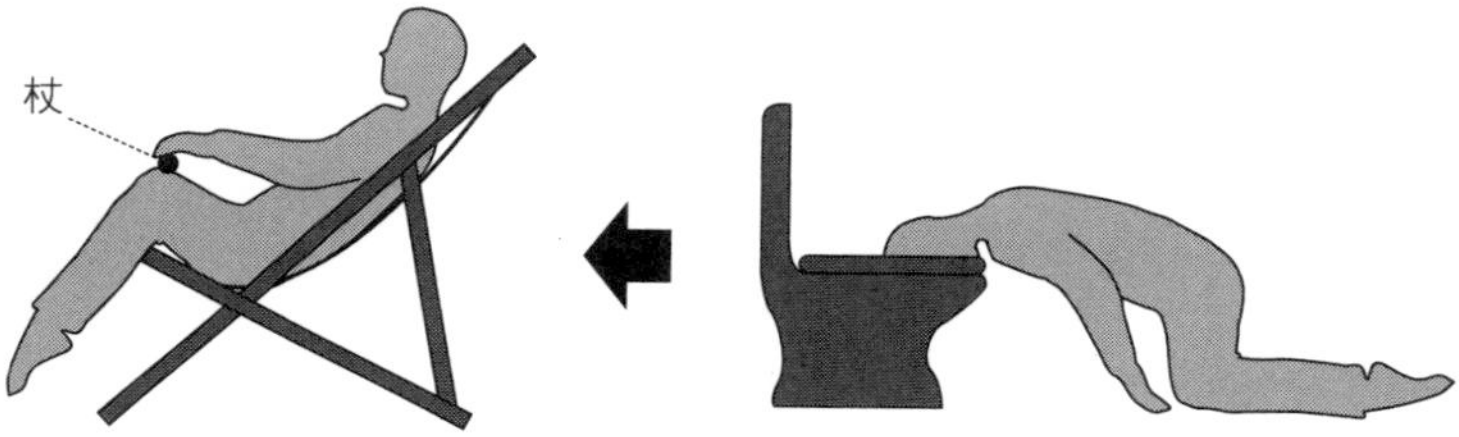

図6

「犯人が死体を運び上げたときには、死後半日ほどが過ぎていて、死後硬直が始まっていたんです。天道さんはまだ宴が続いている時間に亡くなったことになりますね。その死体を表裏逆さにしてデッキチェアに寝かせたせいで、首をもたげて太陽を見つめているように見えたんです。もっとも犯人がドローンが飛んでくるのを予測していたとは思えませんから、これは計算ではなく、ただ運が良かっただけだと思います」

「死体発見後の写真だと首はデッキチェアにもたれてたけど」

「死後硬直は死後三十時間から四十時間ほどで融解が始まりますから、九日の午後には首も柔らかくなっていたんです」

推理作家というのは余計なことばかり知っているらしい。

「結局、牟黒一神教の信者たちが、組織ぐるみで教祖のカリスマ性を守ろうとしたってこと？」

「いえ。交信中に死んだように見せかけたのは警察よりも信者へ向けたパフォーマンスです。大半の信者は真相を知らないと思います」

「じゃあ誰が仕組んだのさ」

「互目さんは六日の午後、侵入窃盗事件の捜査のため〈コリカンチャ〉を訪れ、幹部の雨貝さんが天道さんと話しているのを聞いたんですよね。このとき天道さんは死んでいたんですから、雨貝さんはそれを分かった上で独り芝居をしていたことになります。死体を屋上に運び、信者や警察を欺いたのは雨貝さんです」

互目が天道に会いたいと言って譲らなかったので、雨貝は慌てたに違いない。教祖が死んでいるのが刑事にばれたらお終《しま》いだが、まだ生きていると信じ込ませるチャンスでもある。雨貝は互目をドアの近くまで連れて行き、自分の話し声を聞かせることで、天道が生きていると思わせたのだ。

「信者に大掃除をさせたのは、便所で水が逆流した跡を消し去るためだと思います。あとは七日に台風がやってくればすべてが丸く収まるはずでした。でも台風の進路がずれたせいで、屋上で溺死体が見つかるという怪事件が起きてしまったんです」

聞いてみればあっけない話だ。互目は大金を入れた財布を落としたような気分で、百五十円のキャベツを齧《かじ》った。

4

体育館から下手くそな合唱が響いている。

午前七時。互目は〈破門屋〉で飲み明かすと、便所で胃を空っぽにして、〈コリカンチャ〉を訪ねた。変死現場変更は軽犯罪なので逮捕が難しい。雨貝に身体を触らせて現行犯逮捕するつもりだった。

煙草《たばこ》を一本吸って正門の呼び鈴を鳴らす。三十秒ほどで体育館から雨貝が出てきた。志望校に合格した受験生みたいな清々《すがすが》しい顔をしている。

「またあなたですか。何の用です?」

「おたくの教祖が死んだ便所を見せてもらおうと思ってね」

表情が一瞬消えたが、すぐに元の薄笑いが浮かんだ。

「天道様が亡くなったのは屋上ですよ」

雨貝は妙に平然としている。様子がおかしい。そう思ったところでスマホが震えた。胸騒ぎを覚えながら電話に出る。

「今どこにいる」

豆生田の声だった。

「〈コリカンチャ〉に来ました。幹部の雨貝鈍息をしょっ引きます」

互目は青森の推理を掻《か》い摘《つま》んで説明した。

「やめてくれ。事情が変わった」

豆生田の声はすっかり萎《しお》れていた。

「昨日のはげだるま、やけに機嫌が悪かっただろ。嫌な予感がして調べてみたんだ」豆生田はそこで声を潜めた。「はげだるまはそこの信者らしい」

は？

「丹波管理官は牟黒一神教の信者で、福光天道を崇拝してるんだよ」

捜査会議でのやり取りがふとよみがえった。

――でかい放水機を買ったんですよ。それくらいの金はあるでしょう。教祖が働かなくても金は勝手に入ってくるんですから。

互目がでたらめな推理を述べると、丹波管理官はこう言い返した。

――牟黒一神教が大麻を捌いているって証拠はない。刑事が想像でものを言うな。

宗教に金が入ってくる理由といえば、普通は信者からのお布施を思い浮かべるだろう。なぜ丹波は、すぐに牟黒一神教と大麻を結び付けたのか。

彼らが大麻を売り捌いているというのは、雨貝を動揺させるため、互目が口にしたはったりだ。でも丹波はそれを知っていた。牟黒署の刑事に勝手な真似《まね》をさせるなと、牟黒一神教の幹部から丹波へお達しがあったのではないか。

そう考えてみると、分かりやすい手掛かりがずっと目の前にあった。牟黒一神教の信者は太陽を浴びるために髪を剃り上げている。はげだるまこと丹波管理官は、見惚《みほ》れるようなつるっぱげだ。

「昨夜、〈コリカンチャ〉で臨時の幹部会議が開かれた。福光天道が自らを犠牲にして悪魔から信者を守ったと正式に決まったそうだ。信者の間でも天道への信仰が強まっている。酔って便所で死んだなんて真相を暴いたら、おれたちは管理官に殺される」

「じゃあ事件はどうなるんですか」

互目が声を荒らげると、豆生田も吹っ切れたように声をでかくした。

「迷宮入りに決まってるだろ。天道は悪魔に殺されたんだ！」

死体の中の死体

23日に鹿羽山で首を絞められた女性の遺体が見つかった事件で、女性の体内から子どもの遺体が見つかったことが警察への取材で分かった。女性は妊娠しておらず、見つかった子どもは10歳前後とみられる。

人体の構造に詳しいミステリー作家の袋小路宇立氏（35）は、「女性はかなり体が大きかったのではないか」と話した。


牟黒日報二〇一八年二月二十四日付朝刊より

1

秋葉駿河は寝不足だった。

今週は二カ月に一度のラジオ聴取率調査週間、いわゆるスペシャルウィークである。各局がゲストを呼んだり別番組とコラボしたり家電をプレゼントしたりして聴取率を競い合う、お祭り騒ぎの一週間だ。本日、二月十六日は金曜日。昨日までの四日間も徹夜が続いていたが、今夜は〈下平々の死神ラジオ〉のスペシャル放送があるので絶対に眠るわけにはいかない。寝落ちを防ぐには早く仕事を終わらせて仮眠を取るしかなかった。

秋葉は瞼《まぶた》を擦《こす》ると、目脂《めやに》のついた手で木戸を殴った。

「開けろ」

老人の歯のように住宅と更地が並ぶ北牟黒通りの一角で、その屋敷はひときわくたびれた外観を晒《さら》していた。元の色が分からないほど汚れた壁を蔦《つた》が鬱蒼《うっそう》と這《は》い上がっている。カーテンが引かれ中の様子は分からないが、人間よりも幽霊が多く住んでいそうな雰囲気だった。

「開けねえならドアをぶっ壊すぞ――」

助走をつけて木戸を蹴飛ばそうとして、ふと視線に気づいた。家から五十メートルほど離れた道路から、作業服の兄ちゃんがこちらを見ている。「工事中」と看板が立ててあり、怪獣が散歩したみたいに電信柱が傾いていた。昨年の夏、大型台風の上陸が相次いだせいで、街のあちこちにこんな光景が残っている。これから修復工事をやるのだろう。

「開けてくれないとドアを壊すかもしれませんよ」

あの男に110番通報され、ラジオ電波の入らない留置場に入れられたら本末転倒である。秋葉は口調を改めた。飛び蹴りの代わりに、木戸を殴る音を大きくしていく。板が粘土のようにへこんだところで、ガチャンと音が鳴り、戸が薄く開いた。

「どちら様でしょうか」

女だと気づくのに数秒かかった。身長が一九〇センチくらいあり、胴はドラム缶のように太い。そのくせ顔立ちは不気味なほど整っていた。女子レスラーの図体に西洋人形の頭をくっつけた下手なコラージュのようだ。

「牧場洞子《まきばうろこ》か」

「ええ」

巨体とちぐはぐな、甘く鼻に掛かった声だった。

「須藤英から金を借りただろ」

「ええ」

「借りた金は返さねえとな」

「ええ」

「二十万よこせ」

「ええ」

「聞いてんのか？」

「どちら様でしょうか」

秋葉は女の顔を殴った。女は空足《からあし》を踏んで土間に尻餅をつく。反撃されるかと身構えたが、女は尻を撫《な》でただけだった。

玄関に押し入り、木戸を閉める。これで通報される心配はない。

土間には薄汚れた靴が散らばっていた。戸棚に置かれたペットボトルに干乾《ひから》びた沈丁花《じんちょうげ》が突っ込んである。戸棚の真ん中に置けば良いのに、なぜか左端に置いてあるのが落ち着かない。

「利子だけで許してやる。五万よこせ」

「お金はありません」

女は手を擦り合わせ、上目遣いに秋葉を見た。しぐさに切迫感がない。下手な役者が不幸な女を演じているみたいだ。借金で首が回らなくなった人間には、羞恥心が消し飛び、度を越してずうずうしくなるやつがいる。この女もそのタイプのようだ。

「カードと通帳を出せ。おれが代わりに金を借りてやる」

女はしゃなりと頷《うなず》いて廊下を引き返した。秋葉も土足のまま廊下に上がる。

真っ昼間だというのにリビングは薄暗かった。雑然とした部屋に、若僧が二人。身体の大きいのと小さいのが魂を抜かれたような顔で並んでいる。

契約書によれば、牧場洞子には三人の子どもがいた。長男は二十歳のフリーター、陽太《ようた》。次男は中学一年生の巻生《まきお》だ。もう一人、高校生の娘がいたはずだが、どこかで油を売っているらしい。

「通帳ね、通帳。どこにあったかしら、通帳」

女が机に積まれた請求書や督促状を引っ掻《か》き回す。身振りは仰々しいが、よく見ると同じものを手に取ったり戻したりしているだけだった。ほうぼうで金を借り込んでいるから通帳を見せられないのだろう。

「もう一度だけ言う。カードと通帳をよこせ」

「なくしちゃったみたい。巻生、どこにやったか覚えてる?」

なぜかちっこい方の若僧に声を掛ける。巻生は痩せ細った首をぶんぶん振った。

「陽太は?」

「知るわけないだろ」

でかい方も手を振る。

「すみません、やっぱりなくしちゃったみたいで――」

秋葉は女の髪を摑《つか》んで、頭を食器棚に叩《たた》きつけた。皿やコップや即席麵が降り注ぐ。巻生が「ひゃあっ」と叫んだ。

「こっちは忙しいんだ。金になるもんを出せ。指輪、ネックレス、ブランドバッグ、何でもいい。早くしろ」

女は頰に手を当て「そうねえ」と呟《つぶや》き、戸棚を漁《あさ》り始めた。猿芝居なら付き合っている暇はない。後ろから戸棚を覗《のぞ》こうとしたが、暗すぎて中が見えなかった。壁のスイッチを押したが、カチッと鳴るだけで照明が付かない。

「あら。電球が切れてたんだった」

女は見え透いた嘘《うそ》を重ねる。ブラウスの脇が濡《ぬ》れていた。

「あの、おじさん」

ふいに巻生が口を開いた。握った拳が微《かす》かに震えている。

「何だ」

「お母さんが病気なんです。助けてくれませんか」

女の拳が飛んできて、巻生の頰をぶった。

「子どもは黙ってなさい」

巻生は一メートルくらい吹っ飛んで、壁に腰を打ち付けた。

「病気？　梅毒か？」

「何でもありません」

女はすぐに元の猫撫で声に戻った。額に大粒の汗が浮いている。

この女には何か秘密があるらしい。多額の借金。ちぐはぐな言動。大量の汗。なるほど、そのパターンか。

「おいガキ、お薬はどこだ？」

巻生は目を丸くした。

この少年は母親が注射を打っているのを見て病気だと思い込んだのだろう。そのお薬を売れば十分な金になる。

「母ちゃんの大事なお薬だよ。あるんだろ？」

三人の視線が交錯した。水を打ったような沈黙。

ごくっ、と唾を呑《の》む音が聞こえた。部屋には四人いるが、誰の声でもない。秋葉はとっさに襖《ふすま》を開けた。

「――へ？」

秋葉は目を疑った。顔なじみの少女が和室に突っ立っていた。

「あー、見つかっちゃった」

元占い師で執筆アシスタントの銭ゲバ高校生、歩波が肩をすくめた。

「なんでこんなところにいるんだ」

「そっちがあたしの家に押し入ってきたんですよ」

「ここは牧場の家だろ」

「そうだよ。あたしの名前は牧場真歩《まほ》。まさか神月歩波が本名だと思ってたの？」

それもそうか。

「親の顔が見てみたいと思ってたが、借金まみれのシャブ中とはな」

「やくざに言われたくないですね」

歩波は何食わぬ顔で部屋を出て行こうとする。秋葉は歩波の左腕を摑んだ。

「金を出せ。五万、母ちゃんの代わりだ」

「高校生がそんなお金持ってると思う？」

「持ってるだろ。出さねえなら母ちゃんはシャブばばあって書いたビラを学校にばら撒《ま》くぞ」

「丹波管理官の甥《おい》っ子を死なせたのは赤麻組の組員だって県警に投書しようかな」

歩波がへらへら笑う。思わず腹を蹴ろうとした瞬間、摑んでいた左腕がセーターの袖からすっぽ抜けた。腹から本物の腕が飛び出し、秋葉の頭を叩く。

「はい、アウト。あたしが本気だったら今死んでますよ」

秋葉の手には偽物の腕が残っていた。

こいつが簡単に財布を開く人間でないことは重々承知している。悪ふざけに付き合って〈死神ラジオ〉を聴き逃したら悔やんでも悔やみ切れない。秋葉は名誉の撤退を決めた。

「スペシャルウィークに免じて今日は許してやる。来週までに金を用意しておけ」

「ありがとうございます」

母親がキャバ嬢みたいに腰を折る。

「逃げようなんて考えるなよ。まともな家族に戻りたいならまず借金を返すしかない」

秋葉は捨て台詞《ぜりふ》を吐いて屋敷を後にした。

牧場洞子の遺体が見つかったのは、それからちょうど一週間後のことだった。

2

二月二十三日、午後二時。秋葉は一週間ぶりに北牟黒通りを訪れていた。

二日酔いのせいで頭が痛い。昨夜は久しぶりに飲んだせいで深酔いしてしまい、目を覚ましたのは知らないマンションのバルコニーだった。

吐き気を紛らわそうと街並みを見渡す。七日しか経《た》っていないのに、北牟黒通りは辛気臭さに磨きがかかっていた。

少し考えて、傾いた電信柱がなくなっていることに気づく。修復工事が完了したのだろう。怪奇映画のようないかがわしさがなくなり、ただの寂れた住宅街に戻っている。

路肩のゴミ置き場には古いテレビや電子レンジが捨ててあった。近くで年寄りが死んだのか、あるいは——借金取りにとって最悪の可能性が頭をよぎる。

足早に道を歩いて、牧場家の敷地に入った。一週間前に殴った木戸がそのままへこんでいる。

「開けろ」

木戸を叩いたが、返事はなかった。金が用意できず居留守を使っているのか、本当に誰もいないのか。

「いるんだろ。さっさと開けろ――」

ふいに酔いが引っ込んだ。

葉の擦れる音が聞こえる。玄関の左手、壁とフェンスの間から人影が伸びていた。

「歩波？」

影がびくんと揺れた。

前庭を横切り、壁とフェンスの隙間を覗く。

「――へ？」

秋葉はまたも目を疑った。

「うふふ。ぼくでした」

頭を掻きながら青森山太郎が出てきた。この家に来るたびに予想外の人間と出会う。質《たち》の悪いびっくり箱だ。

「何してんだ。女子高生と逢引《あいび》きか？」

「違いますよ。そっちこそパパ活ですか？」

秋葉は歩波の母親から借金を取り立てに来たことを説明した。

「なるほど。実はぼくも歩波さんを探しに来たんです」

「毎日会ってるんじゃねえのか」

「月曜日から連絡が付かなくなっちゃったんですよ。来週の金曜日までに犯人当ての解決編を書かなきゃいけないのに。途方に暮れてたら、ふと歩波さんが契約書を作ってたのを思い出しまして。知り合いの編集さんに読んでもらうと、案の定、住所が書いてありました。その家に来てみたら、突然、やくざが乗り込んできたってわけです」

予感が確信に変わった。やはり歩波たちは一家で夜逃げしたのだ。ゴミ置き場にあった家電は、身を軽くするために捨てたものだろう。

青森はふいに頭を掻く手を止めると、

「借金取りってある意味、人探しのプロですよね。一緒に歩波さんを探してくれませんか」

ありがたそうに秋葉の手を握った。

「探偵ごっこの次は借金取りごっこか」

「歩波さんが見つかれば何でも良いです。まずはどうしますか?」

「家の中を調べる。行き先を知る手掛かりがあるかもしれない」

秋葉は木戸や窓に錠が掛かっているのを確かめてから、大きめの石を持ち上げ、リビングのガラス戸に投げつけた。毛細血管みたいな罅《ひび》が浮かぶ。同じところに投擲《とうてき》を繰り返すと、五回目でガラスが砕けた。隙間に腕を突っ込んでクレセント錠の把手《とって》を下ろし、ガラス戸とカーテンを同時に開ける。

家はもぬけの殻だった。

意外にも家具や家電はそのままだったが、机に積み上がっていた請求書や督促状がすべてなくなっていた。身元の特定につながる書類を処分し、着の身着のままで出て行ったようだ。

家の中には静寂が満ちていた。キッチンの換気扇が唸り続けているのを除けば、物音ひとつ聞こえてこない。すべての部屋を見て回ったが、住人はもちろん、行き先につながる手掛かりも見つからなかった。

「次はどうします?」

「知り合いのふりをして、近くの住民に話を聞く」

「なるほど。情報収集ですね」

示し合わせたように、インターホンのチャイムが響いた。よその借金取りだろうか。

「お隣りさんかな」

青森が廊下を抜けて玄関へ下りた。秋葉も後に続く。戸棚の上では沈丁花の影が細く伸びていた。

「どちらさんでしょうか」

青森が錠を外す。木戸が開き、鼻先に銃口が飛び出した。

「――へ?」

秋葉はまたしても目を疑った。

「なんであなたたちがいるんです」

デバネズミによく似た巡査が、幽霊でも見たような顔で言った。

「ぼくは行方知れずのアシスタントを探しに。こっちのやくざは借金を取り立てに来たんです」

青森は銃口を避けて壁に背をつけた。「お巡《まわ》りさんは?」

「事件の捜査ですよ」

デバネズミは周囲に人目がないのを確認して、声を一段低くした。

「鹿羽山で、この家に住んでいた牧場洞子の死体が見つかったんです」


県警本部の捜査員が押し寄せてくるというので、秋葉と青森は〈破門屋〉の座敷で互目からの連絡を待つことにした。

「歩波さんがいっぱいお金を稼いでたのは、家族の借金を返すためだったのかな」

秋葉が一週間前の出来事を説明すると、青森はそう言って瞼を擦った。借金取りに追われてきた者同士、親近感が湧いたのかもしれない。

午前二時。無駄話も底をつき、表の道路で酔っ払いが鼾《いびき》を掻き始めた頃、デバネズミ巡査が座敷に顔を出した。

「お前は呼んでねえぞ」

「互目さんは動けないので、わたしが代打で来ました」

互目は牟黒一神教の事件で真相を隠そうとしたのがばれ、監察部に目を付けられているらしい。ここでやくざと密会したら自分から網に掛かりにいくようなものだ。ネタを隠したくらいで何を今さらという気もするが、警察も一枚岩ではないのだろう。

「捜査は捗《はかど》ってんのか」

「ええ。さっそく新情報があります。死体の数が増えました」

「まさか、牧場真歩が?」

「いいえ。弟の巻生です。どこから死体が出てきたと思います?」デバネズミは一呼吸おいて、「母親の中です」


発端は半日前に遡る。二十三日の午前十時ごろ、鹿羽山で山菜採りをしていた六十代の男性が、崖の下に人が落ちているのを見つけ110番通報した。


遺体は大柄な女性だった。死後三日から五日が経過しており、死因は紐《ひも》状のもので首を絞められたことによる窒息死。凶器は見つかっていない。絞殺《こうさつ》による索状痕《さくじょうこん》とは別に、胸から下腹部にかけての皮膚が裂かれ、糸で縫い付けたような痕があった。

「手術を受けたってことか?」

「そんなまともなもんじゃありません。糸は手芸に使うようなナイロン糸で、縫い目もぐちゃぐちゃでした。傷口が化膿していないことから、腹は死後に裂かれたものとみられます。解剖医が糸を抜いて腹を開けると、内臓がなく、代わりに少年の死体が入っていました」


身元の特定には時間がかかると思われたが、指紋がデータベースの記録と一致したことで、女の遺体は北牟黒区在住の牧場洞子と判明。さらに鹿羽市に住む親戚に写真を見せた結果、腹に入っていたのは次男の巻生と判明した。

「巻生は中学一年生。洞子には三人の子どもがいましたが、いずれも十年前に死別した夫の連れ子で、血縁はありません。長男の陽太と長女の真歩は現在も行方不明です」

「赤ん坊ならともかく、中学生の身体《からだ》がお腹《なか》に入ります？」

青森はしきりに自分の腹を撫で回している。

デバネズミはブリーフケースを開け、L判の写真をコピーした紙を取り出した。昨年の春、小学校の卒業式で撮られた写真だという。

「ちっこいのが巻生、でかいのが洞子です」

巻生は同級生と比べてもかなり小柄で、隣りの洞子が巨人のように見えた。これなら腹にすっぽり入りそうだ。洞子の顔は岸壁のようにごつごつしていて、現在とは別人のようだった。

「洞子は先端巨大症でした。下垂体前葉の異常で、成長ホルモンが過剰に分泌されてしまう病気です。一年前には牟黒病院の美容整形外科で顔を弄《いじ》ってますから、容姿がコンプレックスだったんだと思います」

初めに対面したとき、女子レスラーと西洋人形のコラージュみたいだと思ったが、当たらずとも遠からずだったようだ。

「三十年くらい前に妊婦さんのお腹に電話機が突っ込まれる事件がありましたが、人間が突っ込まれたのは前代未聞です。犯人はただ死体を損壊したかったんじゃなく、死体を使って何かを表そうとしたように見えます」

「妊婦と胎児に見立てたんだろうか」

「まだ説明は終わってませんよ」デバネズミが声をでかくする。「巻生の胃腸を開いてみると、中から溶解した臓器のようなものが見つかりました。DNA型を照合した結果、この臓器は洞子のものと分かりました」

言葉の意味が分からなくなった。青森も狐《きつね》に首を絞められたような顔をしている。

「お母さんの死体のお腹に息子の死体が入っていて、その息子のお腹にお母さんの一部が入っていたってことですか」

デバネズミが頷く。まるでマトリョーシカだ。

「ありとあらゆる他殺体を見てきましたが、まさかこんな死体があるとは思いませんでした」

「洞子さんの指紋が警察のデータベースに記録されてたってことは、彼女には前科があったんでしょうか」

青森が首の皮を摘んで尋ねる。推理の取っ掛かりを探しているようだ。

「二十年前に覚醒剤取締法違反で捕まってます。尻に覚醒剤を入れたまま空港を出ようとして、税関の検査に引っ掛かったとか。タイのクラブで親しくなった男に頼まれたそうです」

あれだけ目立つ風体で密輸を働くとは、大した度胸だ。

「ちなみに洞子の死体からも覚醒剤の陽性反応が出ています。最近も売人から買っていたようですね」

「覚醒剤を打って錯乱した洞子さんが、息子に内臓を食わせ、死体を自分の腹に入れた、というのはどうですか」

「さっきも言った通り、洞子の腹の傷には生活反応がありませんでした。死後に腹を裂いた人物がいないと説明がつきません」

「うーん、そうかあ」

青森は外れそうなほど首を捻《ひね》った。

「誰か一人のしわざだと考えるから無理が出るんじゃねえか」

秋葉も閃《ひらめ》きを口にした。デバネズミと青森が期待の薄そうな目を向ける。

「まず洞子が借金を苦に自殺した。それを見た巻生の気が変になって、母親の内臓を食べて死んだ。二人の死体を見つけた陽太か真歩が、離れて旅立つのは不憫《ふびん》だと思って、母親の腹に弟を押し込んだ」

「不憫に思ったのに崖の下に捨てたんですか?」

「供養のやり方は人それぞれだからな」

「ないですね。洞子の首には二種類の索状痕がありました。一つは皮下出血を伴う死亡時のもの、もう一つは皮下出血のない死後にできたものです。洞子が自殺だとしたら二つ目の索状痕の説明がつきません。誰かが洞子を絞め殺した後、本当に死んでいるか不安になって、もう一度首を絞めたんです。これは間違いなく殺人ですよ」

「巻生くんも同じですか?」と青森。

「いいえ。死因は同じ窒息死ですけど、巻生の首には索状痕がありませんでした。換気のできない部屋に閉じ込められたか、身体を袋に入れられて窒息させられたようですね」

その違いが何を意味するのか、まるで見当がつかない。

「要するに、犯人は洞子さんを殺し、腹を開いて臓器を掻き出し、それを巻生くんに食べさせてから、その巻生くんを殺し、洞子さんの腹に入れ、裂け目を縫ったということですね。おかしくなりそうです」

「捜査本部も五里霧中です。犯人がなぜこんなことをしたのか分からなければ、行方不明の二人を見つけるのも難しいでしょうね」

デバネズミがもったいぶった言い方をする。

「言われなくても分かってますよ。今回は金をくれとは言いません。ぼくが締め切りまでに真歩さんを見つけ出してみせますよ」

青森は鼻息を荒らげて勇ましいことを言った。

3

「巻生とは喋《しゃべ》ったことないっすね」

にきびまみれの鹿角《かづの》はそう言ってバニラシェイクを啜《すす》った。便所ブラシのような髪型の荏原《えばら》が頷きを返す。

「同類と思われたら終わりなんで、つるまないようにしてました。いつも一人で本を読んでるんですよ。後ろの席から覗いたら、危なそうな本を読んでたんです。『腸とＪＫ』って言うんですけど、やばくないすか？」

にきび顔の鹿角もクラスの最下層にしか見えないが、その彼がこれだけ扱き下ろすということは、巻生はピラミッドにも入らない賤民《せんみん》扱いだったようだ。

牟黒中学校の生徒は半分が徒歩で帰宅し、半分は牟黒駅からバスや鉄道に乗り込む。学校の周りをうろついて教職員に見つかると面倒なので、秋葉たちは牟黒駅の構内で生徒を待ち伏せした。

「きみの印象はどう？」

青森がポテトをつまみながら、便所ブラシの荏原に水を向ける。秋葉が「願いを一つ叶《かな》えてやる」と沼の主みたいなことを言うと、少年たちはまんまと彼についてきた。駅前交番の巡査の目を気にしながら、秋葉たちはハンバーガーショップに入った。

「入学した頃からずっと具合が悪そうでしたよ。授業中に保健室へ行ったきり戻ってこないこともざらでした」

「夏休み明けに久しぶりに会ったら、ガリガリになっててびっくりしたな」

「死ぬんじゃねえかって話してたら、本当に学校に来なくなっちゃうんだもん」

少年たちは腹を抱えて笑った。

巻生に持病があったとは聞いていない。母親と違って、覚醒剤の陽性反応も出ていないはずだ。教室になじめないことによる精神的な不調か、他に原因があったのだろうか。

「巻生がトラブルに巻き込まれてたって話は知らないかな」

犯人の動機は不明だが、洞子と巻生に何らかの屈折した感情を抱いていたのは間違いない。事件前に二人と接点を持っていたのは確かだ。

「知らないっすね。学校以外のことは分かりませんけど」

「おれもです。人に自分の話をするやつじゃなかったんで」

二人の少年は屈託なく答える。

「なんでそんなに浮いちゃってたの？」

青森が気の毒そうに背中を丸める。

「なんででしょうねぇ」

にきびの鹿角が唇についたバニラを舐《な》め、「あっ」と椅子を叩いた。

「入学してすぐのことなんですけど。サッカー部に標葉《しねば》っていう、人に渾名《あだな》を付けんのが得意なやつがいるんですよ。そいつが巻生と母ちゃんがコンビニで買い物してんのを見かけて、マザー牧場って渾名を付けたんです」

便所ブラシの荏原が、ぷふっ、と唾を飛ばす。

「巻生はしばらく無視してたんすけど、二、三日目に突然ぶち切れたんですよね。顔を真っ赤にして、聞き取れないような声で叫んで。赤ん坊が駄々を捏《こ》ねるような感じでした。それで何となく、あいつはやばいっていう空気ができちゃったんだと思います」

あの写真の軟弱そうな少年が激怒するとは、マザコン呼ばわりされたのがよほど悔しかったのだろうか。

質問が途切れたところで、便所ブラシの荏原が背筋を伸ばして言った。

「おじさんたち、願いを叶えてくれるんですよね。体育の肉倉《ししくら》って教師がすげえむかつくんですけど」

「準備体操もできねえ身体にしてやるよ」

秋葉が適当に答えると、二人の少年は目を輝かせてガッツポーズをした。

「気を付けてくださいね。あいつ、平気で人をぶん殴りますから」

「前に変なおばさんが教室を覗こうとしたときも、手加減なしでおばさんを半殺しにしたんです」

力自慢の教師にお灸《きゅう》を据えるくらい朝飯前だ。盗難車で撥《は》ねてやればいい。

「やくざ舐めんなよ」

「それ、いつのこと？」

青森が口を挟んだ。

「へ？」

「だから、変なおばさんが教室を覗こうとしたのっていつのこと？」

二人の少年が顔を見合わせる。電車がホームに到着する音が聞こえ、テーブルがカタカタ揺れた。

「去年の五月くらいですかねえ」

「どんな人だった？」

「んん……」茫原が首を傾《かし》げると、くせ毛がゆらゆら揺れた。「とにかく図体がでかかったですね。肉倉が小さく見えるくらい。怪獣みたいでした」

「きみたちのクラスを覗いてたってことは、そこに巻生くんもいたんだよね？」

「いたと思いますよ」

「そのおばさんが巻生くんのお母さんだった可能性は？」

「ないです。標葉が気づくはずですから」

青森は眼鏡を押し上げ、レンズを秋葉に向けた。

「巻生くんの死んだお父さんは、巨大愛好者《マクロフィリア》だったのかもしれない」

「は？」

「巻生くんの実のお母さんが、巻生くんに会いに来たんだよ」

4

「カタギじゃなさそうな人を見かけることも多かったですよ。あなたみたいにね」

真っ黒に日焼けしたおっさんが、秋葉の胸の刺青《いれずみ》に目を留めて言った。そういう自分もスラム街のボスみたいな風貌をしている。大河内太《おおこうちふとし》、四十歳。大手人材サービス企業でトップの営業成績を収めた後、なぜか牟黒市へ拠点を移し、セミナー講師として東北各地を飛び回っているという変人である。

「いや失礼。大学にこんな筋っぽい方がいるとは思わなかったもので」

ツルツルに磨いた歯が白く光った。青森が「いえ」と頭を掻く。

肩書きが作家とやくざではドアも開けてもらえないので、青森は鹿羽学院大学犯罪学部の教授、秋葉はその用心棒と名乗っていた。

「引っ越してきた頃はよく挨拶してたんですけどね。去年の五月だったかな、金を貸してくれって急に頭を下げられたんですよ」

牧場家の隣人は人目を憚《はばか》るように声を潜めたが、表情は誇らしげだった。

「貸したんですか」

「断わりましたよ。慈善家じゃないですから。後で聞いた話だと、うち以外でもあちこちで頭を下げてたみたいです。その頃から怪しい風貌の人たちがうろつくようになって、めっきり姿を見なくなりました。窓はいつもカーテンが引かれてますし、物音も聞こえてこないので、夜逃げしたのかと思ってたくらいです」

借金取りに見つからないよう、息を潜めて暮らしていたのだろう。大河内は太い指でブラインドを広げ、隣家に目を向けた。

「お子さんがいらっしゃるんですね。学年はおいくつですか?」

青森が大河内家の庭を見て言う。ハムスターでも死んだのか、土に小枝を刺した可愛らしい墓が並んでいた。実は行方不明の二人が埋まっていたりして——というのは妄想が過ぎるか。

「春から五年生になります。付き合いがなかったとはいえショックを受けてますよ。早く犯人を突き止めて、のろまな警察に教えてやってください」

青森はもっともらしく表情を引き締め、

「妙なことを伺いますが、怪獣みたいな女性がうろついているのを見たことはありませんか？」

「怪獣みたいな女性」大河内は顎髭《あごひげ》を撫で、「いやあ。記憶にないですね」ハリウッド俳優みたいに肩をすくめた。

学校に現れた女性が巻生を探していたとすれば、彼を追って家までやってきた可能性がある。隣人の目撃証言に期待したのだが、そううまくは行かないようだ。

「もういいですかね？　六時からウロボロスの社長と会食の予定なので」

大河内は聞いたことのない会社の名を口にして、電動式のアンティーク時計を見上げた。針は五時を指している。

「あと一つだけ。怪獣に似てなくてもいいんで、記憶に残っている不審者はいませんか」

「いませんよ。お隣りさんをずっと監視してたわけじゃないですから。一日から十五日までは家族でフィンランドに行ってたんで、その間に不審者が来ていてもぼくらは分かりませんし」

秋葉が借金の取り立てに来たのが十六日だから、その前日に帰国したということか。

「お子さんは小学生でしたよね？」

「ええ。学校は休ませました。十歳の冬は今だけですから」

金持ちはやることが違う。

ふと玄関の奥を見ると、背の高い台座に大きな水槽が鎮座していた。値の張りそうなライトやヒーターが備わっているが、肝心の中身は空っぽだ。すぐに金を使い、すぐに飽きるタイプなのだろう。

「もういいですね？　わたしの仕事は信頼がすべてです。遅刻は許されないんですよ」

「ご協力ありがとうございました」

青森がしおらしく頭を下げる。大河内はCMみたいな愛想笑いを浮かべてドアを閉めた。

「無駄足だったな」

「一つ良い知らせがありますよ。玄関のアンティーク時計は時間が遅れてました」

青森はにやにやしながらスマホを取り出した。表示時刻は19：15。気づけばすっかり日が暮れている。

「あのおじさん、取引先を一つ失いましたね」

＊

「防犯カメラに殺しの瞬間が写っていました」

午後十時。デバネズミから「新情報がある」と連絡を受け、秋葉と青森は二日連続で〈破門屋〉を訪れた。

「牟黒病院の駐車場です。犯人の姿もばっちり写ってます」

デバネズミはブリーフケースからA４紙の束を取り出した。モノクロ写真が紙芝居のように印刷されている。紙を捲《めく》っていくと、夜の駐車場の隅に一台のミニバンが停まった。

「盗難車です」

ライトが消え、運転席から人が降りる。両手にロープのようなものを握っていた。キャップを目深に被り、丈の長いレインコートで大きな身体を覆っている。

不審者は辺りを見回しながら、車の後ろへ向かった。電灯に近づいた瞬間、後ろ姿が暗闇に浮かび上がる。ウェーブした髪が肩にかかっていた。

「女性ですね」

青森が呟き、デバネズミも頷いた。

不審者はトランクを開けると、何やら太いものにロープを巻き付け、左右に引いた。静止画のように姿勢を変えず、ロープを絞め続ける。荒い息遣いが聞こえてきそうだ。

「ここまで約二分です」

不審者はそこでロープから手を離すと、トランクを閉め、運転席へ戻った。ヘッドライトが灯《とも》り、ミニバンが駐車場を出て行く。

「録画時刻は二月十九日の午後十一時十五分から十八分にかけて。トランクの中ははっきり見えませんが、大柄な女性が首を絞めているように見えます」

秋葉は青森と視線を交わし、

「気が合うな。実はおれたちもでかい女を追ってたんだ」

牟黒中学校の教室を覗いた女について説明した。

「なるほど。巻生の実の母親ですか」

デバネズミは紙束を捲り、電灯に照らされた女の後ろ姿に目を凝らした。

「彼女は教師に殴られた後も、懲りずに息子に会いに行き、自分が実の母であることを明かした。巻生は自らの出生の秘密に驚き、戸惑い、憤った。借金まみれのシャブ中でも母親なら仕方ないと諦めていたのに、その女と血縁がないことが分かってしまったのだ。そして――」

言葉が続かなかった。なぜあの奇天烈《きてれつ》な死体が生まれたか？　肝心なところの説明がつかない。

「質問なんですけど」

青森が写真を手に取った。

「この女の人が犯人で、トランクに入ってたのが洞子さんだったとします。犯人はなぜ病院の駐車場で洞子さんを殺したんでしょうか」

「別にどこでも良かったんじゃないですか」

「だったら人目のない鹿羽山へ行ってから殺した方が安全です。現に防犯カメラに写っちゃったわけですし。他に病院へ来る用事があったのなら分かりますが、洞子さんの首を絞め終えるとすぐに出て行ってしまいます」

「犯人は防犯カメラがあるのを知っていて、わざと駐車場に来たってことですか」

「はい。殺害現場を誤認させるため、意図的に防犯カメラに写ったんじゃないでしょうか」

洞子の首には二種類の索状痕があったという。一つは殺害時のもの、もう一つは死後に付けられたものだ。犯人が駐車場で首を絞めたのが演技なら、二つ目の痕にも説明がつく。

「犯人は警察を騙《だま》そうとしたんですね」

「巻生の実母の消息は分かってるんですか?」

「もちろん」デバネズミが手帳を捲る。「蛭田万里《ひるたまり》、五十歳。鹿羽市の北の伊貝市《いがい》に住んでます。二年前に二十歳過ぎの男と再婚して、今は旦那の会社を手伝ってるとか」

「えらい年の差ですね。まともな会社ですか?」

「さあ。オンラインのリサイクルショップを運営している、ウロボロスとかいう会社です」

5

屋根の上で阿呆鳥《あほうどり》がダンスを踊っている。金属を引っ掻いたような啼《な》き声がうるさい。

株式会社ウロボロスの事務所は、伊貝湾の湾頭に並んだ倉庫の一角にあった。赤いのぼり旗に「ぼろを売るならウロボロス」とある。壁には尾を噛《か》んで丸くなった蛇のイラストが描いてあった。

「すみません。社長はアポのない方とはお会いできないもので」

窓口を訪ねると、エプロン姿の兄ちゃんが赤い目を擦っていた。襟足が長く、耳が穴だらけだ。安いギターでも弾いて女をたぶらかしているのだろう。

「お見積りでしたらこちらで承りますが」

「社長が駄目なら社長の女を出せ」

「専務ですね。アポは?」

「ねえよ」

「まずアポを取ってください」

「電話番号を教えろ」

「ご面識のある方にだけお伝えしてましてして」

「尻に阿呆鳥を突っ込んでやろうか？」

闊達《かったつ》な意見交換の末、兄ちゃんが事務室から電話の子機を持ってきた。

「社長とつながってます」

青森が子機を受け取った。

「もしもし。いえ、やくざじゃありません。鹿羽学院大学犯罪学部の者です。社長の蛭田永人《えいと》さんですか？」

秋葉も耳を近づけた。車の運転中らしく、対向車の走行音が聞こえる。

「うちは悪事とは無縁ですよ。何の用ですか」

口調こそ丁寧だが、迫力のある声だった。よく似た声をどこかで聞いた気がする。元組員だろうか。

「鹿羽山で親子の死体が見つかった件です。奥さんの万里さんが、被害者の牧場巻生くんを追い回していたようなんです。ご存じでしたか？」

「万里は関係ないですよ」

「質問に答えてください」

蛭田は数秒黙り込んで、

「まあね。気づいてはいましたよ」

「二月十九日——先週の月曜日の午後十一時ごろ、万里さんはどこにいましたか」

「家で寝てたと思いますけど」

「蛭田さんは殺された牧場洞子さんとご面識は?」

「あります。おれから近づいたんじゃありませんよ。あの女が仕事を頼んできたんです。使わなくなったベビーカーやベッドを売りたいってね。おれが買い取りに行ったんですけど、後で顧客台帳を見た万里が、前の旦那の家だって気づいたんです」

それをきっかけに生き別れた子どもたちへの思いが堪《こら》え切れなくなり、息子を一目見ようと学校へ押しかけてしまったのだろう。

「洞子さんに会ったとき、何か気づいたことはありませんか」

「もう一年以上前ですからね。よく覚えてませんけど、生活が苦しそうだとは思いましたよ。電気は停まってるし、子どもたちも痩せてて可哀《かわい》そうでした。あの人、シャブで金を溶かしちゃったんでしょ」

蛭田は洞子を非難するときだけ饒舌《じょうぜつ》になった。

「万里さんから話を聞きたいんですが、どちらにいらっしゃいますか」

「家にいると思いますよ」

蛭田が自宅への道順を説明する。事務所から三百メートルほどの距離だった。

「秋葉さん、ようやく謎が解けました」

　蛭田の家へ向かう道すがら、青森が言った。

「犯人が分かったのか？」

「はい」

「死体に死体を入れた理由も？」

「もちろんです。十中八九、犯人はこれから向かう家にいます。極めて独善的かつ暴力的な人物なので、危険な目に遭うかもしれません」

「それなら大丈夫だ」秋葉はジャケットから拳銃を取り出した。「いざとなったら撃ち殺す」

「それは最悪の場合です。家から人が出てきたら、ぼくが犯人かどうかを見定める質問をします。犯人だと分かったら、秋葉さんが取り押さえてください」

「何か合図を決めてくれ」

「こうしましょう」青森は親指を上に向けた。「これが、当たりだ！　捕まえろ！　のサイン」続けて親指を下に向ける。「これが、外れだ！　手を出すな！　のサイン」

「それじゃ相手にばればれじゃねえか。合図は自分たちだけ分かるから意味があるんだろ」

「じゃあこれでどうですか」青森は親指を横に倒した。「右に曲げたら当たり！　左に曲げたら外れ！」

「ついでに、死ね！　も決めておこう」

「じゃあ、右に曲げたら前向きなサインってことで。当たり！　よくやった！　最高！　は全部これです。左に曲げたら逆なので、外れ！　ふざけんな！　最悪！　やってられるか！　死ね！になります」

「万能だな」

青森がさっそく指を曲げようとしたところで、目的の家が見えた。エーゲ海から運んできたような白い壁が目立っている。ガレージにはテカテカしたベンツが停まっていた。ずいぶん羽振りが良いらしい。

インターホンを鳴らして来意を告げると、

「中に入ってお待ちください」

スピーカーから女の声が聞こえた。アルミ製のゲートが音もなく持ち上がる。秋葉と青森は前庭を抜けて玄関へ向かった。

「それにしても、なんで蛭田の家に犯人がいるんだ？」

「秋葉さんも見れば分かりますよ。ほら」

青森が敷石から目を上げる。錠を外す音がして、玄関のドアが開いた。

「――へ？」

秋葉は目を疑った。

ドラム缶のように太い身体。不気味なほど整った顔立ち。女子レスラーの図体に西洋人形の頭をくっつけたような、異様な風貌。

死んだはずの牧場洞子とそっくりな女がドアハンドルを握っていた。

そんな馬鹿な。牧場洞子と蛭田万里は双子だったのか？

「違うよ」思考を読んだかのように囁《ささや》くと、青森は女に向き直った。「付かぬことを伺いますが、牧場洞子さんの家が薄暗かったのはなぜですか？」

「わたしを知ってるんですね」

女が答える。右手に杖《つえ》のような棒を握っていた。

「質問に答えてください」

「それは――わたしにはなぜか分かりません」

青森はくるりと振り向いて、親指を左に向けた。これは手を出すな、だろうか。秋葉から見ると左だが、青森から見たら右だ。どっちの意味か分からない。

「口で言え。どっちだ」

ふいに女が棒を持ち上げ、青森の首の裏を突いた。バチンと乾いた音が鳴り、青森が膝をついて倒れる。

「おい、どうした」

女が再び棒を振り上げる。先っちょにコンセントみたいな突起が並んでいた。電気鞭《むち》だ。

秋葉は慌てて踵《きびす》を返した。気づかないうちにゲートが下りている。嵌《は》められたのだ。

とっさにジャケットに手を入れたそのとき、首の裏に五寸釘《くぎ》を打たれたような激痛が走った。

＊

遠くで阿呆鳥の啼く声が聞こえる。

首の裏がひりひりと痛んでいた。背中と尻が冷たい。瞼を開くと薄暗かった。天井から微かに月光が射《さ》しているが、他に明かりはない。真夏のゴミ集積所のようなのっぴきならない臭いが漂っている。

秋葉は鉄格子に囲われていた。ここは檻《おり》の中らしい。

周囲を見回すと、青森の他にもう一人、下着姿の男が倒れていた。眼窩《がんか》が窪《くぼ》み、無精髭が削《そ》げた頬を覆っている。見知らぬ顔だ。腕を取ると、針を刺したような痕がいくつも並んでいた。肌は氷のように冷たい。死んでいる。

隣りで仰向《あおむ》けになった男の頬を叩く。こちらは体温があった。二度、三度と頬を叩くと、青森はぶつぶつ言いながら目を開いた。

「ここ、どこ?」

ふいに起き上がって、きょろきょろと辺りを見回す。

「阿呆鳥が啼いてるから、ウロボロスの倉庫のどこかだろう。さっきの女に閉じ込められたんだ」

「思い出しました。秋葉さん、どうして取り押さえてくれなかったんですか。せっかく右のサインを出したのに」

「おれからは左に見えたぞ」

「ははあ。それじゃサインを出す側から見て判断することにしましょう」

「もう手遅れだけどな」

がらがらと重い物を引く音が聞こえた。照明がこちらを照らす。とっさにジャケットを探ったが、拳銃は抜き取られていた。

「犬どもが起きたよ！　万里ちゃん！」

倉庫の扉が開いて、若い男が中に入ってきた。左手の懐中電灯で檻を照らしている。牧場洞子の借金を取り立てに行ったとき、家にいた若僧のでかい方だった。

「陽太じゃねえか。こんなところで何してる」

「黙れ、馬鹿犬」

「犬がどこにいるんだ？」

「あんたたちのことだよ。人の家でキャンキャン吠《ほ》えやがって」

男の後ろから、洞子そっくりの女が現れた。ステーキでも食うみたいに両手に一本ずつ電気鞭を握っている。

「ぼくたちは閉じ込められたんでしょうか？」

青森が手を挙げて尋ねる。

「閉じ込めてあげたんだよ。ここは犬ころの矯正施設だ。ろくに躾《しつけ》を守れない非常識で社会不適合な人間以下のけだものを教育してやんの」

「いつになったら出られるんだ?」

女は右の鞭で秋葉の頭を殴ると、引っくり返った秋葉の喉へ左の鞭を突っ込んだ。眼前を火花が飛び交う。食道に熱湯を流し込まれたような感覚だった。

「出られるわけないだろ! けだものの分際で人の邪魔をしやがって。いくら慰謝料を積んでも床を舐めても死ぬまで絶対に許さないよ」

「何やってんの?」

耳なじみのある声が響いた。開いたままの扉から少女が入ってくる。歩波は檻の前で足を止め、顔を引き攣《つ》らせた。

「なんであんたたちがいんのよ」

「あんた、こいつらの知り合いなの?」

鞭を持った女が笑みとも憤りともつかぬ顔をする。歩波ははっと口を開いて、左右に首を振った。

「違います」

「歩波さん。そりゃないよ。一緒に謎解きしたじゃない」

青森が鉄格子にしがみつく。

「あんたの知り合いはろくなのがいないね。金を稼ぐ以外に何の才能もないから、まともな友だちができないんだ。あんたはこの家の疫病神だよ」

「一ついいかな」秋葉は歩波を見上げ、口に溜《た》まった血を吐いた。「これは想像なんだが、お前はこの二人に金を毟り取られてるんじゃねえか」

歩波は身動《みじろ》ぎもせず凍り付いている。

「娘を金蔓《かねづる》としか思ってないような家族とは縁を切った方がいいぜ」

「万里ちゃん、こいつを黙らせて」

男が叫んで、女が電気鞭を振り下ろした。背骨が折れたような激痛が走る。歯を食いしばってそれに耐えた。

「人間どこでもそれなりにやっていける。保険屋からやくざになったおれが言うんだから間違いない」

「犬が喋るな！」

銃声が轟《とどろ》いた。顔から数センチのところでコンクリートが弾《はじ》ける。

「もういいよ」歩波が言って、鞭を持った女に手を差し出した。「あたしがとどめを刺す」

女は「そう」と気のない声を出し、鞭を一つ渡した。男が拳銃を下ろす。歩波は右手で鞭を握り、鉄格子の前に立った。

「一人四百万。二人合わせて八百万でどうですか？」

青森が、ひゅう、と口笛を吹く。

「随分ふっかけるんだな」

「やめときますか？」

「おれがまとめて払ってやる」秋葉は見栄を張った。「切りが悪いから一千万でいい」

歩波がにやりと笑う。檻に背を向けると、ぽんと肩でも叩くように、鞭で男の首を打った。男が倒れ、拳銃が床を滑る。歩波はそれに手を伸ばした。

「死ね、疫病神！」

歩波が拳銃を拾う寸前、女が左腕に鞭を振るった。バチンと鋭い音が鳴る。歩波は床に蹲《うずくま》った。

「死ね！　死ね！　死ね！」

二度、三度と鞭を振るう。

「や、やめて――」

歩波がくるんと回転する。腹の辺りから生えた腕が女に拳銃を向けていた。

「なんつって」

女がぽかんと口を開き、空足を踏んで尻餅をつく。歩波はすっくと立ち上がると、鞭で女の胸を突いた。

気づいたときには、男と女が床で泡を吹いていた。

青森の目が鉄格子ごしに歩波を追いかける。

「だ、大丈夫？」

「大丈夫です。馬鹿を騙すのは得意なんで」

歩波は左腕を外し、セーターの袖から本物の腕を出した。男のブルゾンをまさぐり、ポケットから鍵を取り出す。

檻の南京錠が外れると、秋葉と青森は見知らぬ男の遺体を跨《また》いで檻を出た。

「何がどうなってんだ。早く説明してくれ」

「その前に警察を呼ばないと。あと一つ、歩波さんに頼みたいことがあって」

青森は月明かりに手をかざし、眩《まぶ》しそうに歩波を振り返った。

「実は締め切りまで時間がないんだ」

6

三月二日、午後九時。無事に原稿が仕上がったと聞いて、秋葉はすぐに青森を〈破門屋〉へ呼び出した。

「お前だけ得してる気がするんだが、気のせいか?」

「お前は一円も払うことなくアシスタントと再会を果たした。おれは一千万を取られた挙句、洞子の借金も回収できず終い。大損じゃねえか」

「お金が欲しいなら執筆アシスタントをやりますか?」

秋葉は青森の膝を蹴った。

この五日間で捜査は大きく進んでいた。

匿名の通報を受けた伊貝署の巡査が株式会社ウロボロスの倉庫へ立ち入り、意識を失った蛭田夫妻と、檻の中で倒れた男の遺体を発見した。

遺体は洞子の長男、陽太と確認された。爪を剝がしたり針を刺したりといった虐待の形跡があり、弟の巻生と同様、胃腸から母親の臓器が見つかった。

鹿羽山の山林では長女の真歩の遺体が見つかった。死後二週間以上が経過しており、一家の中でもっとも早く死亡していたことになる。こちらの胃腸からは何も見つかっていない。死因は栄養失調による衰弱死だったが、繰り返し性的暴行を受けたとみられる形跡が残っていた。

こうして牧場家の四人の遺体が揃《そろ》ったのである。

「お前はいつから真相に気づいてたんだ？」

「確信を持ったのはウロボロスの蛭田社長と電話で話したときですね。真相の輪郭が見えたのは、前の日に牧場家の隣りの大河内さんに話を聞いたときです」

青森はきんきんの生ビールを飲むような顔で、ぬるくて泡の抜けたビールを飲み干した。

「あいつは事件と関係ねえだろ」

「はい。ただ大河内さんの家を訪ねたおかげで、洞子さんたちが重大な犯罪に巻き込まれた可能性に気づいたんです。

二月十六日に秋葉さんが借金を取り立てに行ったとき、牧場家の中は薄暗かった。秋葉さんが壁のスイッチを押しても照明は点《つ》かず、それを見た洞子さんは電球が切れたのを忘れていたようなふりをした——そうですね」

「ああ」

「この洞子さんの言動は明らかに嘘です。借金取りに見つからないように昼間からカーテンを閉め切っていたんですから、照明がなければ生活が不便でなりません。この状態でうっかり電球の交換を忘れることはありえないはずです。

じゃあなぜ照明が点かなかったのか。料金を滞納して電気を停められていたんでしょうか。でも一週間後にぼくと秋葉さんが同じ家に行ったときは、キッチンの換気扇が回っていましたし、インターホンのチャイムも鳴っていました。洞子さんは電気料金を払っていたにもかかわらず、秋葉さんが初めに訪ねた十六日だけ、家の電気が停まっていたことになります」

「そんなことあるのか？」

「その理由に気づけたことが大河内さんの家を訪ねた収穫でした。あの家の玄関にはヒーター付きの大型水槽がありましたが、中は空っぽで、庭に子どもが動物を埋めたようなお墓がありました。玄関の奥には電動式のアンティーク時計がありましたが、時刻が二時間ほど遅れていました。これらのことから大河内さんの家でも停電が発生したことが推測できます」

「ははあ」

言われてみると単純なことだった。停電によって水槽の水が冷えて熱帯魚が死に、電動式の時計の針が遅れたのだ。

「ただし子どもをフィンランドに連れて行くほど暮らしにゆとりのある大河内さんが、電気料金を滞納していたとは思えません。旅行で家を空けていたとはいえ、熱帯魚を飼っていたらブレーカーを落とすこともないでしょう。停電は大河内さんの家だけではなく、彼の家を含むエリア一帯で発生していたんです」

十六日の記憶がよみがえる。家から五十メートルほどのところに「工事中」と看板があり、台風で傾いた電信柱の修復工事が行われていた。あの工事が停電の原因だったのだ。

「災害や事故による突発的な停電ならさておき、電気工事のための計画的な停電なら、事前に住民への通知が行われるはずです。ほとんどの家庭は停電を知っていたはずですが、大河内さんは半月のフィンランド旅行から戻った直後で、停電の通知に気づかなかった。そのため対策を取ることができず、思わぬ被害を受けてしまったんです」

芋蔓《いもづる》式に記憶が引き出される。二度目に牧場家を訪ねたとき、近くのゴミ置き場にテレビや電子レンジが捨てられていた。初めは洞子が夜逃げのために捨てたのかと思ったが、家に押し入ってみると家電はそのままだった。あの家電も大河内の家で故障したものだろう。彼は一度の停電で大変な被害に遭ったようだ。

「牧場家に話を戻します。十六日にリビングの照明が点かなかったのは、電球が切れたからでも電気料金を滞納したからでもありません。この家を含む一帯で停電が発生していたからです。停電の通知は当然、牧場家にも届いたはずです。彼女が本当にあの家に住んでいたなら、停電が起きるのも知っていたことになる。ならば電球が切れたなんて嘘を吐《つ》く必要はないはずなんです」

「あいつらも家族旅行をしてたのか?」

「利子も返せないのに旅行なんてできませんよ。洞子さんはあの家に住んでいなかった。彼女は意思に反して、ある場所に閉じ込められていたんです」

窓から乾いた風が吹き込む。鉄格子の硬く冷たい感触がよみがえった。

「なぜ十六日は家にいたんだ。一日だけ解放されたのか？」

「もちろん違います。洞子さんはその日も檻に閉じ込められたままでした」

気づくと息を止めていた。

「秋葉さんが十六日に借金を取り立てようとした女性は洞子さんじゃなかったんですよ」

他に考えられないことは分かっていたが、それでも記憶が違う色に塗り替わっていくような驚きがあった。

借金を取り立てに行ったあの日、秋葉が金を返せと凄《すご》んでも、彼女はどこか他人事のような態度を崩さなかった。洞子のふりをした何者かが、適当にあしらってその場をやり過ごそうとしていたのなら、あのしゃあしゃあとした態度にも納得がいく。

秋葉が顔をぶん殴ると、さすがに恐怖を感じたのか、彼女は秋葉の言うことを聞き始めた。だがカードや通帳、あるいは金目のものを出させようとしても、彼女は場所が分からないと言い張った。わざとすっとぼけているのか、シャブで頭が駄目になっているのかと思ったが、あの家に住んでいなかったのなら当然だ。彼女は本当に、どこに何があるか分からなかったのだ。

「あの女の正体はいつ分かったんだ」

「ウロボロスの社長の蛭田さんと電話で話したときです。牧場家の様子を尋ねたら、蛭田さんがこう口走ったんです」

――生活が苦しそうだとは思いましたよ。電気は停まってるし……

「ついさっき説明した通り、牧場家の電気は停められていません。蛭田さんが勘違いをしたのは、十六日に停電が起きたとき、あの家にいたからです。秋葉さんが借金を取り立てに行ったとき、あの家には蛭田さんの家族が忍び込んでいたんです」

「素直に自分たちは赤の他人だと言えばよかったじゃないか」

「牧場家に忍び込んだ理由が、人に知られてはまずいものだったんでしょう。憶測ですが、洞子さんが隠し持っていた覚醒剤を探してたんじゃないでしょうか。不法侵入がばれて通報されたらまずいことになる。初めは居留守を使おうとしたはずですが、秋葉さんがドアを壊してでも中へ入ろうとしているのを悟って、やむをえず住人のふりをしたんです。

　年齢や性別から推測すると、洞子さんのふりをしていたのが蛭田万里さん。長男の陽太さんのふりをしていたのが夫の蛭田永人さん。長女の真歩さんのふりをしていたのが娘の歩波さんということになります」

　玄関に押し入ったとき、戸棚の上に置かれた沈丁花を見て、秋葉は違和感を覚えた。戸棚の真ん中に置けばよいものを、なぜか左の端に置かれていたからだ。

　木戸を開ける直前、万里は沈丁花の隣りにあった何かを戸棚に隠したのだろう。玄関という場所を考えると、そこには家族写真が飾られていたのではないだろうか。

「長男と長女はいいとして、次男の巻生は誰だ？」

「彼だけは本物です。もし別人と入れ替わっていたら、〈破門屋〉で卒業式の写真を見たときに気づくはずですから。蛭田さんたちが覚醒剤を探すために、勝手の分かる巻生くんを連れ出したんだと思います」

記憶がさらに色を変えていく。

——巻生、どこにやったか覚えてる？

秋葉がカードと通帳を出せと言うと、あの女はなぜか一番に、中学生の巻生に場所を尋ねた。とぼけたふりをしてやり過ごそうとしているのかと思ったが、彼女は本気で巻生を質《ただ》していたのだろう。あの場所にいた五人の中で、巻生だけが通帳の場所を知っている可能性があったのだ。

「家族丸ごと監禁して家を荒らすとは、遠慮のない連中だな」

「その通りです。大河内さんは去年の五月ごろから隣人を見かけなくなったと話していました。洞子さんたちはこの頃から自由を奪われていたんだと思います。

おそらく経緯はこんなものでしょう。家計のやりくりに苦労していた洞子さんが、埃《ほこり》を被っていたベビー用品を売ろうとリサイクルショップに連絡を取ります。依頼主が前夫の再婚相手だと気づいた蛭田万里さんは、貧しい暮らしに心を痛めたふりをして、洞子さんに接近しました。生活費の援助を申し出たのかもしれません。夫が死んでほぼ十年が過ぎていたこともあって、洞子さんはかつての色敵に気を許してしまいました。

二十年前に覚醒剤取締法違反で捕まったこと、最近も懲りずに覚醒剤を使い続けていたことなど、洞子さんは表沙汰にできない秘密を抱えていました。ふとした拍子に、万里さんに秘密を洩《も》らしてしまったんだと思います。弱みを握るやいなや万里さんは豹変《ひょうへん》し、夫とともに洞子さんを脅迫しました。

洞子さんは万里さんの要求に逆らえず、複数のサラ金で金を借り込みました。隣人に金の無心をしたのも万里さんの差し金でしょう。金を毟《むし》り取りながら標的を孤立させ、精神的に支配する、この手の連中が得意な手口です。

万里さんの毒牙はかつて腹を痛めた子どもたちにも及びました。巻生くんがガリガリに瘦せ細っていったのは、万里さんが食事を制限したからです。牟黒中学校に現れたのは、育ての親である洞子さんの秘密を同級生にばらし、教室から居場所を奪おうとしたからでしょう。生活の自由を奪い、折檻《せっかん》を繰り返すことで、万里さんは子どもたちを服従させました。

やがて絞り取れるだけ金を絞り取ると、万里さんは四人を会社の倉庫に閉じ込めました。巻生くんが学校に来なくなったのはそのためです。万里さんは次の鴨《かも》を探しながら、四人が衰弱するのを待っていたんだと思います」

狭い檻に入れられ、気に入らないことをすれば電気鞭を振るわれる。それが万里に狙われた一家の末路だった。

「ところが一週間前、何か金になるもの——おそらく覚醒剤が家に残っていたことが発覚します。洞子さんの死体から陽性反応が出たそうですから、彼女が隠し持っていたのを万里さんが見つけたんじゃないでしょうか。でも洞子さんは家の隠し場所を明かそうとしなかった。あるいはまともに喋れないほど衰弱し切っていたのかもしれません。

そこで万里さんは、身内二人と案内役の巻生くんを連れ、牧場家に乗り込みました。逃げようとすれば罰を受けることが分かっていたので、巻生くんは大人しく万里さんの命令に従ったんだと思います」

本当にそうだろうか。

巻生が暴力によって万里に服従させられていたのは確かだ。だがあのとき、万里たちの目の前で、巻生は秋葉に助けを求めたのではないか。

――あの、おじさん。

巻生は拳を握ってこう言った。

――お母さんが病気なんです。助けてくれませんか。

少年は勇気を振り絞り、衰弱した母親の危機を伝えようとしたのだ。万里はすぐに巻生を殴り、その口を塞いだ。少年の決死の訴えが秋葉に届くことはなかった。

「胸糞《むなくそ》の悪い話だな」

「珍しいですね。やくざの目にも涙ですか」

秋葉は再び膝を蹴った。

「万里のやったことは分かった。それがどう転がると例の珍奇な死体になるんだ」

「牧場家の四人が倉庫に監禁されていたことを考えれば、あの死体の意味は明らかです。巻生くんは勇敢でした。暗く冷たい倉庫に閉じ込められ、家族の死を目の当たりにしても、彼は生きることを諦めなかったんです」

「何の話だ」

「巻生くんは死体の中に隠れて、倉庫から脱出しようとしたんですよ」

胃袋が跳ねた。ひどく苦い汁が喉をせり上がってくる。

「洞子さんが亡くなった詳しい状況は分かりません。万里さんが首を絞めたのかもしれませんし、洞子さんが自ら首を縊《くく》ったのかもしれません。衰弱した姿を見かねて家族が首を絞めた可能性もあると思います。

　生き残ったのは長男の陽太さんと次男の巻生くんでした。初めに真歩さんが亡くなったとき、万里さんたちが山奥に死体を捨てていることを知ったんだと思います。今回も山に死体を捨てに行くはずと考え、兄弟は最後の賭けに出ました。母親の死体に巻生くんが忍び込んで、檻から逃げ出そうとしたんです」

　洞子は二十年前、尻に覚醒剤を入れて密輸しようとしたという。彼らも母親の失敗譚《たん》を聞いていたのかもしれない。

「死体を捨てに行くとすれば日没後です。洞子さんが死んでから、日が沈むまでに時間があったんでしょう。二人はその時間で母親の服を脱がせ、腹を裂き、内臓を掻き出しました。臓物を見られたら計画がばれてしまいますから、二人は必死にそれを食べます。そして腹の中に巻生くんが潜り込み、陽太さんが肌を縫って、服を着せたんです」

「よく針と糸が手に入ったな」

「ナイロン糸は下着から抜いたもの、針は虐待された際に肌に刺されたものを使ったんだと思います。

　やがて夜が更けると、蛭田家の誰か――おそらく永人さんが、檻の死体をトランクに積み込みます。倉庫の中は薄暗いので、永人さんは巻生くんが消えていることに気づきませんでした。

永人さんは盗難車のミニバンを運転して鹿羽山へ向かいます。そのまま崖に捨てられたら本末転倒ですから、巻生くんは機を見て死体から飛び出さなければなりません。電車の音を合図に死体から飛び出し、駅前の交番に駆け込むとか、そんな段取りだったんだと思います。

でも結果は知っての通り。兄弟の企《たくら》みは失敗に終わりました。実は万里さんも、彼らの知らないところで、ある策を練っていたんです」

「巻生の逃亡計画を見抜いてたのか？」

「いえ。さすがの万里さんも、これだけ死体を遺棄していると一つ二つ見つかってしまうんじゃないかと不安になったんだと思います。彼女は死体が見つかった場合に備え、アリバイを用意しておくことにしたんです。

仕掛けは単純です。夫に変装をさせ、防犯カメラのある場所で洞子さんを殺すふりをさせます。その時刻に行きつけのクラブにでも顔を出しておけば、いざというとき、身の潔白を証明してもらえるというわけです」

デバネズミに見せられたモノクロ写真の紙芝居を思い出す。夜の駐車場に現れた不審者は大柄な女ではなく、女装した男だったのだ。

「素人の浅知恵だな。索状痕に生活反応がなければ偽装とばれる」

「まったくその通りです。でもこの工作が巻生くんの運命を変えました。永人さんは命令に従い、駐車場の一角でトランクを開け、死体の首を絞めます。でもこの死体には巻生くんが入っていました。洞子さんの気道が塞がると、腹の中の巻生くんも呼吸ができなくなってしまいます。

もちろん腹を破って飛び出すこともできたでしょう。でも死体の中で息を潜めた巻生くんには、そこがどんな場所か分からなかった。覚悟を決めて外に出ても、人気《ひとけ》のない山の中だったらお終いです。合図を聞くまで身動きしないという兄との約束を守り、巻生くんは懸命に息を堪えました。やがて血中酸素が足りなくなり、巻生くんは失神。そんなことはつゆ知らぬ永人さんはトランクを閉めて鹿羽山へ向かい、死体を崖の下に放り捨てたというわけです」

母親の血と臓器にまみれて死んだ少年を思うと、さすがの秋葉も胸が疼《うず》いた。

「歩波の様子はどうだ」

「特に変わりませんよ。ぼくとの契約書に嘘の住所を書いたのは、本当の住所を知られたくなかったからだそうです」

秋葉たちに神月歩波と名乗っていた高校生は、本名を蛭田歩波と言うらしい。万里が前夫と離婚した際、唯一引き取ったのが彼女だった。血のつながった兄妹弟が相次いで死に、両親が警察に捕まったにもかかわらず、顔色一つ変えずに学校へ通い、放課後は青森の原稿を書いているという。

「一千万もあったらバイトしなくて良いと思うんですが、今のところ辞める気はないみたいでほっとしてます」

青森は右肘をテーブルに置くと、親指を秋葉から見て左に曲げた。

「何だよ。死ね！　のサインか」

「いえ。ぼくから見て右なので、ああ良かった、のサインです」

青森が指をくねくねと曲げる。

「図に乗るな。おれが金を出してやらなけりゃお前は今も檻の中だってことを忘れるなよ」

秋葉はため息を吐くと、ビールジョッキの底に溜まった水滴を飲み干した。

「お前ばっかり旨《うま》い汁を啜りやがって」

生きている死体

17日午前7時ごろ、鳴空山の天台宗牟黒寺の本堂で男性が血を流して倒れているのを、同寺の住職が見つけ警察に通報した。男性は牟黒市に拠点を置く暴力団・赤麻組の組員、秋葉駿河氏(24)とみられる。同氏は牟黒病院へ搬送されたが意識は戻っていない。

暴力団に詳しいミステリー作家の袋小路宇立氏(35)は、「2年前に勃発した白洲組と赤麻組の抗争が再燃するのではないか」と懸念を示した。

牟黒日報二〇一八年三月十八日付朝刊より

1

青森山太郎は物心ついた頃から死体のことばかり考えてきたが、ディスプレイに映った肉体はそのどれよりも凄惨だった。

「『血を流して倒れていた』というのは随分慎《つつ》ましい表現ですね」

歩波が金属の撓《たわ》むような声で呟《つぶや》く。

三月十九日、午前一時過ぎ。青森と歩波は互目に頼み込んで、牟黒病院へ秋葉の様子を見に来たところだった。

夜勤の看護師が持ってきたノートパソコンのディスプレイに、集中治療室のベッドが映っている。横たわった男は鼻と口を人工呼吸器のマスクに覆われ、目と耳を包帯で塞がれていた。首から下は白い毛布に覆われているが、それでも身体《からだ》の丈が足りないのが分かる。

「こんな死体って……」

「まだ死んでないよ」

互目が珍しく声を尖《とが》らせた。

「犯人はアパートの前で秋葉を攫《さら》い、牟黒寺の本堂まで運んで拷問を加えたとみられる。秋葉は左右の眼球を抉《えぐ》り取られ、十六本の歯を砕かれ、左右の鼓膜を破かれ、左腕と右の手首、それに両脚を根元から切断されていた。生きちゃいるけど死んでるのと変わらない。生きているだけの死体と言っても間違いじゃないけどね」

互目は茶封筒から数枚のポラロイド写真を取り出した。どれも色彩が同じだ。空っぽの眼窩《がんか》、腫れ上がった歯茎、血の溜まった耳孔《じこう》、骨や肉が剝《む》き出しになった縫合前の手足。どれもがフィルターを掛けたように赤く染まっていた。

「やっぱり白洲組がやったんですか？」

「権堂組長は認めてないけど、そうなんじゃない。ここまでやるのはやくざか特高《とっこう》かメキシコの麻薬カルテルくらいでしょ」

もっともな意見だが、やくざのしわざだとしても疑問は残る。

「やくざは面子《メンツ》にこだわりますよね。殴られたら殴り返すし、兄弟を殺されたら殺し返す。一昨年の抗争で死んだ白洲組組員の復讐《ふくしゅう》なら、必ず命を取るはずですよ」

歩波が頷《うなず》く。

「こんなめちゃくちゃなことをするより、殺す方が簡単ですもんね」

犯人が秋葉を殺したかったのなら、眼球を抉ったナイフで心臓を刺すか、歯を砕いた鈍器で頭を殴ってしまえば済む。犯人は膨大な手間をかけて秋葉を痛めつけておきながら、なぜか命を奪わなかったのだ。

「犯人はなんで秋葉さんを殺さなかったんだろう?」

この二年間、数々の死体の謎を解いてきたが、こんな妙なことは初めてだった。

「殺すだけじゃ物足りないほど、秋葉さんを憎んでたんでしょうか」歩波が唇を撫でる。

「だとしても、最後は殺すでしょ」

「とどめを刺そうとしたところで邪魔が入ったのかも」

「犯人は秋葉の手足を縛って傷口を止血してる。殺せなかったんじゃなく、わざと生かしたんだよ」

互目の反論に、歩波は「うーん」と唸《うな》った。

秋葉を命の恩人と崇めるのはどこか違う気がするが、彼に命を救われたのは事実だ。二年前の春、一人で牟黒岬へ向かったあの日、彼がタクシーに乗り込んでこなかったら、青森は身を投げて死んでいただろう。

この事件は自分が解決しなければならない。青森は啖呵《たんか》を切った。

「互目さん。関係者の話を聞かせてください」

2

「鹿羽学院大学犯罪学部の先生に、助手の学生さんですか。そんな学部があるんですね」

青森が真っ赤な嘘を吐《つ》くと、牟黒寺の住職は不審そうに眉を持ち上げた。眼球がぎょろりと飛び出ていて、落っこちないかと不安になる。御年六十五歳の坊さんで、戸籍名を佐川一平《さがわいっぺい》、法名を仁空《じんくう》というらしい。休日らしくジーンズにシャツというさっぱりした出《い》で立ちだ。ラジオを聴いていたらしく、襖の向こうからFM牟黒のジングルが聴こえていた。

「流しているだけですよ。テレビを観《み》るのが苦手でしてね」

断じてヘビーリスナーではないと訴えるように、住職は声を硬くした。自意識の強い坊さんだ。

自称犯罪学者と助手は、互目刑事とともに住職の暮らす庫裡《くり》を訪ねていた。

「被害者を見つけ通報するまでの経緯を話してもらえますか」

互目が促すと、仁空和尚は億劫《おっくう》そうに頷いた。

「わたしは通報までに二度、本堂を訪れています。一度目は十七日の午前四時過ぎ。寝床に就いていたところ、本堂の方から微《かす》かに物音が聞こえてきたんです。まれにトラブルに見舞われた人が逃げ込んでくることもありますから、わたしは様子を見に行くことにしました」

梟《ふくろう》のような眼球が窓の外を向く。庫裡から本堂までは三百メートルほどの距離があった。

「境内には見覚えのない白のバンが停《と》まっていました。本堂に人がいるらしく、欄間《らんま》から明かりが洩《も》れています。階段を上ると、男性の唸るような声が聞こえました。扉を開こうとしましたが、閂《かんぬき》が掛かっていて動きません。わたしは『どなたでしょうか』と声を掛けました」

住職が大きく息を吸い込む。歩波がごくりと唾を呑《の》んだ。

「聞こえてきたのは男性の悲鳴でした。わたしが『警察を呼びますよ』と言うと、別の男の声で『近寄るな』『扉を開けたら殺す』と怒鳴られました。わたしはすっかり足がすくんでしまい、何も言い返せませんでした。恥ずかしいとは思いません。この街で起きたいろいろな事件を知っていれば誰でもそうなるはずです」

こちらは何も言っていないのに、いちいち言いわけがましい。

「怒鳴った男の声に聞き覚えは？」

「どこかで聞いたようにも感じましたが、気のせいかもしれません。檀家《だんか》さんとご家族だけでも二、三百人いますから、声が似ている方もいるでしょう。

わたしは庫裡へ逃げ帰りました。警察を呼ぼうか迷いましたが、不良青年がじゃれているだけだと自分に言い聞かせ、通報は控えました。

午前七時。夜も明け、さすがにいなくなっただろうと思い、再び様子を見に行きました。するとバンがなくなり、本堂の明かりが消えた代わりに、扉の下から血が流れ出ています。おそるおそる扉を開けると、血まみれの男性が供物《くもつ》台に横たわっていました。わたしは大慌てで警察と救急車を呼びました」

住職は読誦《どくじゅ》を終えたように、ふうと息を吐いた。

「被害者の秋葉駿河さんと面識は？」

「うちはやくざとは関係ありません」

「犯人が牟黒寺で被害者を拷問したのはなぜだと思いますか」

「別にどこでも良かったんでしょう。運が悪かったと思うしかありません」

「穿《うが》った見方をすれば、犯人が和尚さんに罪を着せようとしたとも考えられます。誰かに憎まれるような心当たりはありますか」

「まったくありません。それは牽強付会《けんきょうふかい》というものでしょう」

何を言っても暖簾《のれん》に腕押しだ。青森が攻めあぐねていると、助手の歩波が口を挟んだ。

「さっき運が悪かったって言ってましたけど、お釈迦《しゃか》さんは何でも因果応報、悪いことは自業自得だって言ってますよね。運のせいにしたら駄目じゃないですか？」

ただの挑発だった。修行を積んだ坊さんがこんな手に乗るはずがないと思いきや、住職の眼球がさらに飛び出たので青森は仰天した。

「わたしの苦しみは過去生の行いの結果です。運が悪いと言ったのは言葉の綾《あや》ですよ」

「牟黒市ではひっきりなしに人が殺されてますが、その人たちは過去生の行いが悪かったってことですか？」

「わたしに聞かれても困りますよ。こんな街で坊主をやっていたら不安になることもあります。この世界は苦難に満ちている。お釈迦様は修行と悟りによる救済を説かれましたが、本当にそんなものがあるのでしょうか」

住職はふと我に返ると、目を閉じて大きめの深呼吸をした。

「罪を犯せば地獄へ落ちると言いますが、そんな世界があるなら見てみたいですよ」


仁空和尚に礼を言うと、三人は鳴空山中の参道を歩いて牟黒寺の本堂へ向かった。

「どうでした？　青森先生」

助手が見解を求めてくる。

「やっぱり犯人が牟黒寺の本堂を選んだ理由が分からない。人のいない空き家ならいくらでもあるし、すぐ近くの庫裡に和尚さんが住んでるのは見れば分かるはずだ。犯人には寺の本堂で人を拷問しなきゃならない理由があったんだろうか」

「和尚さんが犯人で、使い勝手の良い場所を選んだだけじゃないですか」

「だったら自分で警察を呼ばないでしょ」

「何か理由があったんですよ。和尚さんは本当にやくざと関係ないんですか？」

水を向けられた互目はわずかに言葉を詰まらせた。

「牟黒寺と赤麻組に金銭的なつながりはない。秋葉とも面識はなかったと思う。ただし、それは住職がシロと考える根拠にはならない。そもそも秋葉は犯人と知り合いじゃなかったんだ」

「へ？」歩波は目をぱちくりさせる。「秋葉さんの意識は戻ってないのに、なんでそんなこと分かるんです？」

「報道陣に伏せてる証拠があってね。そこで少し休憩しようか」

互目は手水舎《ちょうずや》で足を止めると、バッグからタブレットを取り出した。

「本堂の焼香机の下にボイスレコーダーが落ちていた。秋葉がラジオの過去放送回を聴くのに使っていたものだ。このレコーダーが作動していて、拷問中の物音が録音されていた。秋葉が襲われたときに起動させたのか、たまたま服の中で起動したのかは分からない」

互目のタブレットに音声ファイルを保存してあるという。互目に促され、青森と歩波は恋人みたいに片方ずつイヤホンをつけた。

「不明瞭な雑音ばかりだったけど、一カ所だけ声が聞き取れる部分があった。本堂に運び込まれた秋葉が一時的に意識を取り戻したみたいだ」

互目が音声を再生する。

――こほはどほだ。

ノイズに交じって、秋葉の声が聞こえた。すでに歯を砕かれているらしく、声がくぐもっている。

――お前なんか知らねえぞ。

犯人は何も答えない。

――参ったな。こほはどほなんだ？

数秒後にノイズが大きくなり、そこに悲鳴が加わった。互目が再生を停める。

「この三分後に音声は途切れている。レコーダーの容量が一杯になったんだ」

「秋葉さんは犯人を見て『お前なんか知らねえ』と言ってる。つまり犯人を知らなかったってことですね」

「少なくとも直接の面識はなかったはずだ」

逆に言えば、秋葉が顔を知っている青森や歩波は犯人ではありえないということだ。仁空和尚は秋葉と面識がないから、犯人の可能性が残る。

「やっぱりやくざじゃないですか。秋葉さんが白洲組をやめたのは一昨年の春です。その後で盃《さかずき》を交わした若い組員の顔は知らないはずですよ」

「可能性はある。だが白洲組が子分にやらせたとなると、秋葉の命を奪わなかった理由が分からない」

これでは堂々巡りだ。

境内を進むと本堂が現れた。一年半前、『憎い坊主は袈裟《けさ》まで燃やせ』の取材で訪れて以来だ。規制テープの前でおなじみのデバネズミが見張りをしている。

観音開きの扉は閉まっていた。扉の下から溢れ出した血が階段を流れてマットに血溜《ちだ》まりをつくっている。巨大な獣が血を吐いているようだ。ポイ捨て禁止のマークが描かれた看板がマットの隅に力なく立っていた。

互目がテープを跨《また》ぎ、扉を左右に開く。

本堂は血の海だった。

扉から一メートルほどのところに供物台が三つ、角を揃《そろ》えて置かれている。左右には雪洞《ぼんぼり》が並び、天井からは花のような装飾の照明が下がっていた。内陣からは釈迦坐像《ざぞう》がこちらを見下ろしている。VIP向けの霊安室のようだ。

「被害者を運び出してボイスレコーダーを回収したくらいで、事件発生時とほぼ変わっていない。手足と眼球と歯は見当たらなかった」

濃密な瘴気《しょうき》が肌にまとわりつく。青森は階段を上り、血痕に注意しながら本堂へ足を踏み入れた。

「凶器は?」

「見つかってない。犯人が持ち帰ったんだと思う。医師の所見によると、使われた凶器は最低でも三つある。一つ目は眼球を掻《か》き出すのに使われた工具。スパナやマイナスドライバーなどが考えられる。二つ目は鼓膜を損傷するのに使われた細い工具。錐《きり》やアイスピックかもしれないし、ただの針金という可能性もある。三つ目は歯を砕くのと手足を切断するのに使われた鈍器。大きな槌《つち》のようなものらしい」

「手足を切断したのは刃物じゃないの?」

ハンカチで鼻を押さえた歩波が言う。青森もてっきりギロチンのようなものを想像していた。

「違う。切断したというより、骨や筋肉を砕いて引き千切ったというのが正確らしい。人の腕や脚を切断できるような刃物はなかなか手に入らないからね」

自ら刃を鋳造してギロチンを作るような猛者は珍しいのだろう。

犯人の苦労を思いながら本堂を見回し、ふと違和感を覚えた。バランスが悪い。部屋は二十畳ほどあるのに、入り口の扉と供物台が近すぎるのだ。

「これだけ広いのに、なんでこんな隅っこで拷問したんだろう」

青森が呟くと、歩波は呆《あき》れたように頬を掻いた。

「別にどこだって良いじゃないですか」

「あと一メートル奥へ運べば、本堂の外へ血が流れることはなかったはずだよ」

「お釈迦様に近寄りたくなかったんじゃないですか」

「だったらこんな場所で拷問しないでしょ」

歩波は「んー」と唸って、ふいに手を打った。

「犯人は秋葉さんを見つけてほしかったんですよ。簡単な止血を施したところで、手足を千切ったまま放置したらいずれ死にますよね。わざと扉の外まで血が流れるようにして、早く秋葉さんが見つかるように仕向けたんです」

「だったら本堂の扉を開けておくはずじゃないかな。和尚さんが秋葉さんを見つけたとき、本堂の扉は閉まっていた」

反論が思い付かなかったのだろう、歩波はくしゃみをするように鼻をひくつかせて、

「犯人は隅っこが好きだったんじゃないですかね」

投げやりに言った。

3

〈コーポ牟黒〉二階の六畳間は酒の臭いが充満していた。罅《ひび》の入った卓袱台《ちゃぶだい》に薄っぺらい煎餅布団。ビールの空き缶に吸い殻の溜まった灰皿。窓際では年代物のポータブルラジオがアンテナを伸ばしている。

「一昔前の貧乏学生みたいな部屋ですね」

実際に住んでいたのは泣く子も黙るやくざだ。牟黒寺と同様、部屋はほぼ事件発生時のままだという。

「やくざもコンタクトを使うんだ。色付きの眼鏡じゃなきゃ駄目なのかと思ってた」

青森がコンタクトレンズのケースを手に取ると、

「イメージ戦略ですよ。秋葉さんが眼鏡だと浪人生みたいになっちゃうから」

歩波が半笑いで言った。

「〈コーポ牟黒〉の前の道路に秋葉が付けていたのと同じ度数のレンズが一つ落ちていた。近くには少量の血痕があって、DNA鑑定で秋葉の血液と特定された。秋葉の後頭部には出血を伴う傷があったから、犯人はそこで秋葉を襲って昏倒《こんとう》させ、自動車に連れ込んだものとみられる」

互目がタブレットを片手に説明を始める。

「帰宅しようとしたところを攫ったってこと?」

「そういうことになる」

玄関にはサンダルと傘があるだけで、いつも履いていた革靴がなかった。

「目撃者は？」

「見つかってない。一昨年の春に白洲組の事務所で銃撃戦が起きてから、南牟黒五丁目の人口は激減していたからね」

「まさかこのアパート、入居者一人？」

「秋葉ともう一人、103号室に野球好きの爺《じい》さんが住んでる。十六日の深夜にバットで人を殴る音を聞いたって言い張ってるけど、まったく信用できない」

「野球ファンはいい加減なことばかり言うからね」

「耳が遠いんだよ。別の事件で話を聞いたことがあるけど、ほとんど聞こえてないんじゃないかな。あれで部屋の外の物音が聞こえるとは思えない」

とどのつまり、まともな証言者はいないということだ。

三人は部屋を出て階段を下りた。道路の血痕はもう洗い流されている。人気《ひとけ》のない街並みを眺めていると、道路を挟んだ向かいのビルからおじさんが二人出てきた。一人は髪がツンツンで目つきの悪いおじさん、もう一人は顔のむくんだ無精髭《ひげ》のおじさんだ。

二人が出てきたのは十二階建てのテナントビルだった。ゆるいスロープを上ったところにガラス張りの自動ドアがあり、その手前に深緑の吸水マットが敷かれている。マットの端にはスチール製の傘立てが置かれていた。

無精髭のおじさんは夜勤明けの朝のような表情で、外へ出るなり傘立てにぶつかりそうになり、脚を絡ませて尻餅をついた。そのままスロープを転がり落ち、道路でヒの字になる。

ツンツン髪のおじさんはそれに目もくれず、互目に手を挙げてみせた。互目も「うっす」とスケバン味の濃い会釈をする。

「やくざの知り合い？」

「牟黒署の刑事だよ。あっちのビルで侵入窃盗事件を調べてる」

ツンツン髪のおじさんはようやく無精髭のおじさんが倒れているのに気づいたらしく、肩を貸して立ち上がらせ、被害届がどうのと言いながら警察車両のワゴンに乗り込んだ。ワゴンは警察署の方向へ走り出す。

「侵入窃盗犯って〈台風のフー助〉？」

「金曜日だから〈花金のキンタ〉だね」

秋葉が連れ去られたのと同じ十六日から十七日の夜、向かいの〈牟黒エンパシービル〉の十二階から金庫が丸ごと盗まれたという。殺人が多すぎるせいで忘れがちだが、牟黒市は窃盗発生件数でも日本一を独走している。

被害に遭ったのはビルを所有するゴッド・エンパシー・ジャパンなる家具卸売会社で、ビルの十階から十二階に入居していた。社長室に置かれた金庫には、製造会社から受け取った帳簿未記載のリベート資金が二億円ほど入っていたとみられている。金曜日の夜にオフィスへ侵入する手口から、警察は〈花金のキンタ〉の犯行とみて捜査を進めていた。

「さっき刑事に連れて行かれたのが、ゴッド・エンパシー・ジャパンの社長、茶畑則男《ちゃばたけのりお》」

二億円を盗まれると、人は真っすぐ歩くこともできなくなるらしい。

「〈花金のキンタ〉は秋葉さんを攫った犯人を見てるかもしれないってこと?」

歩波が声を弾ませる。

「どうかな。〈キンタ〉は裏口からビルに侵入してる。〈コーポ牟黒〉は反対側だから、犯人たちが鉢合わせした可能性は低いと思う」

小道を抜けてビルの西側へ向かうと、駐車場から短い階段を下りたところに裏口があった。コーンと規制テープでドアが封鎖されている。ドアの枠が波打つように歪《ゆが》んでいるのは、隙間に工具を入れて抉《こ》じ開けたからだろう。

「セキュリティサービスは?」

「未加入」

「不用心だね。それで金庫に現金を入れておくなんて」

「絶対盗まれないと高を括《くく》っていたんですよ。ただの金庫じゃない、心理学を駆使した最強の金庫、Double Safe ですから」

歩波が急にいんちきなセールスマンみたいなことを言う。何だそれは。

「ゴッド・エンパシー・ジャパンが独占販売していた特殊金庫です。牟黒日報に記事広告が載ってましたよ」

助手によると、Double Safe はコンクリート製の金庫で、三百キロを超える重さがあるという。

高さ一メートル、底面の幅が八十センチほどで、金庫自体が桁外れに大きいわけではない。なぜこんなに重いかというと、金庫の中にもう一つ小型金庫が溶接された、トリッキーな二重構造になっているのだ。盗っ人が外側の扉をガス切断機で抉じ開けても、中にはもう一つ頑丈な扉が待ち構えている。どんな手練《てだ》れの金庫破りも心が折れてしまうというわけだ。

「というのはあくまで宣伝文句で、防犯上は重くて持ち運べないことの方が重要だったみたいですけどね。重すぎて床が抜けちゃうから、金庫の下に鉄板を敷かなきゃいけなかったとか」

「〈花金のキンタ〉は金庫ごと運び出したんでしょ？　どんな手を使ったんだろう」

青森と歩波は揃って首を傾《かし》げた。互目が肩をすくめる。

「金庫泥棒の謎を解いてる場合じゃないんじゃないの」

「金庫金庫って、あんたたち〈花金のキンタ〉かい？」

突然の大音声に三人は飛び上がった。振り返ると、赤ら顔の爺さんが窪《くぼ》んだ目を輝かせている。白地にストライプの入った高校野球のユニフォームを着ていた。103号室の野球好き爺さんだろう。

「〈花金のキンタ〉は三人組だったんだな。道理で手際が良いわけだ」

なぜそうなるのか。

「この辺は刑事がうろちょろしてるから気を付けた方が良いよ」

「違います。わたしたちは――」

「ええ？」

声がさらにでかくなった。

「わたしたちは〈花金のキンタ〉じゃありません」

「ええ？」

教授と刑事が途方に暮れていると、助手が爺さんの耳元で怪獣みたいな声を出した。

「あたしたちは泥棒じゃありません。やくざが暴行された事件を調べてるんです」

「へえ。おれの上の階の青瓢箪《びょうたん》だな。あれはろくな人間じゃないよ。常識ってもんがない。すれ違っても挨拶しない。ゴミも決まった日に出さない。おまけに酒を飲むとぐにゃぐにゃになるだろ。道路に寝っ転がってんのを部屋の前まで運んでやったのに礼も言わない。あれはプロじゃ通用しないよ。打率一割台で戦力外通告を食らって野球人生を棒に振るのが落ちだ」

「十六日の深夜に、人がバットで殴られる音を聞いたというのは本当ですか？」

「そうだよ。ひゅん、カキンって」

老人はマスターズリーグの打者よろしく両腕を振る。これで秋葉を失神させるのは難しそうだ。

「他に気づいたことはありませんか？　どんな些細《ささい》なことでも構いません」

「姉ちゃん、良いこと聞くね。ちょうど気になってたことがあるんだ。これは特ダネだよ。牟黒署の刑事にも言ってない」

老人は声を潜めると、小道を回り込み、〈牟黒エンパシービル〉の正面入り口へ向かった。スロープを上り、ドアの前の傘立てを指す。

「これこれ。この傘立てだけども」

「はい」

「十六日の夜まで、もっと左、壁にぴったりのところに置いてあったんだ。でも十七日の朝、ゴミを出すときに見たら、壁から一メートルくらいのところに移動していた」

何だそれは。些細にもほどがある——そう言いかけて口を噤《つぐ》んだ。

十六日から十七日にかけての夜、傘立てが動いたとすれば、何者かが〈牟黒エンパシービル〉の正面入り口を通ったことになる。傘立てを押し倒し、それを立て直した結果、位置がずれてしまったのだ。

この夜、〈牟黒エンパシービル〉へ出入りしたのは〈花金のキンタ〉だけだろう。裏口のドアの錠を壊してビルに侵入しておきながら、なぜ正面入り口を通ったのか。

Double Safe は三百キロの重さがあるから、運び出す際は台車のようなものに載せたはずだ。だが裏口を出たところには短い階段があった。〈キンタ〉はこの段差を乗り越えることができず、スロープのある正面入り口へ向かったのではないか。

〈コーポ牟黒〉の玄関口と〈牟黒エンパシービル〉の正面入り口は道路を挟んで向かい合っている。〈花金のキンタ〉がこちらの入り口を使ったとすれば、秋葉が攫われるところに鉢合わせした可能性がある。

「どうだ。不思議だろう」

三人の反応が気に入ったらしく、老人はさらに声を弾ませた。

大声で礼を言って老人を追い払うと、三人は問題の傘立てを観察した。高さ五十センチほどの四角柱で、側面のスチールには七宝文様《しっぽうもんよう》が描かれている。底には干乾《ひから》びた土がこびりついていた。

「ビルから出てくるところを見られた〈花金のキンタ〉が、秋葉さんの口を封じようとしたって

ことはないですか」

歩波が興奮気味に言う。

「口を封じるなら殺した方が早いと思うけど」

「それは抵抗があったのかもしれません」

「手足を千切るのは抵抗がないのに？」

結局同じところへ戻ってくる。犯人はなぜ秋葉を殺さなかったのだろう？

歩波はぶつぶつ唸りながら考え込んでいたが、ふいに傘立てを持ち上げ、「あっ」と声を洩らした。

「駄目だ。さっきのお爺さんの見間違いですよ。ほら」

傘立ての下を見ると、ポリエステル製の吸水マットに正方形の跡が浮かんでいた。その部分だけ日焼けしておらず色が濃くなっている。

「ここに跡があるってことは、傘立てがずっとこの位置に置かれていたってことですよね。十七日の朝に移動したなんて嘘《うそ》っぱちですよ」

歩波の言う通りだった。十六日の夜まで壁にぴったりのところに傘立てがあったのなら、そこに跡がなければおかしい。

「傘立てとマットが一緒に移動したとか？」

「それもないですね」

歩波がマットの角を捲《めく》る。周辺のコンクリートはまだらに黒ずんでいたが、マットの下だけは明るくつやがあった。マットを動かしたら一目で分かるだろう。やはり老人の言葉はでたらめだったのか——。

いや。それでも老人が本当のことを言っていたとしたら？

ふいに全身の血液が逆流するような興奮を覚えた。

「もっともらしいことを言うから騙《だま》されそうになりましたよ。青森さんの言う通り、野球ファンはいい加減なことばかり言いますね」

「そうでもないかもしれない」

自分の言葉に自分で驚いた。歩波が眉を顰《ひそ》める。

「そうでもなくないですよ。棒で球を打って喜んでる連中がまともなわけがない」

「犯人は過去生で途轍《とてつ》もない悪事を働いたんだ」

歩波は不審者を見たような顔をした。互目は含み笑いを浮かべて次の言葉を待っている。

すべての手掛かりは一つの真相を示していた。その瞬間の犯人の心情を想像すると背筋が凍りそうになる。

「犯人は本物の地獄を見たのかもしれない」

4

21日午前0時ごろ、30名ほどの赤麻組組員が白洲組事務所および幹部の自宅を襲撃し、同時多発的な銃撃戦となった。機動隊が出動し午前4時ごろ事態は収束したが、暴力団員15人、機動隊員3人、市民4人が死亡し、14人が現行犯逮捕された。襲撃は17日に赤麻組組員の男性が暴行された事件への報復とみられている。

牟黒日報二〇一八年三月二十一日付号外より

＊

警察車両のワゴンで夜道を走っていると、道に面した邸宅から銃声が聞こえた。

「参ったな」隣りでハンドルを握った互目がうんざりした顔をする。「今のは白洲組の事務所だ」

「赤麻組が白洲組の事務所に乗り込んだってこと？」

互目が頷く。後部座席の歩波は頬を窓にくっつけていた。

「互目さんも招集されるんじゃないですか」

「嫌だよ。死にに行くようなもんだし」

銃声はパンパンと鳴り続けている。

「万一、先に赤麻組長が死んだら、無駄足になりますね」

互目は返事をせずに、山道へ向けてアクセルを踏み込んだ。

目当ての家に到着すると、互目は二十メートルほど通りすぎたところでワゴンを停めた。青森と歩波はそそくさと門柱の陰に隠れる。互目は咳払《せきばら》いをして、インターホンを鳴らした。

数十秒の沈黙の後、「はい」と眠そうな男の声が響く。

「警察です。夜分にすみません。伺いたいことがあるんですが」

互目はレンズにＩＤを見せた。足音が響き、ドアの錠が外れる。

「何かあったんですか？」

顔を出した男に、互目は拳銃を向けた。

「死にたくなかったらそこに伏せて」

男は目玉をひん剝いた。

「な、何の真似《まね》ですか」

「あんたをひっ捕らえに来たんだよ。秋葉駿河の眼球を抉って、歯を砕いて、鼓膜を破いて、手足を切断したのはあんたでしょ」

男は深呼吸すると、口許《くちもと》にわざとらしい笑みを浮かべ、

「そんなわけないでしょう――」

素早くドアを閉めようとする。そこへタイミングよく街から銃声が響いた。「ひっ」と叫んで、

男が身を縮める。すかさず青森と歩波が玄関へ飛び込み、男の手足を縛った。

「ど、どうしてこんなことを――」

歩波が大きめの石を男の口に突っ込んで、顎を殴った。静かになった男を二人で担ぎ上げ、トランクへ押し込む。

三人が車内へ戻ると、互目がワゴンを発進させた。銃声は一向に鳴りやまない。山を下りたところでパトカーと鉢合わせしそうになり、あばら家の裏に隠れてやり過ごした。

「結局、この人はなんで秋葉さんを拷問したんですか?」

助手席で汗を拭いていると、運転席との間から歩波が首を出した。

「その質問が間違ってたんだよ。犯人は秋葉さんを拷問したんじゃない。ただ眼球を抉ったり手足を千切ったりしただけなんだ。恨んでもいないから殺さなかっただけで、そのことに特別な理由はない」

「恨んでないのに手足を千切るって、人体実験でもやろうとしたんですか?」

「そうじゃない。ぼくが真相に気づいたきっかけは、〈コーポ牟黒〉に住んでる野球好きのお爺さんの証言だった」

示し合わせたように、トランクから、うう、と老人のような唸り声が聞こえた。

「お爺さんによると、〈牟黒エンパシービル〉で窃盗事件が起きた十六日から十七日にかけての夜、正面入り口の傘立てが移動していたらしい。でも傘立てを持ち上げてみると、マットのその部分だけ日焼けしておらず、正方形の跡ができていた。傘立ては以前から同じところに置かれていたことになる。

じゃあ傘立てとマットが一緒に移動したんだろうか。今度はマットを持ち上げてみると、コンクリートのその部分だけつやが違っていた。傘立てと同様、マットも以前からそこにあったことになる」

「知ってますよ。お爺さんの見間違いってことですよね」

「違う。昨日、〈牟黒エンパシービル〉からゴッド・エンパシー・ジャパンの社長が出てきたとき、傘立てにぶつかりそうになって尻餅をついてたでしょ。前から同じところに置いてあったのなら、毎日通ってる社長さんがぶつかりそうになるはずがない」

「そんなこと言ったって、マットには日焼けの跡があったんですよ。矛盾してるじゃないですか」

「その通りだ。十六日まで壁のすぐ近くに傘立てがあったのに、わずか数日で壁から離れたところに日焼けの跡がつくはずがない。マットは別の物と入れ替わってたんだよ。〈牟黒エンパシービル〉の正面入り口のマットは、事件の夜に取り換えられていたんだ」

歩波は驚きと戸惑いの交ざった忙しい顔をした。「なんで?」

「事件現場を別の場所に見せかけるためだ。秋葉さんが重傷を負ったのは牟黒寺じゃなく、〈牟黒エンパシービル〉の入り口だった。でも犯人はそこが本当の現場だと知られたくなかった。だから怪我をした秋葉さんと血の付いたマットを牟黒寺へ運び、牟黒寺の本堂のマットをビルの入り口へ運んだんだ。マットに付いた正方形はポイ捨て禁止の看板のスタンドを置いた跡だよ。車を用意していたことから考えて、犯人は〈花金のキンタ〉とみて間違いない」

「泥棒が街中でやくざを拷問したの？　そんな海外のゲームみたいなことある？」

「始まりは事故だったんだ。〈花金のキンタ〉は裏口からビルに侵入し、十二階のゴッド・エンパシー・ジャパンの社長室から二億円を盗み出そうとした。といってもDouble Safeは三百キロ以上あって、運び出すのは難しい。〈キンタ〉はガス切断機でコンクリート製の扉を焼き切った。でもそこに現れたのはもう一つの扉だった。

熟練の泥棒も冷静じゃいられなかったはずだ。また扉を焼き切っていたら夜が明けてしまう。そこで〈キンタ〉はとんでもない荒業に打って出た。Double Safeの下には、重さで床が抜けないように、鉄板が敷かれている。〈キンタ〉はこの鉄板をジャッキで持ち上げ、窓から金庫を投げ落としたんだ」

座席がぐらりと揺れる。ドアミラーが電柱にぶつかりそうになり、互目がハンドルを切った。

「自棄《やけ》になったってこと？」

「落下の衝撃で内側の扉が壊れれば儲《もう》けもの。開かなければそこに置いて逃げるつもりだったんじゃないかな」

「とてつもない音が鳴って、近隣住民に見つかっちゃいそうですけど」

「二年前に銃撃戦があったせいで、南牟黒五丁目の民家はほとんど人が住んでない。向かいのアパートには二人だけ入居者がいたけど、一人はやくざ、もう一人は耳の遠い老人だ。〈牟黒エンパシービル〉へ忍び込むにあたって、この辺りの事情は調べ上げていたんじゃないかな。

もっとも〈キンタ〉の予想に反して、老人は金庫の落下音を聞き取っていた。ひゅん、カキン、というのはバットを振った音じゃなく、金庫が空気を切って地面に叩きつけられた音だ。あの耳の遠い老人が気づいたんだから、相当な音だったんだろうね」

「五丁目の外まで響いたんじゃないですか」

「牟黒市の住人は銃声を聞き慣れてるから、仮に音を聞かれても大した騒ぎにならないって読みもあったと思う。万一通報されても、警察が来る前に逃げられれば問題ない。ところが運の悪いことに、金庫の落ちた先にはとんでもないものがあった」

「まさか――」

「やくざだよ」素っ気なく言った。「酔っ払ったやくざが大の字で眠っていたんだ」

遠くから響く銃声が、脳裏に浮かんだ光景に重なった。

「秋葉さんは酒を飲みすぎると、家に帰り着く前に寝てしまう癖があった。この日も向かいのビルの入り口のマットで眠りこけてしまったんだろう。そこへ十二階から扉の外れた金庫が落ちてきた。扉のあった面が下を向いていたせいで、上下左右の面のコンクリート板が両手両脚を潰し、内側に溶接された金庫が歯を砕いた。衝撃で頭がマットに押し付けられ、後頭部にも傷ができた」

互目はハンドルを握ったまま「うえっ」と唸り、歩波が舌を噛《か》んだように目を細めた。

「〈花金のキンタ〉も目を疑っただろう。ショック死していてもおかしくなかったはずだけど、秋葉さんはまだ生きていた。手足がコンクリートの板に潰されたことで出血が抑えられたのかもしれない。とはいえ放っておけば死ぬのは明らかだ。この街では極めて珍しいことに、〈キンタ〉は人を殺すことに抵抗を持っていた。彼は衝撃で脆《もろ》くなった金庫を分解し、秋葉さんの傷口に止血を施した」

「なんで救急車を呼ばなかったんですか」

「そこが現場だってばれちゃうからだよ。社長室から金庫がなくなっている以上、〈キンタ〉が〈牟黒エンパシービル〉で仕事をしていたことは隠しようがない。秋葉さんが重傷を負った場所がこのビルの正面入り口だとばれたら、〈キンタ〉が関与していることもすぐに分かってしまう。

一般人ならまだしも、秋葉さんはやくざだ。胸に刺青《いれずみ》が入ってるから見違えようがない。その筋の輩《やから》は面子にこだわる。殴られたら殴り返すし、手足をもがれたらもぎ返しにくる。やくざに重傷を負わせたのが自分だとばれたらお終《しま》いだ。そう考えた〈キンタ〉は、秋葉さんをマットごとトラックに積み込んで、牟黒寺へ運ぶことにしたんだ。

マットの繊維が血を吸い取っていたおかげで、ビルの入り口には血痕を残さずに済んだ。道路へ飛んだ血を見落としていたようだけど、血の量が少なかったおかげで、警察はそこで襲撃があっただけと思い込んだ」

「どうして寺へ運んだの？」

互目がアクセルを緩める。ワゴンは街を抜け、再び山道に入っていた。

「〈牟黒エンパシービル〉の入り口と同じマットが敷いてあったからだよ。あのビルはゴッド・エンパシー・ジャパンの持ちビルだから、入り口のマットも自社で仕入れている可能性が高い。

会社の経営状況を調べていて、牟黒寺にも業務用品を卸してるのを知ってたんじゃないかな。〈キンタ〉は牟黒寺に到着すると、本堂に供物台を並べ、秋葉さんを横たえた。そして階段の下のマットを運んできたマットと取り換え、表面の潰れた繊維をならして、本堂から血が溢れ出たような跡を付けた。秋葉さんを扉の近くに寝かせたのは、外のマットまで血が流れたように見せる必要があったからだ」

「そんなうまく行くもんですかね」

「答えはノーだ。〈花金のキンタ〉にはさらなる不運が待ち受けていた。彼がようやく一息ついたところで、秋葉さんが意識を取り戻したんだ。秋葉さんは壮絶な痛みに悶《もだ》えながら、例の台詞《せりふ》を口にした」

——こほはどほだ。

——お前なんか知らねえぞ。

——参ったな。こほはどほなんだ？

床に落ちたボイスレコーダーに録音されていた言葉だ。

「秋葉さんは二度、自分がどこにいるのかを尋ねている。一度目は知らぬ間に移動した驚きから口を突いたようにも聞こえるけど、二度目ははっきりと自分の居場所を質《ただ》している。秋葉さんは少なくとも一度、牟黒寺の本堂を訪れていた。大学生YouTuberが殺されたとき、警察に濡れ衣を着せられそうになって、鳴空山までぼくを追いかけてきたんだ。それなのになぜ自分が牟黒寺にいると分からなかったんだろうか」

「もう眼球がなかったってこと?」

「犯人の顔が見えてないと『お前なんか知らねえぞ』って言葉は出てこないでしょ」

「うーん」歩波は唇を撫《な》でる。「照明が暗かったとか?」

「和尚さんが一度目に様子を見に来たとき、欄間から明かりが洩れてたはずだよ」

「じゃあ何なんですか」

「考え方は悪くない。秋葉さんが『ここはどこだ』と言ったのは、牟黒寺の本堂を知らなかったからじゃなく、周囲がよく見えていなかったからだ。犯人の顔は見えていたけど、内陣の釈迦像や天井の照明は見えていなかった。すぐ近くは見えていたけど遠くは見えていなかったことになる。秋葉さんはコンタクトレンズが外れてたんだ」

歩波はシートに身を投げた。「どうってことない理由ですね」

「ところが〈キンタ〉にとってはそれが一大事だった。秋葉さんの言葉を聞いて、目の前のやくざがコンタクトレンズをしていないことに気づいたんだ。レンズは酒に酔ってふらついているときに外れたのかもしれないし、牟黒寺へ運んでいる最中に落ちたのかもしれない。でも万に一つでもビルの入り口付近に落ちているとまずいことになる。そこが本当の現場だとばれたら、すべての偽装が無駄になってしまうからね。現にレンズの一つはビルの近くに落ちてたわけだから、〈キンタ〉の危惧は的を射ていたことになる。

〈キンタ〉は知恵を絞った。牟黒寺のマットを〈牟黒エンパシービル〉へ運ぶだけでも夜が明けそうなのに、ビルの周りを探し回る時間はない。レンズを見つけさせないためには、まずレンズを探させないこと、つまり被害者がレンズを付けていないことに疑問を持たせないことだ。

でも被害者の家を調べれば、帰宅していないことはすぐに分かる。外出中に攫われて拷問を受けたように見せかけるしかないが、それでいてレンズを目に付けていないのはおかしい。拷問の途中で外れたとしても近くに落ちているはずだ。

だったらいっそ、眼球が残らないような拷問を加えればよいのではないか。犯人がレンズごと眼球を持ち去ったように見せかければ、誰もレンズを探そうとしないはずだ。そう考えた〈キンタ〉は、ドアを壊すのに使ったバールの尖端《せんたん》で秋葉さんの眼球を抉り取った」

「コンタクトレンズがないだけでそこまでしますか?」

「なんたって相手はやくざだからね。一つでも手掛かりを残したら運の尽き、二本の足で道を歩けなくなる。〈キンタ〉も必死だっただろうさ」

ふいにワゴンの視界が開けた。迫り出した岬の向こうに、真っ青な海が広がる。

「彼の不運は続く。午前四時過ぎ、物音を聞きつけた和尚さんが、本堂の様子を見にやってきた。ここで和尚さんに姿を見られたら苦労が水の泡だ。〈キンタ〉は罵声を浴びせて和尚さんを追い払うことにした。

でも秋葉さんにはまだ意識が残っていた。声を聞かれると正体がばれてしまう。かといって和尚さんを無視するわけにもいかない。頭を殴って失神させられれば話は早いが、重傷を負った相手にそんなことをしたら死んでしまうかもしれない。焦った犯人は、秋葉さんに声を聞かれないように、細いピッキングツールで耳を突き刺した」

「んんん?」歩波は身を捩って唸る。「秋葉さんは〈キンタ〉の顔を見て『お前なんか知らねえ』って言ってますよね。面識がないなら声を聞かれても大丈夫じゃないですか?」

「普通はそうだ。でも〈キンタ〉は特殊だった。顔は知られてないのに声だけはよく知られてたんだ」

「歌手とか声優さんってこと?」

「牟黒寺の和尚さんも聞き覚えがあると言ってたから、テレビが嫌いなおじさんでも聞く機会のある声だよ」

歩波は「あっ」と目を開いた。「ラジオのパーソナリティ?」

「その通り。秋葉さんはFM牟黒の深夜番組を愛聴していた。パーソナリティは声が知られていても顔は知られていないことがよくある。有名タレントが出演しないコミュニティFMならなおさらだ。秋葉さんはラジオで〈キンタ〉の声だけを聞いていたんだ」

「小さなラジオ局でも出演者はたくさんいますよね。青森さんはなぜあの人が〈キンタ〉だと分かったんです?」

「〈キンタ〉が秋葉さんの鼓膜を破ったのは、秋葉さんが自分の声を知っていると確信していたからだ。大半のやくざは深夜ラジオなんか聴かない。秋葉さんがリスナーだと分かったのは、胸の刺青が龍でも虎でもなく、〈下平々の死神ラジオ〉のロゴだったからだ。〈キンタ〉はどこかでそれに気づいて、彼が自分の出ている番組のヘビーリスナーだと確信したんだ」

海岸から二百メートルほどのところで互目がエンジンを切る。青森は助手席を降りると、車体の後ろへ回り込んだ。

「〈下平々の死神ラジオ〉の出演者は二人いる。メインパーソナリティの下平々と、彼の友人で小説家の袋小路宇立だ。この二人はどちらも素性を公開していない。でも秋葉さんは一年半前、組に借金の取り立てを命じられ、下平々と会っていた。顔を見て『お前なんか知らねえ』と言うことはありえない。よって残る容疑者は一人。〈花金のキンタ〉はあなたですね」

トランクを開けると、袋小路宇立がぐったりと倒れていた。手足を縛られているせいでVシネマの端役のように見える。

「小説家でラジオパーソナリティの泥棒ですか。マルチですね」

「収録番組の枠を持ってたからこそ、窃盗をやろうと思い立ったんじゃないかな。番組には月曜日の収録までにメールや葉書がたくさん送られてくる。署名や差出人の記載を見れば名前や住所も分かる。いまどき個人情報から仕事や職場を割り出すのは簡単だ。ヘビーリスナーなら金曜日の深夜はラジオに齧《かじ》りついて離れない。〈キンタ〉は彼らの情報を悪用して、人と鉢合わせする恐れのない侵入先を割り出していたんだ」

「頭は悪くないんですね」

歩波は感心した様子で、袋小路の口から石を引っこ抜いた。

「青森くん……どうして……」

袋小路は病人のようにぐったりしていた。

「青森さん、呼ばれてますよ。知り合いなんですか？」

歩波が首を傾げる。

「昔、いろいろあってね」

「……ここはどこだ」

「牟黒岬」

「やめてくれ。おれは何もしてない！」

袋小路はすぐ元気になった。

互目は縛ったままの袋小路をトランクから引き摺《ず》り出すと、胸や尻を蹴って崖の縁まで転がした。青森と歩波も後に続く。ひんやりとした潮風が心地良い。

「往生際が悪いね」

「あんたが拷問したんでしょ？」

「違う。人違いだ」

互目は再び尻を蹴った。雄叫《おたけ》びが海へ落ちて行き、どぼんと水飛沫《しぶき》が上がる。しばらく悲鳴が続いたが、すぐに単調な波音が戻った。手足を縛っているから藁《わら》があっても摑《つか》めない。

青森は岬の先っぽから海を覗《のぞ》いた。崖の高さは五メートルほど。東尋坊《とうじんぼう》よりもプールの飛び込み台に近い。手足を縛られているならさておき、普通に飛び降りても風邪を引くだけだろう。入水自殺なんかやらなくてよかった。

「上げて」

互目の合図で、青森と歩波はロープを引いた。水を滴らせながら袋小路が上ってくる。げほげほと水を吐き出し、顔についた水を飲んでまたむせた。

「確かにおれがやった。でもあれは事故だ。あんなところで人が寝てると思わないだろ――」

互目が尻を蹴るふりをする。袋小路が悲鳴を上げた。

「おれです。おれです。おれがやりました」

「何をやったの?」

「やくざの兄ちゃんを拷問したんです」

「具体的に言って」

「手足を叩《たた》き切って、歯を砕いて、目を抉って、あと、鼓膜を破ったんです」

「素晴らしい。満点だ」

歩波がボイスレコーダーを取り出し、再生ボタンを押す。おれです。おれです。おれがやりました。スピーカーから袋小路の声が響いた。

互目はスマホをタップすると、歩波からボイスレコーダーを受け取り、スマホを耳に当てた。

「もしもし? 赤麻さん、よくぞご無事で。実はおたくの組員を暴行した犯人をひっ捕らえたんだ。本当だって。自白もある」

レコーダーから音声を流す。何をやったの? やくざの兄ちゃんを拷問したんです。

「ほら。これから留置場にぶち込むけど、いちおう連絡しておこうと思ってね。え? そりゃ無理だよ。こっちもさんざん汗をかいてるんだから」

袋小路の口の中で、かちかちと歯の鳴る音が大きくなる。

「まあうちも世話になってるからね。そこまで言うなら手を打ってみるよ。少し面倒代が掛かりそうだけど」

互目は声色を変えずに、白い歯を見せた。

「三億でどうかな？」

袋小路の青褪《あおざ》めた顔から、ぽたりと一滴、汁が落ちる。

後日譚

三カ月ぶりに秋葉駿河の意識が戻ったと連絡を受け、青森山太郎はマンションを飛び出した。薬罐《やかん》か豚の頭みたいな雲が東へ流れていく。夏めいた日差しが心地良い。道を歩きながらアシスタントに電話をかけた。

「ただ今電話に出ることができません。ピーという発信音の後に——」

留守電のメッセージが流れる。授業中だろうか。

「かずやくん？　用事ができちゃって、今日のバイトは休みにしてもらえるかな。お金は予定通り払うからさ。よろしく」

用件を吹き込んで、通話を切った。

歩波がアシスタントを引退すると言い出したのは三月の終わりのことだった。

「迷惑はかけません。二代目のアシスタントも用意してます」

「儲《もう》かる仕事でも見つけたの？」

「しばらく貯金で暮らすつもりです。お金は十分貯《た》まりましたから」

赤麻組からぶんどった三億円は、半分を秋葉の口座に入れ、残りを三人で山分けした。よほど贅沢《ぜいたく》しなければ当分暮らせるはずだ。

とはいえ人生のすべてを預金残高を増やすことに費やしてきた歩波が、急に金儲けをやめて大丈夫なのか。引退したプロ野球選手のように悲惨なことにならないだろうか。

「家にいても飽きちゃうでしょ。大学でも通うの?」

青森が探りを入れると、歩波は呆《あき》れたように肩をすくめ、丸木戸賞の募集チラシを取り出した。

「青森さんの原稿を書いてたら、あたしもできそうだなと思ったんです」

舐《な》められたものだ。彼女を気遣う気持ちはすっかり吹っ飛んでいた。

今日は六月十五日。丸木戸賞の締め切りは五月末だから、本当に応募したのなら事務局に原稿が届いているはずだ。兎晴書房の編集者に会ったら聞いてみよう。

オセロの石を大きくしたようなホテルを横目に、牟黒駅の跨線橋《こせんきょう》を渡る。街を見回すと、あちこちの電柱や施設の外壁で小規模な工事が行われていた。紺のつなぎ服を着た作業員が防犯カメラを取り付けている。

テレビのニュース番組によると、牟黒市と県警が手を組み、市全域に二百台のカメラを設置するのだという。七月からは米軍が開発したAI防犯システムの運用が始まるらしい。暴力団の激しい抗争をきっかけに牟黒市が重い腰を上げた、としたり顔のコメンテーターが解説していたが、気になるのは予算である。台風で傾いた電信柱を真っすぐにするだけで随分と時間がかかったのに、二百台のカメラを設置する余裕があるとは思えない。どこかの暇な金持ちが大金を寄付したのではないかと噂《うわさ》されていたが、真相は藪《やぶ》の中だ。

米軍だかＡＩだか知らないが、そんなもので牟黒市の犯罪を撲滅できるのか。お手並み拝見といったところである。

駅前の大通りを抜け、牟黒病院に入る。デバネズミに似た巡査がソファから腰を上げ、青森に会釈をした。

「互目さんから、意識が戻ったらまず青森さんを呼ぶようにと言われまして」

秋葉の容態について説明を受けながら、入院病棟へ向かう。

「手術の合併症による発熱が続いていましたが、現在は落ち着いています。左耳の聴力が残っていたことも分かりました」

すると犯人の正体も分かっていたということか。

「会話はできるんですか？」

「まだ声が出ません。長く意識を失っていたせいで肺が弱っているそうです」

青森は軽くノックしてから、案内されたクリーム色のドアを開いた。

病室にはラジオが流れていた。

二回り小さくなった秋葉がベッドに横たわっている。右腕に点滴針が刺さっているが、血色は悪くない。右手首と左肩、両脚に生々しい縫合痕があり、左右の眼窩には義眼が入っていた。

青森はデバネズミに外で待つよう頼んで、秋葉に声を掛けた。

「どうも。久しぶり」

反応はなかった。

「大変な目に遭いましたね」

瞼《まぶた》は開いているが、起きているのか分からない。

「犯人は捕まえました。赤麻組へ引き渡してあります。秋葉さんと同じか、もっとひどい目に遭ってるはずですよ」

我ながら押しつけがましい台詞だった。犯人をひっ捕らえたところで、秋葉が失ったものは戻ってこない。

言葉が続かず立ち尽くしていると、ポケットでスマホが震えた。二代目アシスタントのかずやからだ。「ちょっとごめん」と断って廊下に出る。

「もしもし。着信があったんで折り返しました」

ラウンジで電話に出ると、かずやがぶっきら棒に言った。留守電は聞いていないらしい。

「今日のバイト、休みにしてくれるかな。お金は払うから」

「働いてないのにお金を貰《もら》うのは申しわけないです」

「じゃあ時給の半額で」

「全額ください」

激しい労使交渉を終え、尻のポケットにスマホを突っ込んだ。缶コーヒーを飲んでいたデバネズミに「もうちょっと」と手刀を切り、ラウンジを出る。

何を言おうかと考えながらドアに手をかけたところで、ラジオの音が止《や》んでいるのに気づいた。

ふいに息がうまくできなくなる。

ドアを開けると、ベッドから秋葉が消えていた。

点滴スタンドが倒れ、チューブがベッドの手すりに絡まっている。その向こうで、ベッドにもたれるように秋葉が倒れていた。首が不自然に曲がっている。

秋葉はチューブで首を吊《つ》っていた。

「何だこれ」物音で異変に気づいたデバネズミが、病室を覗き、呆然《ぼうぜん》と呟いた。「こんなの見たことない。く、首が――」

「お医者さんを呼んでください」

デバネズミは二度頷き、我に返った様子で病室を出ていく。青森はなんとか息を吸うと、ベッドの向こうへ回り込み、秋葉の元へ駆け寄った。

チューブを解《ほど》きたいのにうまく解けない。喉に食い込んだ部分を無理やり引っ張ろうとすると、身体がびくんと痙攣《けいれん》した。それでも秋葉の首は、青森から見て右へ曲がったまま、凍り付いたように動かなかった。

執筆の参考に首吊り死体の写真を見たことがある。だがこんな妙な格好をしたものは一つもなかった。いったい何が起きているのか。

医師と看護師が立て続けに駆け込んできた。「どいて」と肩を押され、部屋の隅へ追いやられる。看護師が鋏《はさみ》でチューブを切ると、頭がごろんと床へ落ちた。

青森は邪魔にならないように壁に背をつけ、もう一度、秋葉を見た。尻の下に尿が溜まっている。首は曲がったまま戻らない。

その瞬間、青森は秋葉の意図を理解した。

――じゃあ、右に曲げたら前向きなサインってことで。

かつて口にした言葉が耳によみがえる。

秋葉は肺が弱って声を出すことができない。手がないからハンドサインも送れない。だから動かせる首を使ってサインを送ったのだ。頭を親指に、胴を拳に見立てて。

――当たり！　よくやった！　最高！　は全部これです。

看護師が心臓マッサージを始め、医師が喉に指を突っ込んで吐物を掻き出そうとする。怒号が飛び交い、やがて沈黙に変わった。

それでも秋葉の首は曲がったままだった。

【参考文献】

『処刑の科学』　バート・ロンメル著　遠藤比鶴訳　第三書館
『ギロチン 死と革命のフォークロア』　ダニエル・ジェルールド著　金澤智訳　青弓社

本書は書き下ろしです。

本作はフィクションです。実在の個人、団体、事件とは一切関係ありません。（編集部）

［著者略歴］
白井智之（しらい・ともゆき）
1990年、千葉県印西市生まれ。東北大学法学部卒業。『人間の顔は食べづらい』が第34回横溝正史ミステリ大賞の最終候補作となり、同作で2014年にデビュー。『東京結合人間』が第69回日本推理作家協会賞候補、『おやすみ人面瘡』が第17回本格ミステリ大賞候補となる。『名探偵のはらわた』は「2021本格ミステリ・ベスト10」で第3位。他の著作に『少女を殺す100の方法』『お前の彼女は二階で茹で死に』『そして誰も死ななかった』『ミステリー・オーバードーズ』がある。衝撃的な作品で読者の度肝を抜く、気鋭の本格ミステリ作家。

死体《したい》の汁《しる》を啜《すす》れ

2021年9月10日　初版第1刷発行

著　者／白井智之
発行者／岩野裕一
発行所／株式会社実業之日本社
〒107-0062
東京都港区南青山5-4-30　CoSTUME NATIONAL Aoyama Complex 2F
電話（編集）03-6809-0473　（販売）03-6809-0495
https://www.j-n.co.jp/
小社のプライバシー・ポリシーは上記ホームページをご覧ください。

ＤＴＰ／ラッシュ
印刷所／大日本印刷株式会社
製本所／大日本印刷株式会社

ISBN978-4-408-53791-7（第二文芸）